Charlotte Zeiler

Schön, dass ihr zu mir gefunden habt.

Ich möchte euch entführen, an einen Ort, an dem ihr hoffentlich noch nie wart, aber auch in eine Zeit, die schon längst zur Vergangenheit gehört.

Kommt mit mir und erlebt, wie sich Mark, der junge Notarzt, in seine schwerverletzte Patientin verliebt und sein Team auf der Intensivstation um das Leben der jungen Frau kämpft.

Taucht ab, in das frühe 17. Jahrhundert, und begebt euch mit der stummen Franziska auf die schwierige Suche nach ihrem Gedächtnis und ihrer Identität. Wer ist das junge Mädchen, das sich an Nichts - außer ihren Namen - erinnern kann?
Seid dabei, wenn sie im alten Cölln auf Antonio trifft, den Mann, der sie rettet und in den sie sich unsterblich verliebt.

Lest genau, denn es gibt nicht nur die e i n e Wahrheit!

LG eure Charly

PS. "La Vita Seconda - Das zweite Leben" ist ein Time Travel Roman der besonderen Art.

Charlotte Zeiler

La Vita Seconda

Das zweite Leben

Roman

Deutsche Erstausgabe, Oktober 2015

Umschlagsgestaltung: ADZ

Impressum

Charlotte Zeiler, Heinrich-Hertz-Str. 3, D-50170 Kerpen

E-Mail:	charlotte@arkadi.us
Google+:	Charlotte Zeiler
Facebook:	Charlotte Zeiler
Internet:	www.charlotte-zeiler.de

Erde: Neubeginn, Wachsen, Fruchtbarkeit,
Sinnlichkeit, Körper, Natur, Geburt, Schutz …

Wenn die Seele von dort hierher kommt,
vergisst sie das, was sie dort geschaut hat,
wenn sie aber diese Welt verlässt,
erinnert sie sich dessen, was sie hier erlebt hat.

Aristoteles, griechischer Philosoph
[384-322 v. Chr.]

PROLOG

Eine Stunde, bevor ihr Dienst im Krankenhaus begann, machte sie sich auf den Weg. Kaum im Auto, drehte sie das Radio an und öffnete alle Fenster. Leise summte sie die Melodie mit, während sie die Landstraße Richtung Stadt fuhr. Ein frischer Fahrtwind wehte durch ihren Wagen und zerzauste ihre langen Haare. Später im Dienst würde sie die zu einem Zopf binden. Bekleidet war sie mit einem luftigen Top und kurzem Rock, da das Thermometer schon heute Vormittag 25 Grad angezeigt hatte. Sie schob sich die Sonnenbrille auf die Nase und musste lächeln. Die Sonne, die Wärme, die Autofahrt - alles erinnerte sie an ihren letzten Urlaub. Die Strecke verwandelte sich in die Küstenstraße von Genua nach Florenz. Ihr uraltes Auto war jetzt das schnittige Cabrio, das sie sich gemeinsam mit einer Freundin gemietet hatte. Der ganze Sommer lag wieder vor ihnen. Sie würden lange Strandspaziergänge machen, nachts nackt im Meer baden, am Lagerfeuer sitzen, in die Tavernen gehen...

Der Weg führte sie an leuchtend gelben Rapsfeldern vorbei. Erntehelfer arbeiteten mit freiem Oberkörper. Sie schienen aus einer anderen Welt zu kommen, genau wie das kleine Schlösschen da hinten am Rande der

Pferdekoppel. Die schmale Straße weitete sich zur Allee. Die Bäume waren alt und hoch gewachsen. Ihr dichtes Blätterwerk ließ nur selten einen Sonnenstrahl durch das Grün fallen. Gleich würde sie in einen Tunnel aus Bäumen und Baumkronen hineinfahren. Hinter der nächsten Biegung könnte sie das Krankenhaus sehen.

Sie fröstelte plötzlich.

1. Kapitel

„He! James Dean, wir sind da.“

„Ach du heilige...“ Weiter kam der junge Rettungssanitäter nicht, als er den Audi mit quietschenden Reifen wenige Meter vor der Unfallstelle zum Stehen brachte.

Der neben ihm sitzende Notarzt schüttelte nur den Kopf. Ihm stand jetzt nicht der Sinn danach, den rasenden Heißsporn in die Schranken zu weisen, sondern er versuchte, sich einen Überblick von der Situation zu verschaffen. Die Leitstelle hatte Recht behalten. Sie waren tatsächlich die Ersten, aber nicht unbedingt vorbereitet auf das, was sie hier erwartete. Für einen kurzen Moment wünschte sich Mark, dass er doch seinen Urlaub angetreten und nicht den Zusatzdienst als Notarzt angenommen hätte.

Die Straße war übersät mit verbogenen Autoteilen, Glassplittern, Astwerk und Blättern, die wie von einem Wirbelsturm von den Bäumen gefegt worden waren. Mitten in dem Chaos stand ein verbeulter LKW. Doch das wirklich Dramatische und Desillusionierende war die gespenstische Stille, die über dem Szenario lag.

Nichts regte sich. Der Ast, der spitz aus der Fahrerkabine des Vierzigtonners herausragte, schien fest und unbeweglich in seiner widernatürlichen Stellung verankert zu sein. Mark war der Erste oben an der Kabine. Obwohl der Fahrer zweifellos tot war, überprüfte er sorgfältig die Vitalzeichen. Gefasst kletterte er hinunter, während weitere Einsatzkräfte den Unfallort erreichten. Noch im Hinunterhangeln vernahm Mark ein seltsames Geräusch. Er hob den Arm zum Zeichen, dass er eine Entdeckung gemacht hatte.

Und tatsächlich. Da war es wieder – ein Wimmern. Er ging in die Hocke und sah das gesamte Ausmaß der Katastrophe.

„Daniel! Schnell! Den Koffer!“ Mark winkte den bleich gewordenen Assistenten zu sich und mobilisierte gleichzeitig die anderen Rettungskräfte.

Der Kleinwagen war fast völlig unter dem LKW verschwunden. Kein Mensch konnte solch einen Crash überleben. Doch zwischen dem eingedrückten Dach und Überresten des Innenraumes sah Mark jemanden aufrecht sitzen. Unmöglich, doch die Frau schien beim Aufprall regelrecht in die Rückenlehne hineingepresst worden zu sein und saß nun eingeklemmt und regungslos in dem fast intakten Autositz.

Er kroch näher an sie heran.

„Bewegen Sie sich nicht! Ich komme zu Ihnen und hole Sie da raus!“ Er sprach ununterbrochen mit ihr und stellte all seine üblichen, standardisierten Fragen, doch als sie tatsächlich reagierte, war er für einen Moment verblüfft. Er atmete tief durch und fasste ihre Hand. Der Puls war schwach und kaum tastbar. Sie hatte eigentlich keine Chance. Mit einem Blick versuchte er auszumachen, ob noch weitere Insassen im Auto gewesen waren, doch wenn es so war, mussten sie tot sein. Die Frau hatte viel Glück gehabt, aber wenn er sie nicht bald herausbekam, in eine andere, stabilere Position, dann wäre er der Letzte, der ihre Hand hielt.

Die Jungs gaben alles. Mit Flex, Bolzenschneidern und Hydraulikscheren versuchten sie fieberhaft, einen Weg zu bahnen, während er fast blind eine Vene ertastete und einen Zugang legte. Ihre Hand zuckte, doch er hielt sie fest. Die rosa Nadel war die einzige Lebensversicherung, die sie noch hatte.

Weder das rhythmische Vibrieren der Hydraulikkolben noch die flackernden Einsatzlichter der Rettungsfahrzeuge und auch nicht der feine Sprühnebel der Löschkanone hielten ihn davon ab, dicht bei der Frau zu bleiben. Mit seiner freien Hand hielt er ihr eine Sauerstoffmaske vors Gesicht,

doch der Zustand der Frau verschlechterte sich von Minute zu Minute.
Noch zögerte er, ihr das Schmerzmittel zu spritzen. Es wäre ein Leichtes für ihn, das hoch dosierte und schnell wirksame Medikament aus seiner Brusttasche zu nehmen und ihr zu injizieren, doch dann würde augenblicklich ihr Kreislauf zusammenbrechen. In dieser Situation wäre das ihr Todesurteil.
Der Atem der Frau ging schnell und oberflächlich. Sie hatten keine Zeit mehr.
"Seid ihr soweit?"
Statt einer Antwort: Funkenregen und ein lauter Knall.
Geschafft! Gemeinsam zogen sie die Verletzte ins Freie.
Mark hielt ihren Kopf und murmelte auf sie ein. Sie zitterte und versuchte, ihm etwas zu sagen. Er lehnte sich zu ihr und entfernte die Schutzkappe. Dann spritzte er ihr das Schmerzmittel. Ihr Blick wurde leer und sie hörte auf zu atmen.

2. Kapitel

Ich weiß nicht mehr, was es war, aber irgendetwas hatte mich zurückgeholt. Vermutlich war es dieses Geräusch, das immer lauter und eindringlicher wurde. Ich versuchte, es zu ignorieren, jedoch vergeblich, und so öffnete ich vorsichtig meine Augen. Ich saß zusammengekrümmt auf einer staubigen Straße. Alles was ich hörte, klang wie aus weiter Ferne. Dichte Nebelschwaden zogen vorbei und ließen nur erahnen, was mich umgab.
Dann lichtete sich der Nebel und plötzlich konnte ich dicht vor mir das Gesicht eines Mannes erkennen. Ich erschrak. Doch nicht nur der Fremde machte mir Angst. Es war die Summe all dieser Eindrücke: Die seltsame Umgebung, in der ich mich befand. Der Unrat, die zahlreichen Pferdeäpfel und Misthaufen - hoch aufgeschüttet am Straßenrand. Und auch - nein, vor allem waren es die Worte des Mannes. Nicht, wie er sie aussprach, sondern wie sie sich anhörten. Fremdländisch und sonderbar. Ich verstand nichts und wollte nur weg – nach Hause. Ich versuchte, mich ein wenig aufzurichten, doch schon diese kleine Bewegung gelang mir nicht. Stöhnend fuhr ich zurück. Der Mann beugte sich sofort besorgt zu mir herunter.

Mir wurde vor Schmerz schwindelig und schwarz vor Augen.
Mittlerweile hatte sich der Mann neben mich gehockt und sprach weiter auf mich ein. Irgendwie war seine Zuwendung beruhigend, und ich wagte es, ihn anzuschauen. Nun ja, nicht direkt, aber zumindest in seine Richtung. Mein Blick fiel auf seine Hose. Sie sah kostbar aus, wenn auch etwas verschmutzt. Die vielen bunten Sprenkel auf seiner Beinbekleidung ließen mich irrsinnigerweise lächeln.
Mitten hinein in diese ziemlich unpassende Geste packte der Mann mich am Arm. Wie elektrisiert zuckte ich zusammen. Mein erschrockener Blick traf ihn wahrscheinlich ebenso unvermittelt wie seiner mich.
Mein Arm brannte lichterloh – und das, obwohl er seine Hand sofort zurückgezogen hatte. Was ging hier eigentlich vor?
Endlich gelang es mir, meinen Blick von ihm abzuwenden. Der Himmel verdunkelte sich plötzlich. Ein scharfer Wind zog auf und ließ mich frösteln. Ein bedrohliches und dumpfes Grollen kam immer näher. Gleißend helle Blitze zerschnitten die Nachtschwärze und tauchten die Umgebung in gespenstisches Licht. Überall sah ich jetzt Schatten und Silhouetten, die sich bewegten. Die Bäume

schienen immer näher auf mich zuzukommen. Sie streckten ihre Äste tentakelgleich nach mir aus. Ich fürchtete, meine letzte Stunde hätte geschlagen.

Angstvoll wich ich zurück, direkt in die Arme des hinter mir knienden Mannes. Ich zitterte und presste mich eng an ihn. Ich wollte nicht sterben. Nicht jetzt, nicht hier und auf keinen Fall allein.

Der Mann legte mir eine Decke um die Schultern und hielt mich fest. Auch wenn ich seine Worte noch immer nicht verstand, so beruhigte mich seine tiefe, gedämpfte Stimme doch sehr. Je länger ich so dicht bei ihm war, umso mehr verunsicherte mich diese Tatsache.

Meine Gedanken arbeiteten fieberhaft, aber wie ich es auch drehte und wendete – die einzige vernünftige Erklärung war, dass ich das alles träumen musste. Ich erlebte einen Albtraum und musste versuchen, so schnell wie möglich aufzuwachen.

Einfacher gesagt als getan, denn so echt, wie der Traum sich anfühlte, wüsste ich nicht, wie ihm zu entfliehen sei. Die körperliche Nähe des Fremden wurde mir wieder gewahr und ich wusste genau, dass ich noch nie so intensiv geträumt hatte. Der männliche Duft, den mein Beschützer verströmte, setzte sich in meiner Nase fest. Doch dann begriff ich, dass diese erdige und moschusartige Note in der Luft unmöglich allein von meinem Retter stammen konnte. Ich hatte mich total verrannt. Es war nicht die Apokalypse, die kurz bevorstand, sondern es waren die Vorboten eines ganz normalen Sommergewitters, die mich in die Arme eines fremden Mannes getrieben hatten. Beschämt machte ich mich aus seiner engen Umarmung frei, als auch schon die ersten Regentropfen platschend auf den ausgetrockneten Boden fielen. Ich versuchte, einzelne Tropfen mit dem Mund aufzufangen. Meine Kehle war wie ausgedörrt und ich schluckte gierig. Es schmeckte köstlich. Der Mann schaute mich besorgt und ein wenig fassungslos an. Verlegen blickte ich weg. Ich benahm mich wie ein Kind. Peinlich berührt wischte ich mir die warmen Tropfen vom Gesicht. Das Wasser schmeckte plötzlich ganz anders, und es hinterließ einen fahlen, rostigen Geschmack im Mund. Angewidert verzog ich das Gesicht. Der Mann sprach unbeirrt weiter auf mich ein, obwohl ich bisher in keiner angemessenen Form reagiert hatte. Nachdenklich blickte ich auf meine Hände, während ich versuchte, etwas von seinen Fragen zu verstehen. Dann sah ich es, noch bevor ich es begreifen konnte. Rot, alles war rot. Langsam ahnte ich den Zusammenhang zwischen meinem Zustand und dem Blut, das an meinen Fingern klebte. Ich hatte mich verletzt und reagierte deshalb so eigenartig. Ich tastete nach einer blutigen Stelle und fand sie an meiner Schläfe. Ich hatte mir den Kopf gestoßen und wusste jetzt, was der Fremde von mir wollte. Dieser Mann wollte mir helfen. In der ganzen Aufgeregtheit war mir entgangen, dass wir zwei gar nicht allein waren. Dutzende weiterer Männer wuselten um uns herum, und es machte den Eindruck, als gehörten sie alle unter das Kommando meines Retters. Sie befolgten ohne zu zögern seine Anweisungen. So erfuhr ich ganz nebenbei seinen Namen: Antonio, fast so wie der große römische Feldherr.

Als ich diesen Namen leise vor mich hin murmelte, wusste ich plötzlich auch, was Antonio von mir wissen wollte. Meinen Namen natürlich. Es war ganz einfach, aber dennoch – er fiel mir nicht ein. Mein Kopf war so leer, dass nicht einmal die kleinste Erinnerung darin hängen geblieben war.

Doch plötzlich – wie aus dem Nichts – war er wieder da.

„Franziska... mein Name ist Franziska!“, flüsterte ich stockend, und ein seltsames Gefühl überkam mich, während ich ihn aussprach. Ich sah, wie Antonios Gesicht sich zu einem Lächeln verzog und er erleichtert seinen Leuten zunickte. Dann ging alles ganz schnell. Ich wurde auf eine Holzpritsche gehoben und Antonio beugte sich zu *mir, beinah berührte er mein Gesicht. Diese Nähe machte mich sprachlos, und mein Herz schlug hämmernd gegen den Brustkorb. Sein warmer Atem streifte bereits meine Lippen. Meine Gedanken wirbelten durcheinander. Ich war aufgewühlt und alles begann sich zu drehen, immer schneller. Dann blieb die Zeit stehen.*

3. Kapitel

Mia musste sich beeilen und die letzten Meter zu ihrer Station im hinteren Trakt des großen Hauses laufen. Sie durchquerte die belebte Empfangshalle und ging durch mehrere Gänge und Schleusen, bis sie endlich in der stationseigenen Umkleidekabine angekommen war. Rasch schlüpfte sie in eine himmelblaue Garnitur der Dienstkleidung. Obwohl sie zu Hause kalt geduscht hatte, schwitzte sie schon wieder. Draußen waren es mittlerweile an die 30 Grad und die alte Klimaanlage des Krankenhauses schaffte es schon lange nicht mehr, die Temperatur zu regulieren. Im Winter war es stets zu kalt und im Sommer wurde die warme Luft nur umgewälzt. Sehnsüchtig wünschte sie sich in den Urlaub zurück, während sie dem ausgelassenen Stimmengewirr in die Küche folgte.

Die Dienstübergabe an die Spätschicht hatte noch nicht begonnen. Erleichtert setzte sie sich neben Lizzy, die ihr bereitwillig auf der hölzernen Eckbank Platz machte. Das Gespräch drehte sich um das Fußballspiel ihres Sohnes am gestrigen Sonntag. Mia mochte Lizzy. Ihr hatte sie es zu verdanken, dass sie überhaupt noch auf dieser Station arbeitete. Vor einem Jahr, als Mia hier angefangen hatte, war das noch ziemlich ungewiss gewesen. Frisch examiniert und ohne Vorstellung, was auf sie zukommen würde, hatte sie sich für die Intensivstation beworben. Eine besonders schwere Form von Selbstüberschätzung, wie Mia schnell feststellen musste. Dabei war sie es nicht einmal selbst gewesen, die auf diesen absurden Gedanken gekommen war. Nein, eigentlich waren es ihre Schulleiterin und Mark, die sie mehr oder weniger überredet hatten. Doch Mias gute Examensnoten konnten nicht darüber hinwegtäuschen, dass sie kaum Ahnung von der Arbeit hier hatte. Ihr fehlte es an Praxis und vor allem an Erfahrung. Viele ihrer jetzigen Kollegen hatten sogar eine spezielle Ausbildung, um hier arbeiten zu können. Sie hatte nichts dergleichen vorzuweisen, und so waren die ersten Tage die Hölle für sie gewesen. Der ständige Alarm der Monitore, das Piepsen der Geräte, die zahlreichen Medikamente, deren Wirkung und Nebenwirkungen ihr noch nicht geläufig waren, die verschiedenen kompliziert aussehenden Geräte, die von ihren Kollegen scheinbar mühelos und ohne nachzudenken bedient, auf- und abgerüstet wurden. Therapie- und Diagnostikmethoden, die sie bald schon alleine vorbereiten und bei denen sie selbstständig assistieren sollte. Der permanente Zeitdruck und die Anspannung, unter der sie litt, weil sich die meisten

Notfälle eben nicht vorhersehen ließen und kaum planbar waren. Die Fähigkeit, Prioritäten zu setzen und Wichtiges von weniger Wichtigem zu unterscheiden, denn Unwichtiges gab es hier nicht. Das Gefühl, einen Patienten im Stich zu lassen, während man dem anderen half.

Das alles ließ sie verzweifeln. Mehr als einmal wollte sie alles hinschmeißen.

Doch dann wurde ihr Lizzy als Mentorin zugeteilt. Und so unglaublich es klingen mag: Ab diesem Tag wurde es besser. Lizzy hatte nicht nur ein enormes Fachwissen, sie hatte auch die Fähigkeit, ihr dieses geduldig und verständlich zu vermitteln. Mit jedem Tag erschlossen sich Mia mehr und mehr die verschiedensten Zusammenhänge, sie überwand ihre Furcht, wurde sicherer und die Arbeit machte erstmals wieder Freude.

Doch heute kam das Gefühl der Unsicherheit zurück.

Neben den Patienten, die sie obligatorisch zu versorgen hatte und von denen einer noch im OP war, wurde sie für den Reanimationsraum eingeteilt, den anstrengendsten, herausforderndsten Job auf der Station. In diesem doppeldeutig „Schockraum" genannten Bereich landeten akut instabile Patienten von Normalstationen oder aber Notfälle von „draußen" zur sofortigen Behandlung. Bis jetzt hatte Mia sich jedes Mal gedrückt, aus Angst, etwas

Falsches zu tun oder zu langsam zu reagieren, wenn es um diese lebensbedrohlichen Fälle ging. Aber in letzter Zeit sorgte Lizzy immer öfter dafür, dass ihr Schützling gerade dorthin eingeteilt wurde. *Learning by doing*, wie sie zu sagen pflegte.

Nachdem Mia sich bei ihrem ersten Patienten vorgestellt und auf sein Krankenblatt geschaut hatte, war ihr klar geworden, dass dies eindeutig nicht ihr Tag war. Sie wollte doch keine Patienten von Oliver übernehmen, und Herr Schubert gehörte eindeutig zu dessen Zuständigkeitsbereich. Während der ältere Herr sich über die erfolgreiche Öffnung seiner verengten Herzkranzgefäße freute und der Mitteilung entgegenfieberte, seinen Infarkt glimpflich überstanden zu haben, wollte Mia dem Überbringer dieser Botschaft am liebsten nicht begegnen.

Seit fast drei Monaten, genau seit dem Zeitpunkt, als Oliver hier als kardiologischer Stationsarzt angefangen hatte, versuchte sie ihm möglichst aus dem Weg zu gehen. Meist gelang es ihr. Auch weil es noch immer viele Kolleginnen gab, die sich regelrecht um die Betreuung seiner Patienten stritten.

Dabei war Oliver gar nicht der coole Draufgänger und Charmeur, der er nach Meinung einiger in der Uniklinik gewesen sein musste. Dennoch waren sich alle in einem

Punkt einig: dass seine Anwesenheit hier ein absoluter Glücksgriff für das Hospital war. Selbst Lizzy schloss sich dieser Meinung an, obwohl sie ausschließlich seine Fachkompetenz und Freundlichkeit beurteilte und den Glücksgriff nicht im Geringsten mit Olivers gutem Aussehen in Verbindung brachte.

Und er sah wirklich verdammt gut aus. Mia konnte gar nicht verstehen, wie sie ihn damals beim Karneval für schwul halten konnte. Mia biss sich auf die Lippen. Sie wollte nicht mehr daran denken und die peinliche Episode am liebsten aus ihrem Gedächtnis streichen. Wer war schon so blöd und verlor ausgerechnet an Karneval sein Herz?

Seufzend klappte Mia die Kladde mit den Unterlagen zusammen und verabschiedete sich für den Augenblick von Herrn Schubert. Sollte er ruhig auf seinen „Doc“ warten, während sie versuchte, selbigen aus ihren Gedanken zu vertreiben. Zum Glück war sie damals kostümiert gewesen. Ihre eigene Mutter hätte sie in dem engen Fummel nicht erkannt.

Dennoch glaubte sie jedes Mal im Boden versinken zu müssen, wenn Oliver nun mit ihr sprach. Er war freundlich, wie zu jedem anderen Mitarbeiter auch, aber sein Blick irritierte und verunsicherte sie stets aufs Neue, und das,

obwohl diese Gespräche immer nur dienstlich und nie persönlich waren.
Sie wollte ihn heute auf keinen Fall in ihrer Nähe wissen.
Sie wusste, was zu tun war. Möglichkeiten gab es genug.
Und da war auch schon ihre Rettung – Lizzy rief nach ihr.
Zu früh gefreut: Die Leitstelle hatte sich gemeldet. Ein Notfall von draußen.
Heute ging wirklich alles schief!

4. Kapitel

Ich erwachte in einem breiten Holzbett. Verschlafen blickte ich mich um. Wo war ich hier? Träumte ich etwa immer noch? Mein Kopf schmerzte fürchterlich und ich spürte das Blut in meinen Adern pulsieren. Doch erst als meine Fingerspitzen die geschwollene Schläfe berührten, erinnerte ich mich wieder an den gestrigen Tag. Nervös fuhr ich mir über die spröden Lippen und blickte mich in dem großen, vornehmen Zimmer um. Während ich noch rätselte, wo der Mann mich hingebracht hatte, wurde eine schwere Tür geöffnet, und eine junge Frau trat herein. Sie trug etwas Dunkles, Grobgewebtes, einer Ordenstracht gleich, stellte sich aber als Bedienstete namens Elisabeth und nicht als Nonne vor. Folglich war ich nicht in einem Kloster, sondern einem – wie ich bisher sehen konnte – ganz ansehnlichen Haushalt untergekommen. Ich bekam von der jungen Frau eine Schale mit Flüssigkeit gereicht, die ich dankbar annahm und austrank. Ich lehnte mich auf das weiche Kissen und fand Zeit, mich umzuschauen. Durch die großen Fenster sah ich einen Baum, in dessen Blättern der Wind spielte.

Ich war so in meine Beobachtung vertieft, dass ich nicht hörte, wie die Tür erneut geöffnet wurde. Erst als zwei junge Männer direkt vor meinem Bett standen, schreckte ich hoch. Ich war nur durch eine dünne Decke vor ihren Blicken geschützt, doch sie schienen mich zu ignorieren. Sie standen wenige Fuß von mir entfernt und unterhielten sich so angeregt miteinander, dass ich schon dachte, ich wäre ein Geist und gar nicht vorhanden.

Als sie endlich auf mich eingingen, wünschte ich mir augenblicklich, ich wäre wirklich unsichtbar, denn einer der beiden war Antonio, mein Retter. Der andere stellte sich als mein Gastgeber Wilhelm vor und hieß mich im Hause seiner Familie willkommen. Er nickte mir dabei freundlich zu und klopfte gleichzeitig Antonio jovial auf die Schultern. Mit konzentrierter Miene trat er an das Bett heran.

Nicht, dass es mir nicht völlig genügt hätte, die Bekanntschaft zweier Männer zu machen, vermutlich sogar von Adel. Nein, es musste ausgerechnet in einem Schlafzimmer passieren und ich hatte in einem Bett zu liegen, über das sich jetzt Antonio zu mir hinunterbeugte. Wie unangenehm und peinlich.

Er berührte kurz meine Stirn und strich die Haare vorsichtig zur Seite. Ich verschluckte mich fast beim Versuch, seinen Gruß zu erwidern. Glücklicherweise schien er nicht zu bemerken, wie aufgelöst ich seinetwegen war.

Möglicherweise wurde er auch nur abgelenkt, weil ein weiteres Dienstmädchen zu uns hereintrat.
So konnte ich unbeobachtet meine aus dem Takt geratene Atmung wieder in Ordnung bringen. Dann hatte ich mich wieder unter Kontrolle.
Alle hatten plötzlich zu tun. Die eine Bedienstete kümmerte sich um die Wäsche und die andere machte sich an der schweren Truhe zu schaffen. Eine gute Gelegenheit für mich, der Unterhaltung von Antonio und Wilhelm zu lauschen. Ich spitzte die Ohren, hörte aber nur Wortfetzen.
Die Männer standen entspannt beieinander, lachten zwischendurch rau und verhalten, und von Zeit zu Zeit sah ich einen bekräftigenden Schlag auf die Schulter.
Ich konnte unmöglich der Grund für diese freundschaftliche Konversation sein, stellte ich mit Bedauern fest, und so blieb mir nur der sehnsüchtige Blick des Außenseiters.
Mein Retter überragte seinen jungen Freund um etwas mehr als einen halben Kopf und sah in seiner französischen Kleidung ausgesprochen männlich aus. Wegen seiner dunklen Haare kleideten ihn die farbenprächtigen Stoffe sogar noch ein bisschen besser als seinen dunkelblonden Freund. Antonio hatte etwas Rebellisches und Verwegenes an sich, wie er da groß und stattlich stand.

Mitten in meinen deplatzierten Gedanken stutzte ich. Hatte Antonio nicht die gleichen Sachen wie gestern an? Die Sprenkel waren gut zu sehen. Hatte ich etwa noch gar keine Nacht hier verbracht? Mir fehlte jedes Zeit- und Raumgefühl. Kein Wunder, wenn ich nur an ihn dachte und mir irgendetwas zusammenphantasierte. Ich sollte mich endlich mit wichtigeren Dingen beschäftigen.

Mein Blick fiel auf das junge Mädchen, das gerade Wasser in eine Emailschüssel goss, während Elisabeth die Männer nach draußen schickte. Erst jetzt wurde mir klar, dass auch ich immer noch meine nassen und verschmutzten Kleider trug. Seltsam. Ich wollte mir gar nicht vorstellen, wie ich aussah und was für einen Eindruck ich bei den beiden hinterlassen hatte. War ich am Ende doch Inhalt ihres belustigten Gesprächs und Auslöser ihrer Schulterklopfer? Ich schämte mich und ließ wort- und klaglos die Reinigungsprozedur über mich ergehen.

Das lauwarme Wasser tat gut, und die Kräuterbeigaben zeigten bereits ihre Wirkung, so dass ich mich nach dem Waschen fast wie neugeboren fühlte. Elisabeth reichte mir ein frisches Unterkleid, Spiegel und Bürste. Ich griff zum Spiegel, und das wohlige Gefühl verschwand. Ich erblickte ein schmales, blasses und von langen Haaren umrahmtes Gesicht, mit großen fragenden Augen. Ich ließ den Spiegel sinken und mein Herzschlag stockte. Ich erkannte mich selbst nicht wieder. War so etwas überhaupt möglich, dass man sich selbst vergaß?

Welches Spiel wurde hier gespielt?

Skeptisch schaute ich die Rückseite des Spiegels an. Doch es war ein ganz normaler Spiegel.

Mechanisch kämmte ich die verknoteten Haare und überlegte angestrengt, wie ich aus diesem Albtraum entkommen konnte.

5. Kapitel

Erschöpft plumpste Mark auf den einzigen gepolsterten Stuhl im Aufenthaltsraum und starrte auf das Sammelsurium von Befunden, Laborberichten und EKG-Ausdrucken vor sich auf dem Tisch.

Er war seit sechs Uhr im Einsatz und der letzte hatte ihn besonders geschlaucht. Jetzt war es drei Uhr nachmittags. Er trank begierig einen großen Schluck Kaffee und hätte die fade Plörre am liebsten sofort wieder ausgespuckt. Blöder Pad-Automat! Gab es denn keinen ordentlich gebrühten Kaffee mehr auf dieser Station?

Mark wandte den Blick zum Wandmonitor, auf dem in grünen Zickzacklinien das EKG der Patientin vorbeiglitt. Ein trügerisch perfekter Rhythmus, der Mark aber nicht über den brutalen Überlebenskampf hinwegtäuschen konnte, den die junge Frau nebenan gerade ausfocht. Man konnte es förmlich hören, das Scheppern der Infusionen, das Piepen der Perfusoren, das *Klick-Klack* der medizinischen Apparate, die sie in diesem Kampf unterstützten.

Er hatte geholfen und den Schockraum erst dann für eine Verschnaufpause verlassen, als Oliver mit sicherer Hand einen letzten Katheter bei ihr gesetzt hatte.

Oliver. Der einzige Lichtblick in den zurückliegenden sechs chaotischen Monaten. Ein guter Arzt und Freund. Mark versuchte sich zu entspannen, und während er das Protokoll ausfüllte, führten ihn seine Gedanken doch wieder zurück an den Unfallort. Er sah die Frau vor sich. Ihren schmächtigen Körper. Ihren ängstlichen Blick. Den Kreislaufkollaps, die darauf folgende Intubation der reglos Liegenden und zuletzt das Knacken brechender Rippen während der Herzdruckmassage. Schwer zu ertragen. Mark schrieb. Er hörte in Erinnerung das Surren des Defribilators während des Aufladens, seine eigene Stimme, die Anordnungen gab. Und sah das krampfartige Aufbäumen der Frau, als der Strom durch ihren Körper fegte.

Mark schreckte hoch, als das mobile Röntgengerät auf dem Gang vorbeigeschoben wurde. Er griff zum Telefon und klingelte die Radiologie an. Wolfgang war am Apparat, und Mark bat seinen Kollegen um dringenden Rückruf, sobald er die Aufnahmen gesehen hätte. Als ihn Wolfgang jedoch fragen wollte, was er überhaupt in der Klinik machte – obwohl er doch eigentlich Urlaub hatte –, legte Mark auf.

Wolfgang Romschwinkel war ein anerkannter und geschätzter Radiologe, aber das war noch lange kein Grund, sich in seine, Marks, Privatangelegenheiten einzumischen. Das führte nur zu Klatsch, und daran hatte Mark auch heute noch kein Interesse. Selbst wenn er vor einem halben Jahr besser auf den Klatsch hätte hören sollen, der in Windeseile durch das Krankenhaus gezogen war. Zu jenem Zeitpunkt, als er noch überglücklich und blauäugig seine Hochzeit plante, aber jeder einzelne Mitarbeiter im Haus bereits wusste, dass ihn seine Freundin und Verlobte schamlos betrog.

Mark schob die lästigen Gedanken beiseite. Er kannte das Mittel, seinen Schmerz zu bewältigen, die Leere in seinem Herzen zu füllen: Arbeit und nochmals Arbeit.

Bis zum Umfallen.

6. Kapitel

Ich öffnete verschlafen die Augen. Gott sei Dank, der Albtraum war vorbei. Erleichtert rekelte ich mich im Bett, als mein Blick an die hohe, kuppelartige Decke fiel. Abrupt wurde mir klar, dass ich entweder immer noch träumte oder aber tatsächlich in einem fremden Haus aufgewacht war. Ich wusste nicht, was besser war.

Mit zittrigen Fingern tastete ich nach meiner Schläfe und hatte die Antwort. Ich träumte nicht. Die Schläfe war dick geschwollen und schmerzte bereits bei vorsichtiger Berührung. Ich seufzte und fragte mich, wie diese kleine Verletzung, die schon für meinen Gedächtnisverlust verantwortlich war, auch noch die seltsamen Umstände und die ungewöhnliche Umgebung erklären sollte, in der ich mich augenscheinlich befand.

Mein Blick glitt wieder an die Decke. So etwas hatte ich bisher nur in Kirchen gesehen und auch nur dort vermutet. Ich war jedoch in keinem Gotteshaus, sondern im Haus von Wilhelms Familie, wie mir der blonde Mann gestern bei seiner Begrüßung mitgeteilt hatte. Geblendet von den Sonnenstrahlen, die sich in der gläsernen Kuppel hundertfach zu brechen schienen, richtete ich meinen Blick auf die gegenüberliegende Wand. Das lebensecht wirkende große Gemälde eines älteren Mannes war mir gestern erstaunlicherweise gar nicht aufgefallen, obwohl der elegant spanisch Gekleidete direkt zu mir herüberblickte. Hatte man mich, während ich schlief, in ein anderes Zimmer gebracht? Ich setzte mich vorsichtig auf und erkannte eindeutig das Zimmer von gestern. Genau da vorn, neben der schweren Tür, hatten tags zuvor Wilhelm und Antonio gestanden. Ich wischte die peinliche Erinnerung beiseite und betrachtete interessiert den Porträtierten, der mir trotz seiner schwarzen Kleidung deutlich harmloser erschien als der farbenfroh gekleidete Antonio.

Ich studierte jedes Detail. Besah mir seinen Schnauz- und Kinnbart sowie die dunklen Augen, die mich milde anlächelten, als wollten sie mir etwas sagen oder zumindest über mich wachen. Es war bestimmt nicht schlecht, einen Beschützer unter den Aristokraten zu haben. Er kam mir bekannt vor, aber ich erinnerte mich nicht an seinen Namen. In meinem Kopf war immer noch gähnende Leere. Meine Verletzung ignorierend, rutschte ich ans Fußende des Bettes und versuchte von dort aus einen Hinweis auf ihn zu entdecken, vielleicht am Rahmen des Gemäldes. Nichts. Keine Initiale, kein Wappen! Selbst das kleine Medaillon, das er trug, verriet nicht mehr von *ihm. Es war einfach zu winzig, als dass der Künstler noch eine Signatur hinterlassen konnte. Auch ohne Zeichen war ich mir ziemlich sicher, dass es sich um einen bedeutenden Mann handeln musste. Er war vermutlich der Besitzer dieses Anwesens. Ich überlegte kurz, doch mir fiel keine Ähnlichkeit zu Wilhelm auf. Das musste nichts heißen, aber nun war ich erst recht neugierig geworden, in wessen Haus und Gesellschaft ich mich befand.*

Ich suchte nach anderen Anhaltspunkten. Doch weder Bett noch Truhe lieferten einen Hinweis auf ihren Besitzer. Selbst die Fenster nicht, die heute verhangen waren. Die schweren Vorhänge bewegten sich träge im Wind.

Ich war so in meine Überlegungen vertieft, dass ich fast nicht bemerkt hätte, dass ein kleiner Windzug die dunklen Stoffe leicht anhob.

Doch dieses Mal reagierte ich sofort. Heute würde ich mich nicht bis auf die Knochen blamieren. Mein Herz schlug zwar bis zum Hals, aber zum Glück lag ich sicher, bis zur Nasenspitze unter der Decke, als ich sehen konnte, wer den Raum betrat. Es war NICHT Antonio, wie ich fast bedauernd feststellte. Eigentlich sollte ich mich freuen, denn es war die schüchterne junge Dienstmagd von gestern. Ich nickte ihr zu, doch sie war so damit beschäftigt, ein Tablett hereinzubalancieren, dass sie meinen enttäuschten Gesichtsausdruck gar nicht bemerkte. Ich wollte jetzt einen passenden Augenblick abwarten, um meine Unhöflichkeit wieder wettzumachen, und beobachtete sie interessiert. Das Mädchen zerrieb konzentriert getrocknete Blätter und vermengte sie mit verschiedenen Kräutern. Dann goss sie dampfendes Wasser dazu und deckte das Gefäß ab. Sie schien unglücklich zu sein. Diesen melancholischen Blick hatte ich doch schon gestern bei ihr gesehen, oder etwa nicht?

Obwohl ich lieber nicht an den vergangenen Tag denken wollte, fiel es mir wieder ein, und ich wusste es nun genau. Das Mädchen war verliebt. Unglücklich verliebt in ihren Dienstherrn. Gestern, als sie ihn unvermittelt sah, war sie sofort rot geworden. Außer mir hatte es niemand bemerkt. Erst recht nicht der Betroffene selbst. Ich stockte in meinen Überlegungen, die ja nur Spekulationen waren, doch ein schmerzliches, niederschmetterndes Gefühl übermannte mich: Ich war in der gleichen Situation wie das namenlose Mädchen mit den schönen Augen. Ich musste mich endlich zusammenreißen, meine Tagträume vergessen und mich der Wirklichkeit stellen. Die sah ganz anders aus. Ich musste herausfinden, wer ich war, wo ich mich befand und vor allem, was passiert war. Genug Aufgaben, um nicht tatenlos hier herumzuliegen und Hirngespinsten nachzuhängen. Zum Beispiel die Barmherzigkeit und Hilfsbereitschaft meines Retters mit Zuneigung zu verwechseln. Womit ich schon wieder beim Thema war. Energisch wischte ich die immer wiederkehrenden Gedanken weg und richtete mein Augenmerk auf das Mädchen.

Mit gesenktem Blick goss sie mir von dem duftenden Getränk ein, einer Sorte Tee, deren Aroma ich noch nicht kannte, und gab mir so Gelegenheit, mich bei ihr zu bedanken und gleichzeitig vorzustellen. Bei diesem Anlass würde ich auch endlich ihren Namen erfahren.

Ich holte tief Luft und... nichts passierte! Der perfekte Augenblick verstrich ungenutzt. Das Mädchen lächelte mir aufmunternd zu, half mir beim Trinken und stellte dann den Becher wieder ab. Kein einziges Wort verließ meine Lippen. Außer einem heiseren Krächzen war nichts zu hören. Ich fühlte mich wie ein Fisch auf dem Trockenen, der lautlos seine Lippen öffnete und schloss. Es war, als schnürte mir jemand die Kehle zu. Panik überkam mich, und ich griff mir wie eine Erstickende an den Hals. Doch das verschlimmerte nur meine Lage. Zu der Sprachlosigkeit gesellten sich jetzt Luftnot und Übelkeit.

Eine böse Macht musste sich gegen mich verschworen haben und ich hatte nicht die geringste Ahnung wieso. Ich wusste nur, dass ich weg wollte. Weit weg von diesem unheimlichen Ort. Ich ignorierte das Pochen in meinem Kopf, schwang mich herum und setzte einen Fuß auf den Boden. Ein tiefer, durchdringender Schmerz durchfuhr meinen Körper. Es war, als hätten sich hunderte heiße Nadeln gleichzeitig in meinen Fuß gebohrt. Ich wollte aufschreien, doch selbst jetzt blieb ich stumm. Das Dienstmädchen war sofort bei mir. Es stützte mich und rief gleichzeitig um Hilfe. Elisabeth eilte herbei und gemeinsam betteten sie mich zurück und gaben mir einen starken Kräutersud. Hastig schluckte ich das bittere Gebräu hinunter und wünschte, es würde nicht nur den Mund betäuben. Obwohl die beiden versuchten, mich zu beruhigen, weinte ich lautlos, bis mir ganz warm und alles gleichgültig wurde. Mein überdrehter Geist tauchte in einem dichten Nebel unter. Dieses Mal war ich froh, nichts mehr zu sehen. Ich hatte das Gefühl zu fallen. Ich fiel immer tiefer, bis ich merkte, dass ich gar nicht fiel, sondern aufstieg.

Ich erhob mich in die Lüfte, flog leicht wie ein Vogel. Die Welt wurde klar – endlich. Ich sah plötzlich mit der Schärfe eines Raubvogels und erkannte unter mir eine Straße. Jene Straße, wo alles begann. Obwohl ein Teil von mir sich weigerte, näherte ich mich doch, wie magisch angezogen, dem Ort meiner einzigen Erinnerung. Ich betrachtete das schlangenförmige Band und erkannte die große Handelsstraße, die die Städte Cölln und Jülich verband. Ich sah Bauern, Kaufleute, Pferdegespanne. Glitt immer höher und ließ mich vom Wind treiben. Sah Wäldchen, Felder und ganze Dörfer. Von hier oben sah die Welt so unscheinbar und klein aus. Ich fühlte mich frei und wurde übermütiger. Ich wollte höher und noch höher. Aber während ich mich weiter emporstieß, wusste ich, dass ich einen Fehler gemacht hatte. Einen großen Fehler. Plötzlich verlor ich die Kontrolle und fiel wie ein Stein hinab. Ich wurde immer schneller, der Boden kam immer näher. Panik überkam mich. Ich würde auf die Erde aufschlagen und zerschmettert werden. Schon erkannte ich einzelne Pflastersteine. Doch noch ehe ich auf dem Pflaster aufprallen konnte, verwandelten sich die grauen Steine in eine aufschäumende und wogende Gischt. Ikarusgleich stürzte ich nun in das dunkle Meer. Ich versank und fühlte nichts mehr. Völlig schwerelos schwebte ich im Wasser und eine tiefe, friedliche Stille umschloss mich. Erleichtert wollte ich mich treiben lassen, als ich unsanft ans Ufer geschleudert wurde. Ich schnappte nach Luft. Ich fror entsetzlich und konnte mich nicht rühren. Im seichten Wasser blieb ich regungslos liegen.

Zwischen den Wellen meines Bewusstseins tauchten groteske Bilder auf. Ich wollte sie ignorieren. Doch das kalte windgepeitschte Wasser schwappte unentwegt auf meinen gelähmten Körper und forderte meine ganze Aufmerksamkeit.
Lauernde Fragen, unter der Oberfläche nicht in Schach zu halten, brachen sich einen Damm, hämmerten sich mit Macht ins Freie, so dass ich ihnen ins Angesicht blicken musste!
Was wollte eine junge Frau ohne Begleitung in der großen Stadt?
Prompt sah ich das lächelnde und sonnengebräunte Gesicht von Antonio vor mir, das mich seit zwei Tagen unaufhörlich verfolgte, und ich wusste, was dies bedeuten musste. Dass jener andere Mann, mit dem ich ohne Zweifel verabredet gewesen war, mein Herz eben nicht im Sturm erobert hatte! Wäre es anders gewesen, hätte ich ihn niemals vergessen können, nicht in diesem und auch nicht in jedem anderen Leben!
Warum wurde ich so gefoltert, warum wurden mir gerade jetzt die Augen geöffnet? Ernüchtert wandte ich mich ab. Mein Blick glitt zurück auf das dunkle Meer. Genau dorthin wollte ich, doch mit jeder Welle wurde ich weiter landeinwärts gespült. Selbst Poseidon hatte also etwas

gegen mich. Warum schickte er mir unermüdlich neue Artefakte von verdrängter Erinnerung? Ich wollte gar nicht hinsehen, wollte nicht noch mehr desillusioniert werden. Doch ein großes unförmiges Ding kam direkt auf mich zugeschossen, prallte ab und blieb neben mir liegen. Unwirsch drehte ich den Kopf zur Seite. Fast wäre mir das Herz stehen geblieben, als ich auf das abgetrennte Haupt einer Frau starrte. Meine Mutter..., dachte ich im ersten Moment, nur um dann festzustellen, dass es eine fehlgeleitete Assoziation meines Bewusstseins war, die mir diesen makaberen Streich spielte. Ich wusste nicht mehr, was ich glauben sollte. Dieser Kopf, der da auf mich zugerollt war, gehörte der schottischen Königin Maria Stuart. Als ich mich wieder umdrehte, war die Halluzination verschwunden. Was wollte mir die tote Königin sagen? Dass ich, dreißig Jahre nach ihrem grausamen Tod, ebenfalls kurz davor stand, meinen Kopf oder zumindest meinen Verstand zu verlieren? War ich bereits dem Wahnsinn verfallen oder hatte ich als Kind nur die traurige Geschichte der Königsmutter gehört und sollte daran erinnert werden, dass es gar nicht erstrebenswert war, eine Prinzessin zu sein? Lächerlich, diese Trugbilder der eigenen Phantasie! Ich war vergiftet worden. In diesem Kräutertrunk war eine gute Portion Halluzinogene.

Ich wollte mich gerade den Bildern wie eine Auster verschließen, als ich etwas Blinkendes entdeckte. Die kleinen, perlmuttfarbenen Symbole lagen verstreut im flachen Wasser. Ich streckte meine Finger nach den scharfkantigen Buchstaben aus, bevor sie unwiderruflich ins Meer zurückgezogen wurden. Es gelang mir, eine Handvoll von ihnen zu greifen. Ich hielt sie lange fest, gewillt, meinem benebelten Hirn keine neue krankmachende Nahrung zu geben. Doch die Neugier obsiegte. Langsam öffnete ich meine Hand und blickte auf die fünf glitzernden Zeichen. Ich musste schlucken, als ich den Namen entziffern konnte, der in meiner Hand leuchtete:

MARCO

Kaum hatte ich das Wort gestammelt, wurde ich von einer alles verschlingenden Welle erfasst und ins Meer zurückgesogen. Ich wollte mich festhalten, doch das Wasser bäumte sich auf, und es war, als ob der gesamte Ozean in einen riesigen Strudel gezogen wurde. Resigniert sah ich das große Loch und wusste, dass ich jeden Augenblick in die unendliche Tiefe gerissen werden würde. Gerade jetzt, als ich den erlösenden Hinweis bekommen hatte. Krachend fielen die Wassermassen über mir zusammen und dann...

Stille.

Nur ein leichtes Schaukeln erinnerte mich daran, dass ich überhaupt im Wasser war. Genau genommen lag ich sicher in einem Boot. Es war ein kleines Boot, das beim näheren Hinschauen fast wie ein Bett aussah. Erstaunt blickte ich mich um. Das Meer war verschwunden, stattdessen blendete mich die Sonne. Das grelle Licht mehrerer Sonnen. Ich blinzelte und erkannte das Zimmer. Hoch über mir die gläserne Kuppel. Schweißnass und lang ausgestreckt lag ich auf dem weißbezogenen Bett in Wilhelms Haus. Auf meiner Zunge spürte ich noch immer die salzigen Rückstände des Meeres. Doch jetzt glaubte ich eher an Mohn und Bilsenkraut, die mir den Geschmack von ozeanblauem Wasser vorgegaukelt hatten. Laudanum, schoss es mir durch den Kopf. Sie hatten mir ein Beruhigungsmittel gegeben und dank des Rausches hatte ich endlich einen Hinweis bekommen, einen äußerst hilfreichen sogar.

Ich musste sofort los. Ich musste Marco suchen.

7. Kapitel

Oliver gab seiner Kollegin noch rasch ein paar Informationen, bevor er dem Tross – bestehend aus seiner Patientin, zwei Sanitätern und dem Fahrer des Rettungswagens – hinterhereilte. Noch im Laufschritt überprüfte er die kopierten und akkurat abgehefteten Patientenunterlagen und musste schmunzeln. Das konnte nur Mia gewesen sein und erklärte ihr neuerliches Verschwinden.

Anfangs hatte Oliver sich nichts dabei gedacht, dass er ausgerechnet Mia nie in den Räumlichkeiten antraf, in denen er beschäftigt war, aber mittlerweile glaubte er nicht mehr an einen Zufall. Seit drei Monaten – seit er hier arbeitete – war sie augenscheinlich die Einzige, die es vermied, Patienten von ihm zu übernehmen. Bei nächster Gelegenheit würde er mit Mark über seine Beobachtung sprechen. Mark kannte sie viel länger und wusste vielleicht eine Erklärung.

So in Gedanken versunken erreichte er die Patientin und zückte die Unterlagen, um sie dem Fahrer des Rettungswagens in die Hand zu drücken. Plötzlich wurde ihm schwarz vor Augen.

„Du lieber Gott, Doktor. Heute noch nichts gegessen?“ Der kräftigere der beiden Sanitäter packte ihn beherzt am Arm und stützte ihn.

„Es ist nichts!“, beeilte sich Oliver zu versichern und wusste doch, dass ein ausgefallenes Mittagessen noch die beruhigendste Erklärung für diesen seltsamen Zustand war. Schon vor Monaten hatte er einen ähnlichen Flash erlebt. Wie aus heiterem Himmel hatte ihn damals ein kaum wahrnehmbarer Duft taumeln lassen.

Nun war es wieder passiert, und das erschreckte ihn. Nur die Tatsache, dass der Geruch angenehm blumig und nicht wie von verbranntem Holz wirkte, ließ ihn ein wenig aufatmen. Im Prinzip wusste er, dass es eine lächerliche Körperreaktion war und er sich keine Gedanken über schwerwiegendere Ursachen solcher Wahrnehmungsstörungen wie Epilepsie oder Hirnblutung machen musste. Viel eher war zu befürchten, dass er unter einer latenten Hypochondrie litt, die allmählich im Begriff war, sich zu manifestieren.

War es früher allein seiner ausgeprägten Eitelkeit zu verdanken, dass er sich penibel seiner Morgentoilette widmete und Pickeln schon im Ansatz den Garaus machte, so suchte er neuerdings regelrecht sogar mit der Lupe nach diesen Unreinheiten, minimalen Veränderungen an

seinem Körper. Doch immer umsonst. Dennoch hatte er das Gefühl, als zöge sich innerlich ein straffes Band um seinen Brustkorb und hinderte ihn mehr und mehr am Atmen. Aber auch ein heimlich aufgezeichnetes EKG und die entsprechende Blutuntersuchung waren negativ.
Jetzt also auch noch dieser merkwürdige Geruch. Oliver sog trotz stechender Schmerzen in der Brust tief die Luft ein, doch der blumige Duft war verflogen. Seine Begleiter wollte er nicht fragen, ob sie eine ähnliche Wahrnehmung hatten. Sie sahen nicht besonders gesprächig aus. Zwei gestandene Kerle in Feuerwehrkluft. Groß, kräftig und mit breiten Schultern. Ohne seine Hilfe schoben die Männer die Trage mit der Patientin in den Rettungswagen. Nur ein paar knappe Anweisungen, zwei, drei Handgriffe, und schon war sie drin und fachmännisch fixiert. Der Fahrer – ein älterer Mann – hatte bereits Platz genommen und wartete auf Olivers Zeichen zur Abfahrt. Ein letzter prüfender Blick auf die Anzeigen: Blutdruck, Puls, Temperatur, alles okay. Die Infusionen? Wie angeordnet. Oliver klopfte an die Trennscheibe zur Fahrerkabine. „ Auf geht 's!“
Mit eingeschaltetem Martinshorn bahnten sie sich ihren Weg. *Tatü tata*! Mitten durch den brodelnden Berufsverkehr, quer durch Köln. Baustellen, Ampeln,

Schlaglöcher, zugeparkte Straßen. Zum Kotzen! Und das ewige belastende Geruckel. Oliver strich seiner Patientin über die Stirn. Hoffentlich hält sie durch. *Fahr doch, Mann, fahr doch!* Aber er wusste, der Mann tat sein Bestes.
Oliver hatte es oft genug am eigenen Leib erfahren: Raus aus der Tiefgarage, rein in den Stau. Ein typischer Montag auf Kölns Straßen. Bereits am Militärring Stop–and-go! Zeit genug für die Komplettversion von Nirvanas „Nevermind". Zeit, die sie jetzt auf gar keinen Fall hatten. Schon wieder wurde der RTW ausgebremst. *Fuck! Fuck! Fuck!*
Mittlerweile war der Zustand seiner Patientin Besorgnis erregend. Sie brauchte dringend Diagnostik, Therapie und vor allem Ruhe. Der Kreislauf schien mit jeder Bodenwelle zu schwanken und die Temperatur stieg wieder an. Oliver drehte die gekühlten Infusionen schneller und erhöhte gleichzeitig die Dosierungen der stabilisierenden Medikamente. *Wann waren sie endlich da?* Ungeduldig klopfte er an die Scheibe, auch wenn er wusste, dass dies nicht besonders hilfreich war.
Verdammt, es konnte doch nicht alles umsonst gewesen sein! Stundenlang hatten sie um dieses Leben gekämpft.
„Wie viel *Supra* haben wir im Wagen?"
Einer der Rettungssanitäter reichte ihm stumm eine Spritze mit dem aufgelösten Adrenalin.

8. Kapitel

Ungläubig stand ich am Fuß des großen Baumes. Jetzt, da ich wieder bei klarem Verstand war und die Wirkung des Laudanumsaftes nachgelassen hatte, war ich mir sicher, einen großen Fehler begangen zu haben. Vielleicht stammte diese Erkenntnis auch daher, dass ich jetzt wusste, wer mich so gastfreundlich beherbergt hatte und wem ich nach meiner undankbaren Flucht kaum mehr unter die Augen treten konnte. Wäre ich doch nur ein bisschen aufmerksamer über den langen Flur mit der Ahnengalerie gelaufen, dann hätte ich mein Vorhaben vielleicht noch stoppen können. So aber war ich blindlings an den Porträts der Familienangehörigen Wilhelms vorbeigehastet. Das Haus erschien mir wie ausgestorben und begünstigte meine Flucht. Erst nachdem ich die Freitreppe hinuntergehumpelt war, hatte ich Geräusche gehört. Schnell suchte ich den Ausgang. Ich erreichte ihn gerade noch rechtzeitig, bevor die Stimmen näher kamen. Ungesehen schlüpfte ich durch die schwere Tür. Was dann kam, darauf war ich in keiner Weise vorbereitet. Die Mittagshitze schlug mir sengend entgegen. Mir blieb die Luft weg und ich hob schützend meine Hände vor die

Augen. Ich drehte mich um und erkannte plötzlich, wo ich war.

Fassungslos starrte ich auf den golden schimmernden, aufrecht stehenden Löwen, der über dem Eingangsportal in seinem Wappen prangte und von dort das gesamte Herzogtum Jülich und Berg zu überblicken schien. Ich musste schlucken. Mein Retter hatte mich zum Pfalzgrafen Wolfgang Wilhelm gebracht. Wie war das möglich? Was sollte ich jetzt tun? Zurück konnte ich auf keinen Fall. Doch bei dem Gedanken, barfuß den langen Schotterweg zum Tor zu gehen, graute es mir. Ich raffte mich auf und lief mit zusammengebissenen Zähnen los. Es war, als ob ich über glühende Kohlen laufen müsste – meine gerechte Strafe für diese kopflose Flucht. Mit letzter Kraft schaffte ich es durch das schmiedeeiserne Tor bis auf die belebte Straße.

Erleichtert mischte ich mich unter die Menschen. Niemand beachtete mich und so ging ich noch ein Stück stadtwärts, bevor ich mir einen Platz zum Verschnaufen suchte. Ich fand ihn in einer Biegung und setzte mich in das Gras. Endlich entspannte ich mich. Ich wurde ruhiger, aber mit der Ruhe kehrten auch die Schmerzen zurück. Jeden einzelnen Knochen spürte ich. Ich hatte mich eindeutig übernommen. Es würde noch ein langer Marsch in die Stadt werden und eine Mitfahrgelegenheit auf einem

Fuhrwerk war nicht in Sicht. Ich begann, meinen Mantel nach Geldstücken abzusuchen.
Nichts. Nicht einmal die kleinste Kupfermünze. Ich tastete sorgfältig das Innenfutter meines Mantels ab, aber da war rein gar nichts. So mittellos würde ich es nie nach Cölln schaffen. Verzweifelt klopfte ich meine restliche Kleidung ab. Außer dem Mantel trug ich nur das geliehene Unterkleid und die lapprig gewordene Halskrause. Sicherlich kein schöner Anblick. Ich nahm das unbrauchbar gewordene Stück Stoff ab und betrachtete es. Es würde mir nicht weiterhelfen können. Ein besserer Putzlappen, mehr nicht. Ich tupfte mein schweißnasses Gesicht ab und sah die dunklen Schlieren auf dem vormals weißen Tuch. Ich musste unmöglich aussehen. Energisch rieb ich mir Gesicht, Hals und Hände. Jeden einzelnen Finger nahm ich mir vor. Beim Ringfinger angekommen, erhellte sich augenblicklich mein Gesicht. Mein Ring! An den goldenen Ring hatte ich gar nicht mehr gedacht. Ich war fürs Erste gerettet. Sollte sich wirklich eine barmherzige Seele bereit erklären und mich mitnehmen, könnte ich das Schmuckstück im Pfandhaus eintauschen. Vor den Toren der Stadt, wo die Pfandleiher angesiedelt waren.
Froh, eine Sorge weniger zu haben, drehte und zog ich an dem Ring – vergeblich. Er saß fest. Der Finger schmerzte

bereits, als mir etwas anderes einfiel. Behutsam tastete ich nach meinen Ohrläppchen und lächelte. Ich trug Ohrringe, die vielleicht nicht ganz so wertvoll wie der Ring waren, aber auch in Geld zu tauschen waren. Jetzt fehlte nur noch die passende Mitfahrgelegenheit, und das würde schwierig werden.

Um diese Zeit war fast nur Fußvolk unterwegs. Vereinzelt ein Reiter, der mich skeptisch beäugte. So einen würde ich wohl kaum fragen, ob...

Ich seufzte. Hatte ich doch tatsächlich vergessen, dass ich nicht mehr sprechen konnte. Es war wie verhext... Unfähig, auch nur einen vernünftigen Gedanken zu denken, einen logischen Plan zu entwerfen, beschlich mich das miese Gefühl, in der Tat verflucht zu sein. So musste es sein, denn noch vor zwei Tagen konnte ich sprechen. Ich erinnerte mich genau, wann das war: als ich Antonio meinen Namen genannt hatte.

Hatte ich mich versündigt, wurde ich deshalb so bestraft?

Ich betete zu Gott und bat ihn um Vergebung. Ich würde alles tun, wenn ich nur meine Stimme wiederbekäme. Obwohl ich keine Antwort erhielt, ahnte ich, dass ich mich von nun an fernhalten musste. Fernhalten von Antonio. Ich versprach es – fest entschlossen. Ich wollte sowieso nur noch zu Marco. Er war der einzige Mensch, der mir helfen konnte. Er würde mich nach Hause bringen und hätte sicherlich eine Idee, wie ich meine Stimme zurückerlangen könnte. Ich zog mir die Kapuze über den Kopf und wickelte mich in den Mantel. Als ich meinte, in der Ferne einen Wagen ausmachen zu können, reckte ich mich. Ich schöpfte Hoffnung, musste mich aber in Geduld üben.

Mit Blick auf die holprige Straße wünschte ich mir, dass der Kutscher es bis hierher schaffen würde. Es passierte immer wieder, dass Räder oder Achsen brachen, wenn sie in Schlaglöchern stecken blieben.

Der Wagner bei uns im Dorf hatte immer viel zu tun gehabt. Wir alle bewunderten ihn, wie geschickt er mit den verschiedensten Werkzeugen umgehen konnte und schon bald ein Rad oder einen ganzen Wagen fertiggestellt hatte. Es war faszinierend. Seine Tätigkeit wurde nur von der Arbeit des Schmiedes in den Schatten gestellt. Vor allem die Jungen drängelten sich dort dicht ans Feuer, wenn die muskulösen Männer die Eisenringe für die Räder eines Wagens in Form brachten. Mir war gerade so, als tanzten die Funken aus meiner Kindheit vor meinen Augen. Ich setzte mich und musste die Lider für einen Moment schließen. Die Stimmen der vorbeiziehenden Kaufleute und Viehtreiber vermischten sich mit den Stimmen der Schmiede aus meiner Erinnerung. Ich hörte ganz deutlich das Schlagen der Hämmer, das Zischen des Wassers, das über die heißen Eisen gekippt wurde, und das erneute Schlagen. Dazwischen waren die Rufe der Männer und die aufgeregten Schreie der Kinder zu hören, die vor den wild fliegenden Funken zurücksprangen.

Eine sonore Stimme holte mich aus meiner Erinnerung zurück. Es war der Mann mit dem Fuhrwerk. Wie war er so schnell hierhergekommen?

Auf jeden Fall hielt er mich für eine pilgernde Nonne, die er einlud, das letzte Stück in Richtung Stadt mit ihm zu fahren. Im Gegenzug sollte ich nur bei den Reliquien der Heiligen Ursula ein gutes Wort für ihn und seine Familie einlegen. Ich nickte eifrig und nahm gerne auf dem mit Mehl beladenen Karren Platz.

Ohne viele Worte trieb der Müllergehilfe seinen Wallach an. Wir näherten uns der Stadt von westlicher Richtung. Auf den Weiden grasten Schafe. Der letzte Regen hatte die Wiese saftig grün werden lassen und sie ließen es sich schmecken. Ringsum blühten Blumen. Roter Klatschmohn, violette Glockenblumen, weiße Schafgarbe und Kerbel. Ich konnte mich kaum satt sehen.

Die gewaltige Stadtmauer Cöllns lag vor uns. Überall Türmchen und Tore. Ganz hinten konnte ich sogar mein

angebliches Ziel, die Hohe Domkirche, erkennen. Der hölzerne Baukran war bis weit in das Umland zu sehen.
Die Straße wurde merklich breiter und immer mehr Menschen strömten Richtung Stadt. Ich würde jede Menge Gottvertrauen brauchen, um unter all den Kaufleuten, Handwerkern, Tagelöhnern und Pilgern einen bestimmten Menschen zu finden.
Der Wagen wurde langsamer, und wir reihten uns in die lose Schlange der Wartenden ein. Der alte Mann zügelte sein Pferd und kramte in seinem ledernen Beutel nach ein paar Münzen, die er für die Durchfahrt bereithalten wollte. Die Stimmen wurden jetzt lauter und das Hahnentor tat sich unmittelbar vor uns auf. Der Müllerknecht war mit einem der Wachmänner beschäftigt, während ein zweiter die Ladung inspizierte. Ich kletterte gerade umständlich von dem Karren, als ich einen stechenden Blick in meinem Nacken zu spüren glaubte. Ich sah den dicken, verschwitzten Wachmann erst, als ich festen Boden unter meinen Füßen fühlte und mich umdrehte. Er taxierte mich ungeniert. Doch erst das anzügliche Schnalzen seiner Zunge ließ mir bewusst werden, dass sich mein Mantel im Wagen verfangen hatte und er so einen großzügigen Blick auf meine entblößten Beine werfen konnte. „Mistkerl!“, wollte ich ihm am liebsten entgegenschreien, doch

stattdessen zog ich den Umhang nur stumm nach unten. Der Dicke schien auf den Geschmack gekommen zu sein. Ihm war gleich, wen er da vor sich hatte. Ich hatte ja schon von spanischen Söldnern und marodierenden Soldaten gehört, die keinen Halt vor Frauen machten. Doch dies war nicht irgendein überfallenes und gebrandschatztes Dorf, sondern die große Hansestadt Cölln.
Hilfe suchend blickte ich mich nach meinem Begleiter um. Der Mann stand leider auf der anderen Seite des Wagens. Der Widerling mir gegenüber strich sich mit einer Hand sein fettiges Haar glatt und trat ganz dicht an mich heran. Als er meine Angst bemerkte und mich stumm sah, verzog sich sein Gesicht zu einem selbstgefälligen Grinsen. Eine stinkende Wolke aus Schweiß, Fisch und abgestandenem Wein schlug mir entgegen. Ich versuchte, das Gesicht abzuwenden, doch seine fleischigen Finger hielten mein Kinn umklammert. Sein fauliger Atem kam immer näher. Er drehte mich zu sich und ich wäre am liebsten ohnmächtig geworden, so erniedrigt und hilflos kam ich mir vor. Während ich darauf wartete, dass gleich etwas Ekelerregendes passieren würde, bemerkte ich, dass diese widerliche Kreatur so etwas wie Haltung annahm. Sollte er sich auf seine gute Kinderstube besonnen haben? In diesem Moment spürte ich zwei kräftige Hände, die mich

von hinten an der Schulter packten. Fast wäre ich gestürzt, doch ich wurde aufgefangen. Erschrocken blickte ich mich um und sah in das zornige Gesicht von....

Wilhelm.

9. Kapitel

Endlich Feierabend! Minutenlang starrte Mia gedankenverloren in den Spiegel über dem Waschbecken. Mit beiden Händen stützte sie sich ab und spürte, wie sie zitterte. Sie musste dringend etwas essen. Stattdessen beugte sie sich zum Wasserhahn hinunter, trank ein paar Schlucke eiskaltes Wasser und benetzte anschließend ihr Gesicht. Die Tropfen perlten von der Stirn und liefen in Rinnsalen ihren Hals hinunter. Die Erfrischung war oberflächlich und währte nur kurz. Sie fühlte sich müde und abgekämpft.

Wie gerne hätte sie jetzt mit jemandem gesprochen. Über ihre Gedanken. Über ihren Job. Vielleicht könnte sie ihre Schwester anrufen? Sich ein bisschen ablenken von dem stressigen Tag.

Mia kramte ihr Handy aus der bedruckten Umhängetasche und tippte auf das lachende Profilbild ihrer kleinen Schwester. Doch bevor die Verbindung aufgebaut werden konnte, legte Mia rasch wieder auf. Gerade noch rechtzeitig war ihr eingefallen, dass Billa um diese Zeit höchstwahrscheinlich Popcorn essend im Kino sitzen würde.

Ihre Mutter hatte wie so oft Dienst, und Lizzy war auch schon weg. Direkt nach Dienstschluss war sie zum Elternabend ihres Sohnes gefahren. Sie war eine engagierte Frau, nicht nur bei der Arbeit. Ohne Lizzy wäre sie heute wirklich aufgeschmissen gewesen.
Sie dachte wieder an das Mädchen vom Nachmittag. Es war kaum älter als sie gewesen. Von jetzt auf gleich aus dem Leben gerissen, chancenlos in die Tragödie geschlittert, die alles verändern würde. Mia war noch immer erschüttert über das, was sie hatte mit ansehen müssen. Ihr war schwindelig geworden, sie war unfähig, auch nur einen vernünftigen Handgriff zu tun. Erst als Lizzy sie beruhigt hatte, war es ihr gelungen, den Schalter in ihrem Kopf zu finden, der sie immun machte und ihren lähmenden Zustand beendete. Sie arbeitete mechanisch, wie ein gut programmierter Roboter. Reichte Tücher, Tupfer, Katheter. Nahm Blut ab und spritzte Medikamente. Hängte Infusionen auf und kontrollierte die Vitalzeichen. Sie war zur Stelle, als die Patientin sich gegen die Beatmung wehrte und aufbäumte. War die ganze Zeit zugegen, bis sie sich stabilisierte. War diejenige, die alles für den Transport in die Uniklinik vorbereitete, den Oliver begleiten sollte, und sie war es auch, die anschließend das verbliebene Chaos beseitigte. Die benutzten Materialien

entsorgte, die Geräte abwischte, desinfizierte und den Boden vom Blut säuberte.
Jetzt, Stunden später, hatte Mia das Gefühl, dass sich die Anspannung legte, die Konzentration langsam abnahm und sie endlich wieder frei durchatmen konnte. War das normal, dass sie so reagierte? Hatte sie einen Rückschlag erlitten, weil sie das Schicksal der Gleichaltrigen zu nah an sich herangelassen hatte? So viele Fragen und niemand, der sie ihr beantworten konnte. Mark, den sie sehr schätzte und mochte, war mit Sicherheit zu Hause, hatte aber vermutlich ganz andere Probleme. Sie würde ihn nicht anrufen, auch wenn sie seine ganz private Nummer hatte.
Blieb aus ihrer Runde nur noch Oliver, aber den würde sie bestimmt nicht fragen. Im Grunde war er noch eine zusätzliche Belastung für sie und ein weiterer Grund, warum sie hier so herumtrödelte. Längst hätte sie in ihrem Auto sitzen können. Umgezogen war sie schnell: Rock, Top, Ballerinas. Fertig. Doch nebenan in der Herrenumkleide waren immer noch Geräusche zu hören. Was machte er bloß so lange? Sie wollte endlich nach Hause.
Da! Sie hörte das Zuschlagen der Tür und atmete auf. Noch ein paar Minuten, und sie könnte ebenfalls zum Parkplatz gehen. Sicherheitshalber entschied sie sich

zusätzlich für den längeren Weg über die Notaufnahme und war deshalb gewiss, dass sie Oliver nicht mehr begegnen würde. Im Dienst fühlte sie sich noch relativ sicher. Die Arbeitskleidung gab ihr einen gewissen Schutz. Vielleicht war sie feige und versteckte sich gerne, aber dieses Verstecken hatte schon einmal ganz gut funktioniert. Auch wenn es damals weder ein klobiger Krankenhauskasack noch ein kurzes Sommeroutfit, sondern ein hautenges Katzenkostüm gewesen war.

Sie wollte nicht mehr an den verdammten Karneval denken und machte sich auf den Weg durch die langen Flure zur Notaufnahme. Sie wunderte sich über die vielen Bilder an den Wänden. Seit wann hingen denn in diesem Flur Gemälde? Bisher stellten die Künstler ihre Bilder doch ausschließlich im Verwaltungstrakt des Krankenhauses aus. Neugierig geworden trat sie einen Schritt näher und las, dass es sich allesamt um Selbstporträts von älteren Hobbymalern handelte. Sie betrachtete jedes einzelne und fand, dass die Bilder ganz ausgezeichnet an diesen tristen Ort passten und ihn mit Leben füllten. Augenblicklich dachte sie an ihre Mutter, die seit vielen Jahren in einem Altenheim arbeitete und dort manchmal auch mit den betagten Bewohnern malte.

Lächelnd ging sie durch die Schleuse und wurde erst aus ihren Gedanken gerissen, als die Lichter eines Autos unweit vor ihr aufleuchteten.

10. Kapitel

Die Hahnentorburg lag schon längst hinter uns, als mir klar wurde, dass Wilhelms Auftauchen kein Zufall gewesen sein konnte. Er hatte mich gesucht. Dicht an ihn gepresst, saß ich vor ihm auf seinem Pferd. Mit der einen Hand hielt er mich fest, während er mit der anderen die Zügel führte. Zielstrebig lenkte er sein Pferd in das Innere der Stadt. Seit er dem Wachposten ordentlich die Leviten gelesen und dem Müller wertvolle Kurantmünzen – ein Vielfaches seines Monatseinkommens – in die Hand gedrückt hatte, sprach er kein Wort mehr. Ich konnte mir den Müllerknecht lebhaft vorstellen, wie er die mit dem herzoglichen Abbild geprägten Münzen ungläubig betrachtete und sie dann tief in seinen Kleidern versteckte.

Wilhelm war eine natürliche Respektsperson. Ich wusste zwar nicht, wie er mit dem Herzog verwandt war, aber er strahlte eine angeborene Autorität aus, und alle taten, was er befahl. Auch ich saß willenlos vor ihm, obwohl ich doch meine eigenen Pläne verfolgen wollte.

So kamen wir am neuen Viehmarkt vorbei, mit dem Pumphaus und der Windmühle. Die Apostelkirche lag hinter uns und wir bogen geradewegs in die Schildergasse ein. Ich hatte keinen Blick für die prunkvollen Bauten und

Geschäfte – wollte einzig und allein Marco suchen und den fand ich garantiert nicht bei den Schildermachern oder den Wappenschildmalern. Ein unbestimmtes, unerklärliches Gefühl sagte mir, dass ich ihn eher unten am Fluss, am Bayenturm, antreffen könnte.

Wilhelm deutete derweil auf den zweigeschossigen Gürzenich, vermutlich um mich aufzuheitern, doch ich blickte nur gleichgültig auf den leeren Festsaal. Als ob mir jetzt der Sinn nach Feiern stünde! Wir passierten die „Obern Mauern", und ich hatte die irrwitzige Hoffnung, dass Wilhelm seinen Hengst vielleicht doch noch nach rechts, Richtung Südosten, lenken würde. Tatsächlich ließen wir aber die St. Maria Capitol hinter uns und bogen nach links in die Judengasse ein. Damit war klar, das er nicht vorhatte, meinem geheimen Wunsch zu entsprechen – im Gegenteil, er entfernte mich immer weiter von ihm. Ich war deshalb enttäuscht, als wir den Rathausplatz überquerten und von dort aus auf den alten Markt ritten. Ich konnte die vornehmen Fachwerkhäuser – aus festem Stein gebaut –, den Pranger und das Drillhäuschen sehen, aber es interessierte mich ebenso wenig wie das ausgelassene Markttreiben. Wilhelm wurde langsamer und ich spürte, dass wir am Ziel der Reise angekommen waren. Hastig blickte ich mich um. Vielleicht konnte ich noch entkommen.

Doch es kam anders. Noch ehe ich mich versah, hob er mich mit einer Leichtigkeit vom Pferd, die ich ihm gar nicht zugetraut hätte, und schob mich in Richtung eines Hauses. An der offenen Tür erwartete ihn eine resolut wirkende Frau. Ohne viel Federlesens wurde ich in das mit reichlich Stuck und Wandmalerei verzierte Haus gebracht und nach einer kurzen Begrüßung – die Herrschaften Hochstädter wären noch aus – hinauf in den oberen Stock gebracht.

Es musste ganz offensichtlich eine Verwechslung vorliegen. Mit jemandem, der genauso aussah wie ich – mit einer Doppelgängerin, für die dieses pompöse Bett gedacht war, das gut doppelt so groß wie eine normale Schlafstatt war. Mit einem Himmel, der mit Sicherheit nicht zum Schutz vor herabfallendem Ungeziefer angebracht worden war, sondern allein der Verschönerung dienen sollte. Wer waren diese Leute? Ich blickte mich staunend um. Die seidenen Tücher, die von edlen Goldfäden durchzogen waren, die kunstvoll gearbeiteten Wandteppiche, von denen jeder einzelne sicher ein Vermögen wert war. Ich setzte mich auf das mehrlagig mit Decken ausstaffierte Bett und dachte: So musste ein Königskind leben! Ich blickte auf die feinen italienischen Fliesen und schüttelte ungläubig den Kopf. Dann erinnerte ich mich an mein Vorhaben, zu verschwinden, und erhob mich rasch wieder.

Behutsam strich ich die oberste Lage des Bettes glatt, denn ich wollte nichts unordentlich oder gar schmutzig hinterlassen. Hier war alles blütenweiß und makellos sauber.
Es gab zwei Fenster zum Garten hinaus. Ich ging an den Sims. Die Aussicht der Hochstädters war so, wie ich es mir vorgestellt hatte. Ein liebevoll angelegter Garten erstreckte sich vor meinen Augen. Mir fiel es schwer, meinen Blick abzuwenden, doch dann entdeckte ich einen zweiten Raum, der vom Schlafgemach abging. Eine Art Ankleidezimmer, ausgestattet mit einer Truhe und einem mannshohen Spiegel.
Ich hörte auf, mich zu wundern. In dieser Gegend wohnten nur die reichsten und angesehensten Cöllner Familien. Nichts schien da unmöglich zu sein. Deshalb nahm ich es als eine Selbstverständlichkeit hin, dass mitten in diesem Raum ein hölzerner Zuber stand, sozusagen eine ganz private Badestube. Gedankenverloren spielte ich mit einem kleinen Glöckchen, das an einer Kordel hing, und war mehr als erstaunt, als ein junger Bursche in Livree zu mir ins Zimmer kam. Er wurde feuerrot, als er mich nach meinem Begehr fragte. Entgeistert schaute ich ihn an. Hatte ich etwa auch noch drei Wünsche frei? Ich hatte zwar einige, doch diese konnte mir der Grünschnabel dort sicher nicht

erfüllen. Ich schüttelte den Kopf. Der junge Mann blickte auf meine Hände, die noch immer das Glöckchen umschlossen hielten. Langsam verstand ich, dass ich ihn mit dieser Klingel gerufen hatte, und musste fast lachen über meine Naivität. Ich kicherte stumm in mich hinein und der Bann war gebrochen. Er lachte erleichtert auf. Nachdem wir uns beide beruhigt hatten, stellte er sich als Alexander vor. Er erzählte mir, dass alle schon gespannt auf mich wären, und er fügte etwas hinzu, was mich hellhörig werden ließ: Er könne den jungen Herrn gut verstehen.

Welcher junge Herr? Doch wohl kaum Wilhelm?

Wie konnte es überhaupt sein, dass man mich hier schon erwartete? Ich hatte doch nie vorgehabt, hierher zu kommen.

Alexander schien sich nicht zu wundern. Ganz selbstverständlich ließ er mir ein Bad ein.

Nachdem er verschwunden war, überlegte ich kurz. Was soll 's? Der Irrtum würde sowieso bald geklärt, da konnte ich wenigstens noch baden und wäre sauber und erholt, wenn ich weiterziehen musste. Wenn sie erst einmal herausfinden würden, wer ich wirklich war, gäbe es so ein Bad sicherlich nicht mehr. Ich stieg in den Bottich und wusch mich gründlich. Anschließend zog ich mir frische

Sachen an, die Alexander gutwillig bereitgelegt hatte. Ich setzte mich auf das Bett und redete mir ein, mich nur für einen klitzekleinen Augenblick ausruhen zu wollen. Doch kaum lag ich ausgestreckt auf den nach Lavendel duftenden Decken, fielen mir die Augen zu.

11. Kapitel

Mark zweifelte schon etwas an seinem Verstand, als er nach zehn Stunden Dienst und diversen Einsätzen erneut das Foyer eines Krankenhauses betrat. Anstatt daheim seinen Feierabend zu genießen, war er nach einer kurzen Dusche in die Uniklinik nach Köln gefahren. Schon eine halbe Stunde später lief er einen langen, nach Desinfektionsmittel riechenden Flur entlang und noch ein paar Minuten später saß er in einem etwas zu klein geratenen Besucherkittel am Bett seiner Patientin. Mark hatte nicht vorgehabt, ausgerechnet dort auf die ärztliche Auskunft zu warten, doch der zuständige Pfleger hatte ihn anscheinend missverstanden, als Mark sich nach dem Befinden der Frau erkundigt hatte.

Ungeduldig blieb Mark auf dem harten Klappstuhl sitzen und sah sich um. Ein praxisgerechtes Einzelzimmer, ausgestattet mit dem üblichen Equipment: Beatmungsgerät, Monitor, Geräteampel, ein großes Spezialbett, auf der Fensterbank der Mini-Computer. Der Pfleger mit der Stoppelfrisur war gerade im Begriff, Daten in die elektronische Patientenkurve einzugeben, als vom Nebenraum ein schrilles Klingeln ertönte. Eilig verließ der junge Mann das Zimmer und kurze Zeit später verstummte der alarmierende Pfeifton.

Erleichtert atmete Mark auf, als er einen ungestörten Blick auf die Medikamente werfen konnte, die seiner Patientin mittels Infusion zugeführt wurden. Sie hatte sich unter der von ihnen begonnenen Medikation und anschließender Kühlung stabilisiert und es konnten einige Dosierungen reduziert werden. Nachdenklich betrachtete er die komatöse Frau. Ihr Gesicht war angeschwollen, die Prellmarken des ausgelösten Airbags waren deutlich zu erkennen. Vermutlich hatte sie noch versucht, mit den Händen das Schlimmste zu verhindern, sonst wären die Verletzungen weitaus dramatischer ausgefallen. Er wunderte sich, wie erleichtert er darüber war und wie persönlich er auf ihr Schicksal reagierte. Schließlich war sie nur eine Patientin – eine von vielen.

Doch da war es wieder, dieses seltsame Gefühl, dass ihm suggerierte, dass das nicht stimmte. Seit dem Moment, als sie ihn im Autowrack angeschaut hatte, war ihm ihr trauriger, angsterfüllter Blick nicht mehr aus dem Kopf gegangen. Er beugte sich ein wenig zu der Frau hinunter, die es geschafft hatte, seinen emotionalen Schutzschild zu durchdringen. Sanft strich er über ihre Stirn. Kaum dass er sie berührte, zog er seine Hand zurück. Ertappt schaute er sich um und erstarrte.

Mit verschränkten Armen stand eine Ärztin in giftgrüner OP-Kleidung im Türrahmen und fixierte ihn.

„Elly, du?“ Überrascht räusperte er sich. Mit seiner Ex-Verlobten hatte er in diesem Moment am wenigsten gerechnet, obwohl es natürlich klar war, dass sie als Unfallchirurgin hier ein und aus ging.

„Hallo Mark!“

Er rieb sich über das Kinn und bemerkte seine Bartstoppeln. Es ärgerte ihn, dass ausgerechnet Elly diese Nachlässigkeit sehen konnte. Wenigstens verdeckte der Besucherkittel seine ungebügelten Hosen und das abgetragene T-Shirt. Er wollte ihr nach all der Zeit nicht die Genugtuung verschaffen, dass er noch immer unter der Trennung litt.

„Du wolltest mich sprechen?“, fragte sie, und ihr Ton drückte eine Erwartung aus, die Mark irritierte. Er verstand nicht so recht, denn schließlich war es ihre Schuld gewesen, dass zwischen ihnen alles zerstört worden war.

Mark war auf der Hut. „Wenn du die behandelnde Ärztin von ihr bist?“ Sein Kopf zeigte flüchtig auf die tief schlafende Patientin.

Elly fuhr zurück, man sah ihre Gedanken schwirren, ihr Blick pendelte zwischen Mark und der Patientin. Dann nahm sie den Mundschutz ab und zog die OP-Haube herunter. Er konnte ihre Müdigkeit und auch etwas wie Enttäuschung sehen. Wären sie noch zusammen, hätte er sie wahrscheinlich in den Arm genommen und ihr einen Kaffee ausgegeben. Aber das war längst vorbei.
Sie startete einen neuen Versuch. Setzte ein Lächeln auf und kam auf ihn zu. Ein Hauch ihres Lieblingsparfüms umgab sie, doch der fruchtige Duft nach Lilie und Rose hatte keine Wirkung mehr auf ihn. Er klappte mit Bestimmtheit den Besucherstuhl zusammen und stellte ihn wie eine Barriere vor sich.
Ihr Lächeln zerrann und geriet zur Maske. „Du willst mir doch nicht allen Ernstes weismachen, dass du nur hierher gekommen bist, um mich nach irgendwelchen bescheuerten CT-Bildern zu fragen?“, zischte sie.
Obwohl es tatsächlich merkwürdig war, seiner Patientin hinterherzufahren, bejahte er.
Ellys Antwort ließ nicht lange auf sich warten. Obwohl sie sich um Haltung bemühte, zuckte bereits ihr rechtes Augenlid und dann polterte sie auch schon los. „Du willst mich wohl verarschen!“, entfuhr es ihr. „Erst lässt du mich wegen einer Lappalie sitzen und jetzt bestellst du mich

hierher, um mit mir über dein blondes Flittchen zu reden? Du glaubst doch nicht, dass ich so blöd bin und nicht kapiere, was hier läuft!“ Wütend deutete sie auf das Krankenbett.

Mark musste lachen, aber es war ein bitteres Lachen. Elly hatte sich nicht verändert. „Erstens möchte ich dich daran erinnern, dass du es warst, die mich betrogen hat und zweitens...“ Mark winkte ab. Es hatte keinen Sinn, der aufgebrachten Frau zu erklären, dass das blonde Mädchen tatsächlich nur seine Patientin war. Auch wenn Elly zufällig richtig vermutete, dass die Schlafende seiner Traumfrau ziemlich nahe kam. Was wusste sie schon von seinen Träumen?

Die Situation war nur noch lächerlich. Er war fertig hier. Die Befunde würde er sich zuschicken lassen oder telefonisch erfragen, wenn morgen ein anderer Kollege Dienst hatte. Ohne ein weiteres Wort ging er zur Tür, während er gleichzeitig versuchte, den Besucherkittel abzustreifen.

Doch Elly drängte sich an ihm vorbei und versuchte ihn am Gehen zu hindern, hämmerte mit den Fäusten auf seine Brust.

„Das kannst du mit mir nicht machen, nicht mir!“, fauchte sie böse.

Mark schob sie zur Seite. „Und ob ich das kann. Du glaubst doch nicht im Ernst, dass ich ausgerechnet dich um Erlaubnis frage, mit wem ich zusammen sein möchte. Gerade diejenige, die sich durch sämtliche Betten gevögelt hat!"

Elly schnaubte. „Ich muss doch sehr bitten!"

„Worum bitten? Dass ich die Wahrheit sage? Wir waren schließlich verlobt, falls ich dich daran erinnern darf!" Mark schaute sie verächtlich an. „Außer vor deiner Arbeit hast du keinen Respekt mehr von mir zu erwarten, und wenn du dich weiter so aufführst, dann auch nicht einmal mehr das!"

Elly schnappte echauffiert nach Luft, bevor sie nach draußen stürmte. Die Glastür fiel krachend ins Schloss.

Es dauerte noch einem Moment, bis Mark es wagte, sich zu seiner Patientin umzudrehen. Unbeweglich und mit geschlossenen Augen lag sie da, und ihr gleichmäßiger Herzschlag verriet ihm, dass sie nichts von dem Streit mitbekommen hatte.

Mit beiden Händen rieb Mark sich die Schläfen und versuchte so, Ordnung in seinen Schädel zu bringen. Das gleichmäßige Piepen des Monitors und die leise Musik aus dem Radio halfen ihm, sich zu beruhigen. Das Thema Elly war endgültig abgeschlossen.

Plötzlich hörte er eine Stimme hinter sich und fuhr erschrocken herum.

„Alles in Ordnung mit Ihnen? Konnten Sie mit Frau Dr. Ellmann sprechen?“

Erleichtert atmete Mark auf, als er den kräftigen Pfleger mit den streichholzkurzen Haaren erkannte.

12. Kapitel

Ich hatte tief und vermutlich sogar mehrere Stunden geschlafen. Alexander war nicht mehr gekommen, was bedeutete, dass der Irrtum noch niemandem aufgefallen war.

Im Haus war es still und friedlich. Ich griff nach meinem Sommermantel, der achtlos zusammengeknüllt auf dem Boden lag, und ein blumiger Hauch von Rosen umschmeichelte meine Nase. Leise ging ich die Treppe hinunter.

Ich hatte den Hochstädters nicht mutwillig geschadet. Die Anwaltsfamilie – ich war mir ziemlich sicher, dass es sich bei meinen neuen Gastgebern um den angesehenen Cöllner Advokaten Sebastian Hochstädter handelte – war durch meinen kurzen Besuch nicht ärmer geworden. Ich lief durch das gepflegte Haus, schüttelte jedes Schuldgefühl ab und trat mit entschlossenem Schritt hinaus.

Auf dem alten Markt herrschte bereits ein reges Treiben. Händler hasteten zu ihren Markständen und bestückten diese. Ich bahnte mir einen Weg zwischen all den Menschen zur Lintgasse. Von dort würde ich zum Fischmarkt und direkt zum Rhein gelangen. Ich hatte noch immer dieses unbestimmte Gefühl, dass ich Marco dort finden würde. Es gab eine unsichtbare Verbindung zwischen ihm, dem majestätischen Fluss und dem Bayenturm – das spürte ich.

Der Geruch von Fisch wurde immer intensiver. Es wurde lautstark gehandelt, gestritten und gekauft. Die besten Fische wechselten schnell den Besitzer. Die Auswahl war beeindruckend: Heringe, Stockfisch, Schollen, aber auch Bückling und Lachs. Gewaschen, zerteilt, gesalzen, gekocht, getrocknet oder geräuchert – für jeden Geschmack und Geldbeutel war etwas dabei. Ich jedoch hatte keinen Appetit. Ich schaute mir lieber die aufgehende Sonne an, die sich im schimmernden Fluss spiegelte. Sie ließ die zahlreichen Schiffe und Fischerboote in einem verklärten, goldenen Licht erscheinen. Es sah wunderschön und fast wie gemalt aus. Ich sah Wäscherinnen, die im seichten Wasser die Leinentücher einweichten und schrubbten. Mich fröstelte und ich zog mir den Mantel enger. Hier unten roch es entsetzlich. Die eben noch empfundene Idylle war zerstört. Fluchend schleppten Männer Fischkadaver vom nahe gelegenen Fischkaufhaus hinunter zum Fluss. Ich hielt mir angewidert die Nase zu und lief eilig weiter. Obwohl ich mich einerseits wunderte, warum die Abfälle ganz in der Nähe des Waschplatzes ins

Wasser gekippt wurden, erschienen mir andere Beobachtungen so selbstverständlich und vertraut, als wenn ich erst gestern hier gewesen wäre. Mir fielen immer mehr Details ein, zum Beispiel, dass Cölln wegen seiner hervorragenden Lage und seines großen Hafens zu den bedeutendsten Handelsstädten im ganzen Heiligen Römischen Reich gehörte. Das war vielleicht nichts Besonderes, da das jeder wusste, aber mir bedeutete dieses wiedergekehrte Wissen sehr viel. Beschwingt ging ich weiter, und mit jedem Schritt fiel mir Weiteres ein. Zum Beispiel, dass der Handel mit den verschiedensten Gütern ein fabelhaftes und äußerst lukratives Geschäft für die Cöllner Händler und natürlich für die Stadt mit ihrem Stapelrecht war. Ich wusste genauestens Bescheid über das Marktrecht und die damit verbundenen Vergünstigungen und Steuereinnahmen. Ich musste dieses Wissen von Marco haben, da war ich mir sicher.

Aufgeregt reckte ich mich und konnte in der Ferne den Bayenturm – den südlichen Eckturm der Stadtmauer – erkennen. Da würde ich Marco finden. Der kürzeste Weg dorthin verlief direkt unterhalb der Stadtbefestigung, doch er barg die Gefahr, von einem der zahlreichen Torwächter bemerkt zu werden. Auf solch eine Begegnung legte ich keinen großen Wert. Nicht auszudenken, wenn ich auf die Frage, was ich hier machte, nicht antworten konnte.

Also schlug ich den längeren, aber sicheren Weg durch die Stadt ein. Er führte mich zuerst über die Salzgasse zum Buttermarkt und von dort aus zum Heumarkt. Im Spätherbst würde der voll von schlachtreifem Vieh stehen, doch jetzt gab es nur ein paar Schäfer, die lautstark ihre Lämmer anboten. Ich ging weiter und schlängelte mich zwischen Zwiebel- und Gemüseverkäufern hindurch. Ging an Käseständen und Etalagen mit Gewürzen und Salz vorbei. Dann endlich sah ich das Rheingassentor.

Wenn ich Glück hatte, müsste ich gar nicht mehr weiter. Der Duft der nahen Garküchen kitzelte meine Nase und mein Fuß machte sich wieder schmerzhaft bemerkbar. Voller Hoffnung humpelte ich durch das große Tor. Die Schreiber hatten viel zu tun und ließen mich unbehelligt passieren. Sie waren damit beschäftigt, sämtliche Waren zu kontrollieren und zu dokumentieren. Jeder einzelne Sack und jedes Stück Vieh, dass in die Stadt gebracht werden sollte, wurde von ihnen gezählt und geprüft. Waren sie zufrieden, drückten sie den Cöllner Brandstempel auf. Ich stellte mich dicht an das Mauerwerk des ein paar Schritte entfernten Mehlpförtchens. Von hier aus konnte ich unauffällig beobachten, ohne selber gesehen zu werden.

Ich schaute auf die vielen Menschen und langsam kamen mir Zweifel an meinem Vorhaben. Wie sollte ich jemals unter all den Hilfsarbeitern, den Auf- und Abladern, Gurtspannern, Lastenschleppern, Treidelknechten und gestikulierenden Händlern einen einzelnen Mann finden?
Es herrschte ein geschäftiges Durcheinander, man hörte leise Flüche, laute Rufe, aber auch fremd klingende Worte und andere Sprachen, die mir seltsam vertraut vorkamen. Ich nahm den Duft von orientalischen Gewürzen auf und dachte an ferne Länder und Abenteuer. Ich musste richtig sein! Irgendetwas war hier, was mich an mein erstes, richtiges Leben erinnerte. Ich blickte auf die vielen kleinen und großen Schiffe, die vor Anker lagen. „Santa Clara", „Santa Babette", „Santa Helene" und wie sie alle hießen. Doch keines von ihnen löste eine spontane Erinnerung bei mir aus. Wäre ich doch nur halb so bekannt wie die Frau, über die schon den ganzen Morgen in der Stadt getuschelt wurde, dann wüsste ich schon längst, wer ich war und wohin ich gehörte. Doch leider war ich nicht Rubens' Frau, deren heutige Ankunft sich bereits wie ein Lauffeuer herumgesprochen hatte.
Rubens' Frau – Isabella Brant, so hatte ich gehört –, soll ja überaus hübsch sein, und es hieß, dass er sie aufrichtig lieben soll. Man munkelt sogar, dass es ein Selbstporträt

von ihm und ihr – gemeinsam! - geben soll. Was für ein schöner Liebesbeweis. Diese Frau würde ich gerne einmal kennen lernen.

Ich musste mich kurz anlehnen, weil mir etwas schummrig wurde. Vorsorglich ging ich in die Hocke und stützte mich an das kühle Mauerwerk. Langsam ging es wieder. Vermutlich war es der Hunger. Doch auch meine Gedanken machten mir zu schaffen. Warum wusste ich so viel über andere, mir völlig fremde Menschen, und so gut wie gar nichts über mich? Vielleicht sollte ich zurückkehren und mir von der Anwaltsfamilie helfen lassen. Der Stand der Sonne sagte mir, dass ich wohl erst eine gute Stunde lang weg war. Ich konnte es folglich riskieren. Vielleicht hatten sie mein Verschwinden noch nicht bemerkt.

Mit zögerlichen Schritten ging ich auf das Haus der Hochstädters zu und wollte gerade reumütig anklopfen, als ich bemerkte, dass sich die Tür von außen öffnen ließ. Sie quietschte ein bisschen, und ich hörte entferntes Gelächter, das aus der Küche zu kommen schien. Ich huschte ins Haus und wäre beinahe über einen Korb mit Eiern gestolpert, den jemand im Flur abgestellt hatte. Ich wich aus und lief mit klopfendem Herzen nach oben ins Zimmer. Dort warf ich meinen Mantel ab und legte mich erschöpft ins Bett.

Doch kaum hatte ich die Augen geschlossen, überkam mich die Angst. Was, wenn ich Marco hier nicht finden würde? Was, wenn ich ihn niemals mehr finden würde? Eine tiefe Traurigkeit überkam mich. Eine, die sich endgültig anfühlte. Ich wollte nicht daran denken.

13. Kapitel

Oliver war gerade dabei, neue Anordnungen in die Pläne seiner Patienten einzutragen, als Mark das Arztzimmer betrat. Verdutzt blickte er auf.

„Mensch Mark, hast du kein Zuhause?“ Er biss sich auf die Zunge und hoffte, dass sein Kollege die unüberlegt ausgeplauderte Floskel überhört hatte. Es lag ihm fern, seinen Freund erneut Vorhaltungen zu machen. Da hatte Mark nun nach seiner Trennung diese tolle Dachgeschosswohnung gemietet, die bestimmt nicht billig war, und dann ließ er sie so verkommen! Bei seinem letzten Besuch musste Oliver sogar feststellen, dass Mark es noch nicht einmal geschafft hatte, seine persönlichen Habseligkeiten aus den Kartons auszupacken. Von eigenen Möbeln ganz zu schweigen. Wie es aussah, schlief sein Freund tatsächlich noch auf dem ausrangierten Bett, dass er ihm damals übergangsweise zur Verfügung gestellt hatte.

„Komme ich ungelegen?“ Ein ungewohntes Zögern lag in Marks Stimme.

„Nein, gar nicht!“, beeilte sich Oliver zu versichern, denn er wusste, dass das Krankenhaus im Moment der einzige Ort war, an dem sich Mark wohl fühlte. Er deutete

entschuldigend auf den Monitor vor sich. „Wenn du noch einen Moment hast? Ich muss nur noch rasch die Pläne ausdrucken, dann könnten wir runter zum Essen gehen."
„Klingt gut." Anstatt am Schreibtisch direkt gegenüber Platz zu nehmen, lief Mark unruhig im Zimmer auf und ab und schien über etwas nachzudenken.
Olivers Finger glitten derweil blind über die Tastatur. Es war an der Zeit, ein ernstes Wort mit Mark zu sprechen. Auch wenn er als Freund Verständnis für dessen Verhalten hatte – als Arzt durfte er die Besorgnis erregenden Symptome nicht ignorieren. Der Mann, den er seit seinen Studientagen kannte und der einmal gut als Leistungssportler hätte durchgehen können, war nur noch ein Schatten seiner selbst. Müde, unrasiert und in Klamotten, die aussahen, als hätte er die Nacht in ihnen verbracht. Es konnte nicht angehen, dass er es zuließ, dass sein Freund langsam die Kontrolle über sein Leben verlor. Alles, wirklich alles deutete doch darauf hin, dass Mark auf dem besten Wege war, ein handfestes Burnout-Syndrom zu entwickeln. Noch war es nicht zu spät, wenn er intervenierte.
Oliver warf einen Blick auf die Uhr seines Smartphones und stellte fest, dass er schon gut vorgearbeitet hatte. Die Patienten waren versorgt, die neuen Pläne so gut wie fertig

und die Visite war gelaufen. Er lehnte sich zum großen Drucker hinüber und drückte „Start“. Mit einem lauten Surren begann das Gerät seine monotone Arbeit zu verrichten. Zufrieden erhob sich Oliver und ging zum Waschbecken. Seit kurzem hatte er vermehrt das Bedürfnis, sich die Hände zu waschen. Eine Marotte, die ihn selber störte, ganz im Gegenteil zu der, dass er sich immer umzog, bevor er in die Cafeteria ging. Diese Angewohnheit hatte nichts mit Eitelkeit zu tun, wie einige vermuteten, sondern allein mit der Tatsache, dass er es unappetitlich fand, mit seiner verkeimten Arbeitskleidung essen zu gehen.

Während er sich gründlich die Hände abtrocknete, fiel sein Blick auf das schwarze Lederetui, in dem er seinen Rasierapparat aufbewahrte. Nach kurzer Überlegung bot er Mark die Benutzung an. Aus den Augenwinkeln konnte er sehen, dass Mark sich zwar über das Kinn strich, aber keine Anstalten machte, das Angebot anzunehmen. Stattdessen ging er zum Drucker und griff in die sich füllende Ablage. Übergangslos fragte er nach dem Herzpatienten von gestern.

Oliver konnte ihn beruhigen. Dem Mann ging es gut. Er hatte noch mal Glück gehabt. LCA und RCA waren fast dicht gewesen. Mark nickte geistesabwesend, und Oliver

wusste für einen Augenblick nicht, was er von seinem Freund halten sollte. Der wirkte heute reichlich daneben und ungewohnt sentimental. Es war fast so, als hätte man die Zeit um Monate zurückgedreht. Er würde sich daher hüten, Mark von seiner letzten Begegnung mit der *Frau von und zu Ex-Verlobten* zu erzählen.
Die dumme Schnepfe hatte ihm gestern gerade noch gefehlt. Ausgerechnet die Frau, die verantwortlich für den gestörten Seelenfrieden seines Freundes war, musste bei der Verlegung aufkreuzen. Gut, sie war die Dienst habende Unfallchirurgin, aber die Patientin war noch weit davon entfernt, überhaupt operiert zu werden. Das hatte auch die *Frau Superdoktor* schnell feststellen müssen und war nach einem völlig überflüssigen Kommentar gleich wieder abgerauscht. Ihm sollte es nur recht sein. Er hatte die Verlobte von Mark noch nie leiden können.
Oliver mochte keine aufdringlichen Frauen, auch dann nicht, wenn sie so gut aussahen wie Marks Ex. Wie es schien, hatte die Trennung sie nicht sonderlich mitgenommen und sie war wie eine Katze sanft gelandet.
Im Untergeschoss, in dem sich die Cafeteria für die Angestellten befand, herrschte um diese Zeit immer großes Gedränge. Ein Meer aus weißen Kitteln bevölkerte die Auslage der Essensausgabe. Es duftete verführerisch.

Sergio, der italienische Chefkoch, hatte ihnen heute die Wahl besonders schwer gemacht: Rinderschmorbraten mit Rosmarinkartoffeln oder Tomate und Käse überbacken mit Kräuter-Gnocchis.

Normalerweise tauschten sie mit dem quirligen Lombarden, der aus der Nähe von Mantua stammte, ein paar italienische Floskeln aus. Auch nach zwanzig Jahren in Deutschland sprach Sergio noch immer einen mitreißenden Mischmasch aus Deutsch und Italienisch. Doch selbst ihm gelang es heute nicht, Mark ein wenig aufzuheitern. Einsilbig bestellte der sein Essen und bahnte sich anschließend einen Weg bis in den hinteren, spärlicher besetzten Teil des Speisesaals. Dabei schien er sich weder an den neugierigen Blicken einiger Kollegen zu stören noch an deren leisem Getuschel, das erst abrupt abbrach, als Oliver ihnen einen bösen Blick zuwarf.

Er atmete ein paar Mal tief durch, bevor er sich zu Mark setzte. Die ganze Zeit hatte er sich schon gefragt, was Mark auf dem Herzen hatte, aber als er es jetzt erfuhr, reagierte er ungehalten. Es ging immer nur um die Arbeit. Dieses Mal um eine Patientin, die gestern bereits verlegt worden war.

„Was soll schon mit ihr sein?“, knurrte er. „Sie lebt und soll, wenn sie stabilisiert ist, operiert werden.“

„Das weiß ich. Ich meine, ob es was Neues gibt. Hast du die Bilder gesehen?“

„Welche Bilder denn? Mark, ich habe die Frau abgeliefert, übergeben und dann bin ich hierher zurückgefahren. Das übliche Prozedere. Was ist verdammt noch mal los mit dir?“

Mark antwortete nicht sofort, und Oliver war enttäuscht, dass sein Freund so lange brauchte, um zu entscheiden, ob er es ihm anvertrauen konnte. Schließlich rückte Mark doch mit der Sprache raus und erzählte ihm alles. Dass er auch nicht wüsste, was mit ihm los sei, und dass er das unbestimmte Gefühl habe, die Patientin von irgendwoher zu kennen. Dann sprach er von seiner abendlichen Stippvisite in der Uniklinik, wo man ihn anscheinend für einen Besucher gehalten hatte. Schließlich erwähnte er die unrühmliche Begegnung mit Elly, die ihm nur Vorwürfe machte, statt ihm die gewünschten CT- Bilder zu zeigen.

Obwohl die Situation für Mark alles andere als lustig gewesen sein musste, konnte Oliver sich ein schadenfrohes Lachen nicht verkneifen.

„Selber schuld, was musstest du auch unbedingt dort hinfahren. Ein Wort von dir und ich hätte angerufen und die Bilder angefordert. *Digitale Bildübertragung,* sagt dir das was? Kann sogar mein Smartphone.“ Oliver tippte auf sein

Handy. Leise fuhr er fort: „Notfalls wäre ich auch mitgekommen." Enttäuschung schwang in seiner Stimme mit.

Mark räusperte sich und murmelte etwas, was wie eine Entschuldigung klang.

„Wenigsten einem von uns wäre dann der Abend nicht verdorben worden", fuhr Oliver fort.

„So, was war denn bei dir?" Mark hob ein wenig den Kopf.

„Nichts Besonderes. Hat auch nichts mit unserer Station zu tun." Oliver machte eine Pause und trank einen großen Schluck Cola. „Mit der Uni-Klinik übrigens auch nicht, falls du das vermutest." Oliver imitierte ein Lachen. „Ich war lammfromm und von den Mädels dort kannte ich sowieso keine mehr – alles neue Gesichter."

„Lenk jetzt nicht vom Thema ab. Wie heißt sie denn, die dir eine schlaflose Nacht bereitet hat?" In Marks Augen blitzte es heute erstmals vergnügt

„Du übertreibst mal wieder. Es ging nur um ein Abendessen. Sonst nichts. Ich habe Mia gestern nach Dienstschluss einladen wollen, doch sie hat mich sofort zum Teufel geschickt."

„Mia?", fragte Mark ungläubig. Dann fing er schallend an zu lachen.

Oliver war irritiert. „Ich verstehe dich nicht. Ich habe ihr nie etwas getan. Ich dachte doch nur, nach diesem Dienst hätten wir uns ein wenig Entspannung verdient. Ein bisschen reden und runterkommen. Ich dachte, ihr ginge es genauso. Sie sah irgendwie traurig aus."
Mark musterte ihn stumm.

14. Kapitel

Jemand trat leise an mein Bett. Ich öffnete die Augen, gähnte herzhaft und rekelte mich, so als ob ich gerade erst aufgewacht wäre. Dabei verscheuchte ich den schrecklichen Gedanken, dass Marco womöglich tot war und ich ihn nie wieder sehen würde. Alles wäre umsonst und meine einzige Hoffnung zerstört. Schnell versuchte ich an etwas anderes zu denken.

Vorsichtig schaute ich mich um und konnte aus den Augenwinkeln ein Hausmädchen beobachten. Sie hielt einen Stapel Wäsche und summte leise vor sich hin. Ich seufzte innerlich. Wieder ein neues Gesicht und ein weiterer Name, den ich mir einprägen müsste.

Den Namen erfuhr ich dieses Mal recht schnell und mit ihm auch den neuesten Klatsch. Anna, so hieß das Mädchen, erzählte wohl für ihr Leben gern, und da ich sie nicht unterbrechen konnte, war sie in ihrem Element. Sie fing bei Rubens' Frau – Isabella Brant – an und hörte erst auf, von ihr in den höchsten Tönen zu schwärmen, als ich endlich das überraschte Gesicht machte, auf das sie wohl die ganze Zeit gewartet hatte.

Obwohl ich bereits auf meinem heimlichen Ausflug erfahren hatte, dass die Ehefrau des bekannten Künstlers

in Cölln erwartet wurde, konnte ich natürlich nicht ahnen, dass sie ausgerechnet hier – bei den Hochstädters – Halt machen würde.
Das ganze Haus stünde Kopf und zwar genau seit dem Augenblick, als der Bote vor ein paar Wochen die Nachricht aus Italien überbracht hatte. Anna schnappte noch immer aufgeregt nach Luft. Sie stöhnte theatralisch, als sie mir erzählte, dass sie die letzten Tage und auch heute schon in aller „Herrgottsfrühe" Besorgungen machen musste. Petronella, die resolute Haushälterin, die ich bereits von meiner gestrigen Ankunft kannte, hatte Anna von Pontius nach Pilatus geschickt. Jetzt wusste ich auch, über wessen Eierkorb ich beinahe gestolpert wäre.
Ich hörte ihrer atemlosen Anreihung häuslicher Tätigkeiten zu und war glücklich. Endlich unterhielt sich einmal jemand ausführlich mit mir. Ich schenkte Anna mein mitfühlendstes Lächeln. Es wirkte wie ein Schlüssel, und ich erfuhr weitere Familiengeschichten, angefangen von der Tätigkeit des Hausherrn (Ich hatte richtig gelegen, bei dem Advokaten Sebastian Hochstädter zu Gast zu sein!) bis hin zu den freundschaftlichen Verflechtungen der Familie mit dem flämischen Kunstmaler Rubens.
Der Vater meines Gastgebers war seinerzeit wohl mit Jan Rubens befreundet gewesen, dem Vater von Peter Paul. Er

selber war Theologe, der Freund Anwalt mit Kanzlei in Cölln. Diese Freundschaft überdauerte selbst eine mehrjährige Haftstrafe und Festsetzung Jan Rubens' in Siegen.

Neugierig geworden, hätte ich gerne erfahren, warum ein Anwalt ins Gefängnis musste, aber gerade dieses Detail blieb Anna mir schuldig. Sie erzählte erst von da weiter, als Jan Rubens nach seiner Begnadigung nach Cölln zurückkehrte. In dieser Zeit freundete sich auch Sebastian Hochstädter mit dem älteren, väterlichen Mann an. Diese Verbindung sollte sogar so weit führen, dass Sebastian Hochstädter sein in Ingolstadt begonnenes Theologiestudium an den Nagel hängte, um in Cölln Rechtswissenschaften zu studieren.

Während Anna mir die Haare zum wiederholten Male kämmte, senkte sie die Stimme und fuhr bedeutsam fort, dass dies natürlich nicht im Sinne des alten Hochstädters gewesen war, der seinen Sohn sehr gerne weiter als Scholar des Jesuitengymnasiums gesehen hätte. Die Einschreibung Sebastians an dieser Eliteschule, an der nur der hohe und höchste Adel studieren konnte, hatte ihn schließlich eine ganz schöne Stange Geld gekostet und etliche seiner hochrangigen Beziehungen bedurft. Doch der Sohn weigerte sich, in die Fußstapfen seines Vaters zu

treten, setzte seinen Willen durch und wurde Anwalt. Eigentlich genau so dickköpfig wie später sein Sohn, sinnierte Anna.
Da war er wieder – der mysteriöse und nun auch noch rebellische Sohn. Aber Anna ging nicht näher auf ihn ein. Schade! Stattdessen sprach sie von mir völlig unbekannten Leuten, deren Namen ich noch nie gehört hatte. Meine Gedanken schweiften ab, aber da machte Anna mir ein Zeichen, dass es Zeit sei, nach unten zu gehen. Zögernd stand ich auf und folgte ihr auf den Flur hinaus. Als wir schon auf der Treppe standen, stupste sie mich noch einmal an und erinnerte mich an Christine.
Christine? Welche Christine? In meinem Kopf arbeitete es. Nun gut, am Ende ihres Monologes war dieser Name öfter gefallen, aber ich erinnerte mich an überhaupt keine Einzelheit. Jetzt war es zu spät, nachzufragen. Wir kamen der doppelflügeligen Tür immer näher. Undeutlich hörte ich gedämpfte Stimmen dahinter. Gleich würde ich meinen unbekannten Gastgebern gegenüberstehen.
Schwungvoll öffnete Anna die Tür. Ich schluckte ein paar Mal, schaute sie Hilfe suchend an. Anna verstand mich und blieb dicht bei mir stehen. Eine vornehm gekleidete Frau erhob sich und eilte freudestrahlend auf uns zu.

Das musste Frau Hochstädter sein, denn die andere Frau, die am Tisch saß, sah noch zu jung aus, um als Anwaltsfrau durchzugehen. Ich fühlte mich unwohl, denn ich hatte nicht damit gerechnet, gleich mehrere Familienmitglieder kennen zu lernen. Die mollige Frau drückte mich und hieß mich willkommen. Der Anblick des Anwalts, der mit wenigen Schritten bei mir war und mir lächelnd seine Hand zur Begrüßung entgegenstreckte, ließ mich erstarren. Die Ähnlichkeit mit Antonio war frappierend. Die gleiche Statur, die gleichen Augen, ein paar Lachfalten mehr: Das war eindeutig Antonios Vater. Mir schwindelte. Glücklicherweise führte mich mein Gastgeber zum Tisch, wo ich mich erst einmal setzen konnte.

Viele Gedanken wirbelten durch meinen Kopf, während ich reihum nach meinem Befinden befragt wurde. Ich konnte nur nicken oder den Kopf schütteln. Skeptisch musterte mich Sebastian Hochstädter. Ich hielt seinem Blick nicht lange stand und schaute ertappt nach unten.

Antonios Vater bat kurz um Gehör. Er müsse noch einmal kurz weg – ein wichtiger Termin. Dabei sah er seine Frau entschuldigend an, die ihn lächelnd gehen ließ. Mir nickte er wie beiläufig zu.

In meinem Kopf hämmerte es. Wie sollte ich mich jetzt verhalten? Warum war ich überhaupt hier?

Anna spürte als erste meine Unsicherheit und nahm das Zepter in die Hand. Betont unauffällig stellte sie mir die junge Frau vor: Christine!

Auch das noch! Vor dieser Frau sollte ich mich also in Acht nehmen? Fragend blickte ich zu Anna, die mir noch mal bedeutungsvoll zunickte, bevor sie sich in die Küche verabschiedete. Dieses Nicken konnte natürlich alles heißen, und ich hatte keine Ahnung, warum ich mich ausgerechnet vor dieser hübschen Frau, vermutlich Antonios Schwester, vorsehen sollte. Mir fiel sogar ein Stein vom Herzen: besser sie als eine bösartige alte Hexe.

Ihr Lachen war strahlend, wenn auch nicht unbedingt herzlich zu nennen, als sie mir ihre Hand reichte. Im Nachhinein empfand ich ihre Begrüßung als aufgesetzt, und als Frau Hochstädter meinen Arm berührt hatte, meinte ich ein Zucken in Christines Mundwinkeln gesehen zu haben. Ich riss mich zusammen. Anna hatte mich bereits angesteckt mit ihrer Verschwörungstheorie. Ich sollte mich schämen.

Doch Christine blieb ungerührt ob meiner Gedanken. Forsch teilte sie ihrer Mutter mit, dass sie auch noch einmal los müsse. Auf deren fragenden Blick antwortete sie nur knapp, dass ein Vortrag in der medizinischen Fakultät auf dem Programm stünde. Für einen kurzen Moment fragte ich mich, was eine Frau auf einem nur Männern vorbehaltenen Seminar wollte.

Gleich nachdem Christine gegangen war, führte mich Frau Hochstädter nach draußen. Sie meinte, die frische Luft würde mir gut tun. Und sie hatte Recht. Als ich mit ihr den Garten betrat, fühlte ich mich fast wie zu Hause.

15. Kapitel

Mia stand im Badezimmer, reckte den Kopf und betrachtete sich unschlüssig im Spiegel. Normalerweise lief sie jeden Morgen ein paar Kilometer, doch dafür fehlte es ihr heute an Motivation.

Dieser Mistkerl hatte sie die ganze Zeit zum Narren gehalten. Monatelang hatte Oliver so getan, als ob er sich gar nicht an sie erinnern könnte. Keine Ahnung, warum er sich ausgerechnet gestern dazu herabgelassen hatte, mit ihr essen gehen zu wollen. Wahrscheinlich hatte ihm nur eins seiner Bunnys von der Uni abgesagt und da hatte er sich spontan an sie als Seelentrösterin erinnert. Aber den Zahn hatte sie ihm sofort gezogen und ihn zum Teufel geschickt. Erst ignorierte er sie monatelang und dann sollte sie Lückenbüßerin spielen. Da hatte er sich geirrt! Wütend kämmte sich Mia die Haare. Sie hatte es satt, für ihn nur die verständnisvolle Zuhörerin zu sein, gerade zur Stelle, wenn er sie mal wieder brauchte. Trotzig wischte sie sich eine Träne aus dem Gesicht, richtete sich auf und fasste einen Entschluss.

Eine halbe Stunde später saß Mia im kleinen Friseursalon *Tausendschön*.

Doch je mehr ihrer dunklen Haarbüschel zu Boden fielen, umso mulmiger wurde es ihr. Daran konnte auch Claudias zufriedener Gesichtausdruck nichts ändern. Die flippige Salonbetreiberin schnitt und effilierte großzügig und bald waren Mias ellenlange Haare auf Bubikopfniveau gestutzt. Mia schloss die Augen und wünschte, sie könnte ihre überhastete Entscheidung rückgängig machen. Doch dafür war es zu spät. Sie fühlte sich schrecklich.
„Alles in Ordnung mit dir?"
Mia öffnete verschreckt die Augen. Die Friseurin hielt inne und schaute sie besorgt an. „Was ist eigentlich los mit dir, du warst doch immer so stolz auf deine langen Haare?"
Mia zuckte mit den Schultern. „Hab meine Gründe."
„Ein Mann?"
Mia schwieg.
„Dachte ich 's mir doch. Es geht um einen Mann. Erzähl!"
Mia winkte ab. Das fehlte noch, dass sie ausgerechnet der besten Freundin ihrer Mutter von Oliver erzählen würde. Niemand wusste von ihrem Erlebnis an Weiberfastnacht. Sie war damals nicht auf einen Freund aus gewesen und schon gar nicht auf so einen Weiberhelden. Wenn sie nicht ernsthaft geglaubt hätte, dass Oliver schwul war, dann wäre sie gar nicht mit ihm gefahren.

Wie sie allerdings auf diese irrwitzige Idee gekommen war, blieb ihr bis heute ein Rätsel. Lediglich sein mangelndes Interesse an den aufreizend verkleideten Frauen hatte sie auf diese falsche Fährte gelockt. Nicht im Traum hatte sie daran gedacht, dass es dem gut aussehenden Mann an der Bar nach Bier und nicht nach weiblicher Gesellschaft dürstete, vielleicht aus Kummer. Erst später – um bei der Wahrheit zu bleiben, nur ein paar Stunden später – hatte sie von seinem Frust im Allgemeinen und seinem zerrütteten Verhältnis zu seinem Vater im Besonderen erfahren. Sie wurde noch heute feuerrot, wenn sie daran dachte, dass sie letztlich bei ihm zu Hause gelandet war.

Nervös, als könnte Claudia ihre Gedanken lesen, strich Mia sich ein paar längere Haare aus der Stirn. Doch ihre Sorge war unberechtigt. Die Friseurin hatte ihr den Rücken zugewandt und war damit beschäftigt, gleichgroße Stücke von einer Rolle Alufolie abzureißen.

Mia lehnte sich zurück und versuchte zu entspannen. Es gelang ihr nicht, obwohl sie in den besten Händen war. Diese Unruhe hatte nichts mit ihrer neuen Frisur zu tun, sondern mit Oliver. Er ging ihr einfach nicht aus dem Kopf. Schloss sie die Augen, sah sie ihn. War sie wach, dachte sie an ihn. Und als wäre das nicht genug, spulte der imaginäre Filmvorführer in ihrem Kopf ausgerechnet jetzt den Film ihrer allerersten Begegnung ab. Eine wahre Schmonzette. Hollywood hätte keinen platteren Film drehen können.

Es gab nichts, was ihn stoppen konnte. Nichts, was sie ändern konnte.

Immer aufs Neue...

Einblendung: Laute Karnevalsmusik. Dicht gedrängte Leiber in einer überfüllten Kölner Kneipe. Enge, alkoholgeschwängerte Luft, Körperkontakt, Reibung, Lachen.

Dann ein Standbild. Großaufnahme: Eine junge Frau im Katzenkostüm, perfekt geschminkt. Der Zuschauer sieht, dass sie sich nicht wohl fühlt. Und daran ist nicht ihre Erkältung schuld. Gestik, Mimik verraten es.

Kameraschwenk: Unkostümierter dunkelblonder junger Mann (unverschämt gut aussehend) mit Bier in der Hand wehrt Annäherungsversuch von lasziver Nonne ab.

Point of first Attack:

Dem Zuschauer wird noch vor den Protagonisten klar, dass die zwei völlig deplatziert wirken, inmitten all der ekstatisch tanzenden und feiernden Karnevalsjecken.

Kurze Rückblende: Die Freundinnen der Katze feiern viel lieber mit den als Cowboys verkleideten Typen, die sie gerade kennen gelernt haben, und beschließen, mit ihnen das Lokal zu verlassen.

Kameraschwenk auf Bar: Plötzliche Übelkeit und Flucht des jungen Mannes nach draußen.

Kamera auf kleine Nische, Nähe Garderobe: Hauskatze im Wildkatzenkostüm bahnt sich ungelenk Weg durch unbekanntes Terrain. Stolpert. Strauchelt. Fängt sich und bückt sich schließlich nach dem am Boden liegenden Kleidungsstück. Sinne werden schärfer. Erkennt die Jacke. Assoziiert sie mit dem attraktiven Blondschopf, den sie heimlich (mangels anderer Alternativen) schon länger beobachtet hatte. Sucht ihn. Zu spät.

Höhepunkt:

Tumult an der Tür.

Kameraschwenk: Bulliger Türsteher lässt Fäuste fliegen. Blondschopf geht getroffen zu Boden.

Schnitt: Katze, geschmeidig, läuft los, wird zur Wildkatze, faucht. Türsteher lässt ab und erteilt beiden Lokalverbot, trotz beglichener Zeche.

Katze kümmert sich um den Verletzten. Ruft Taxi.

Taxifahrer weigert sich, den blutenden und angetrunkenen Mann allein zu befördern.

Katze hat Mitleid und fährt mit.

Mann bittet Katze, ihn nicht in die Notaufnahme zu bringen. Es sei nicht so schlimm und außerdem sei er selber Arzt.

Fahrt geht nicht wie geplant zum Krankenhaus, sondern in den Kölner Nobelstadtteil Lindenthal.
Modernes Loft. Junggesellenwohnung. Exklusiv und aufgeräumt.
Benutzung des Badezimmers. Säuberung der Wunde. Suche nach Eispack.
Etwas später:
Milchgeschäumter Kaffee aus Vollautomaten. Lümmeln auf Sofa. Dämmerlicht. Ruhige Musik. Erzählen über Gott und die Welt. Heiseres Lachen. Weinen. Trösten. Schwimmen auf einer Wellenlänge. Seelenverwandtschaft. Platonisches Kuscheln bis zum Morgengrauen.
Dann der Bruch. Einer war aus der Rolle gefallen.
Eingefrorenes Standbild.

Nominierung für den besten Filmkuss des Jahres.
Eingebrannt im Herzen.
Nominierung für die goldene Himbeere.
Schnitt!

Heiner, der Leiter des kleinen Theaters, an dem Mia seit ihrer Schulzeit spielte und probte, hätte seine wahre Freude an dieser außerordentlichen phantasiereichen Kreativität, nur leider hatte nicht sie das Drehbuch geschrieben, sondern das verflixte Leben selbst.

Mia fühlte sich unwohl. Atemlos und eingeengt. Unruhig versuchte sie die Trockenhaube wegzuschubsen. Und auch der Umhang war ihr zu eng geworden. Die Friseurin kam sofort. Mia war, als würde sie lichterloh brennen. Claudia warf einen prüfenden Blick unter die Folie. Runzelte die Stirn. Genau der richtige Färbungsgrad. Sie bat sie zum Waschbecken und wusch ihr mit lauwarmem Wasser die indigoblaue Farbe aus den Strähnenspitzen. Wortlos massierte sie ihrer Kundin die Kopfhaut, und langsam beruhigten sich Mias überdrehte Nerven.
Sie wollte nicht mehr an den Kuss denken, der alles zwischen Oliver und ihr verändert hatte. Der Kuss, der den freundschaftlich verlaufenen Abend als Trug entlarvt und in ihr eine nie gekannte Sehnsucht geweckt hatte.
Sie wollte überhaupt nicht mehr an Oliver denken und hoffte, er würde sie fortan in Ruhe lassen. Den ersten Schritt hatte sie getan. Oliver stand nicht auf Frauen mit kurzen Haaren.

16. *Kapitel*

Der Garten der Familie Hochstädter war genauso wunderschön, wie ich ihn vom Zimmer aus gesehen hatte.
Es gab mehrere Kräuterbeete und wild wachsende Sommerblumen auf einer kleinen Streuobstwiese mit Äpfeln, Birnen und den ersten Pflaumen. Vögel zwitscherten, Hühner liefen gackernd umher und suchten nach Würmern. Frau Hochstädter zeigte auf einen Apfelbaum. Unter dem knorrigen Geäst setzten wir uns ins Gras. Sie tätschelte meinen Arm und versicherte mir, dass alles gut werden würde. Ich müsste nur Geduld und den festen Glauben daran haben. So wie sie das sagte, zweifelte ich auch nicht daran.
Frau Hochstädter war eine nette Frau und ich war froh, dass ich zurückgekommen war, obwohl ich nicht damit gerechnet hatte, ausgerechnet bei Antonios Eltern untergekommen zu sein.
Nach einer Weile entschuldigte sich Frau Hochstädter und bedeute mir zugleich, noch ein wenig im Garten zu bleiben. Ich nahm ihr Angebot gerne an. Nichts wollte ich momentan lieber, als hier im herrlichen Grün zu sitzen. Ich nahm mir die Zeit, die vergangenen Ereignisse Revue

passieren zu lassen, und ungewollt liefen mir ein paar Tränen über das Gesicht.
Das passierte mir in letzter Zeit häufig, doch ich konnte nichts dagegen tun. Auf der einen Seite gab es viele nette Leute, die mir halfen, aber andererseits fühlte ich mich doch mutterseelenallein.
Ganz in der Nähe läuteten die Turmglocken die vierte Mittagsstunde ein. Ich erhob mich, um ins Haus zurückzukehren.
Von der Küche drang wieder fröhliches Gelächter zu mir. Ein glücklicher Haushalt. Ich wollte ihnen mit meiner Melancholie nicht die Freude verderben. Ich lief rasch nach oben, verschloss die Tür und ging in das Badezimmer.
Neben einer Waschschüssel stand eine Kanne voll Wasser. Ich wusch mir das Gesicht. Nachdenklich trat ich vor den Spiegel.
Wer bist du, fragte ich ratlos mein Spiegelbild. Ich bekam keine Antwort, erkannte aber, dass ich genauso furchtbar aussah, wie ich mich fühlte. Die langen Haare fielen stumpf auf meine Schultern. Jeglicher Glanz war verschwunden. Ich war blass und meine Augenlider vom Weinen geschwollen. Ich wandte den Blick ab und sammelte ein paar hängen gebliebene Grashalme vom Kleid. Mein Blick fiel auf einen glänzenden Stoffballen auf der Truhe.

Neugierig trat ich näher. Beim genaueren Hinsehen entpuppte sich der Stoff als ein ordentlich zusammengefaltetes Kleid. Es war aus feiner hellblauer Seide und Brokat gefertigt. Ich hob es vorsichtig hoch.

Wundervolle golden schimmernde Blumenornamente durchzogen es wie Sterne den Nachthimmel. Der Schnitt, eine neuartige Kombination aus spanischer und italienischer Mode, sah umwerfend aus. Die Ärmel waren an den Schultern leicht gewulstet und gingen von da an eng anliegend bis in die mit weißer Spitze gesäumten Bündchen über. Der Reifrock war weder aufgebauscht noch zu aufdringlich, stattdessen war er klein und in der Taille nicht zu eng gearbeitet.

Doch das Auffälligste war der Ausschnitt. Er war offen und weder spitz noch rund, sondern eckig. Ich trat mit dem Kleid vor den Spiegel. Ich drapierte meine Haare ein bisschen und wiegte meine Hüften. Das Kleid sah atemberaubend aus. Ich fühlte mich fast in eine andere Zeit oder an einen anderen Ort versetzt. Ich hörte melodische, fremd klingende Stimmen. Ein Lachen. Ciao Bella. Amore. Tesoro. Anerkennende Pfiffe.

Ich wollte stehen bleiben und nach den jungen Männern schauen, die mir diese Worte zugerufen hatten, doch noch *ehe ich mich umblicken konnte, verblasste der Tagtraum auch schon wieder.*

Schade. Es war so schön, in der Sonne spazieren zu gehen, frei zu sein und für begehrenswert gehalten zu werden. Ein wohliger Schauer lief mir über den Rücken. Ich versuchte wieder in den Traum einzutauchen, doch es gelang mir nicht. Die Brücke, der mächtige Fluss und die männlichen Zurufer waren verschwunden. Die Stimmen, die ich jetzt hörte, waren eindeutig zu verstehen und kamen aus dem Haus – genauer gesagt aus dem Foyer des Hauses. Sie klangen aufgeregt und durcheinander. Türen wurden geöffnet und geschlossen. Ernüchtert legte ich das Kleid zurück und schlich auf Zehenspitzen hinaus auf den Flur.

17. Kapitel

Schon wieder umgaben ihn Krankenhausgerüche. Künstliches Licht an den Decken. Lange Flure und Angestellte in weißer oder blauer Dienstkleidung, die geschäftig durch das weitläufige Haus huschten. Überall Türen, die sich automatisch öffneten und schlossen. Piepser, die ihre Träger zu einem Notfall oder in den OP riefen. Eine Klinik so groß wie eine Kleinstadt.

Und er, Mark, mittendrin. Dabei hatte er seinem Freund Oliver beim gemeinsamen Mittagessen versprechen müssen, für den Rest der Woche freizunehmen. Per Handschlag hatten sie diese Abmachung besiegelt – und kaum zwei Stunden später hatte Mark sein Wort gebrochen. Nicht ganz, wie er sich einzureden versuchte, denn schließlich war er nicht als Arzt, sondern in privater Angelegenheit zur Uniklinik gekommen.

Natürlich würde er – wenn er schon mal da war - auch die CT-Bilder ansehen, derentwegen er gestern vergeblich gekommen war. Doch in erster Linie wollte er sicherstellen, dass Elly ihre Launen nicht an seiner Patientin ausließ, nur weil sie die falschen Schlüsse gezogen hatte. Frauen! Er schüttelte den Kopf.

Auf jeden Fall schien die Krankenschwester, mit der er vorhin telefoniert hatte, kompetent und verständnisvoll zu sein. Gleich würde er mit ihr sprechen und sie bitten, seine Patientin im Auge zu behalten. Irgendwie weckte sie ihn ihm seinen Beschützerinstinkt.
Mark drückte die grüne Taste im Aufzug, der ihn auf direktem Weg zur Intensivstation bringen sollte. Als sich die Türen schlossen und der Fahrstuhl sich langsam in Bewegung setzte, fand er seine Idee plötzlich gar nicht mehr so gut. Was wollte er der Stationsschwester eigentlich sagen?
Nervös fuhr er sich durch die Haare und fragte sich, ob es nicht besser gewesen wäre, einfach abzuwarten und eine Nacht darüber zu schlafen?
Schlafen. Er lachte gequält. Selbst das schummrige Licht im Aufzug konnte nicht darüber hinwegtäuschen, dass er fix und fertig aussah. Mark trat näher an die verspiegelte Innenseite des Aufzugs und versuchte, seine Haare in Ordnung zu bringen. Dann rieb er sich energisch über das Gesicht. Es half nicht. Die Augenringe blieben. Kein Wunder. Die letzte Nacht hatte er auch keine Ruhe gefunden und sich nur unruhig hin und her gewälzt.
Es wäre in Ordnung gewesen, wenn es nur an der stickigen Luft in seiner vollgerümpelten Wohnung gelegen

hätte, doch es waren wohl eher die trüben Gedanken, die unaufhörlich in seinem Kopf kreisten. Reale Erlebnisse der letzten Wochen, die sich mit abstrusen Vorstellungen und sehnsuchtsvollen Wünschen abwechselten. In diesem Dämmerzustand hatte er eine festlich geschmückte Kirche gesehen und den Hochzeitsmarsch aus Bartholdys „Sommernachtstraum" gehört. Als er dann auch noch Kinder auf einer Wiese hatte spielen sehen, war ihm schlagartig bewusst geworden, wie oberflächlich seine Beziehung zu Elly eigentlich gewesen war.

Mark machte sich nichts vor. Er war mittlerweile fast dreißig Jahre alt und es würde immer schwerer werden, eine Frau zu finden. Die zwei Kinokarten, die ihm seine Schwester Sandra zugesteckt hatte, waren da zwar eine lieb gemeinte Geste, aber ein Kinobesuch würde ihn kaum aus dem Loch holen, in das er nach der Trennung gefallen war. Gerade Sandra sollte doch wissen, dass er nicht der Typ war, der einfach mit den Fingern schnippte und sich dann irgendeine Frau auswählte, die auch noch begierig darauf wartete, von ihm auf einen Film eingeladen zu werden. Allein bei der Vorstellung graute es ihm.

Oliver tickte da anders. Zumindest hatte er es getan, bevor er am eigenen Leib erfahren musste, dass man echte Zuneigung nicht erzwingen konnte. Selbst nicht die zwischen Vater und Sohn. Es war bitter und mit Sicherheit äußerst schmerzhaft für Oliver gewesen, aber seither hatten sich auch die Anzahl seiner oberflächlichen Dates mit seinen Kurzzeitbekanntschaften drastisch reduziert. Obwohl es eigentlich gegen seine Grundsätze verstieß, fühlte Mark, dass er hier doch ein wenig Schicksal spielen sollte, um Olivers Seelenheil ein wenig auf die Sprünge zu helfen. Natürlich konnte er nichts an dessen zerrüttetem Verhältnis zum Vater ändern und unterstützte diesen Abnabelungsprozess sogar, aber in der Angelegenheit mit Mia konnte er ihm ein wenig die Augen öffnen. Den Weg beschleunigen, das Offensichtliche sichtbar machen. Sein Gesicht verzog sich zu einem vergnüglichen Grinsen. Die erste richtig gute Idee am heutigen Tag.

Der Fahrstuhl stoppte und ein Gong ertönte, als sich die Türen öffneten. Schwungvoll trat Mark in den Flur. Direkt vor ihm befand sich eine breite Milchglastür mit der Aufschrift:

INTENSIVSTATION

BETRETEN VERBOTEN!

Beherzt drückte er den Türöffner und trat ein. Zu seiner Überraschung wurde er bereits erwartet. Die Frau, die ihm entgegeneilte, entsprach genau seinen Vorstellungen von einer mütterlichen Stationsschwester, die die Situation im

Griff hatte und deren Wort gehört wurde. Mit festem Händedruck begrüßte sie ihn und freute sich über die Grüße, die er ihr von Oliver übermitteln sollte. Mark hätte gerne noch länger mit ihr geplaudert, doch seine Aufmerksamkeit wurde plötzlich von einer sommersprossigen Schwester gefangen genommen. Es war nicht die Schwester selbst, die sein Interesse erweckte, sondern die Tatsache, dass sie aus dem Zimmer kam, in dem seine Patientin lag. Damit war wohl sie seine direkte Ansprechpartnerin. Augenblicklich schnellten seine Gedanken hin zu der Frau, die nur wenige Schritte entfernt von ihm lag. Sie hatte weiß Gott genug durchgemacht, und es war seine Aufgabe, dafür zu sorgen, dass seine Ex ihr das Leben nicht noch unnötig schwer machte.

Von der Schwester erfuhr Mark, dass er sich zunächst keine Sorgen zu machen brauchte. Seine Patientin hatte sich unter der Kühlung weiter stabilisiert und man wollte versuchen, die kreislaufwirksamen Medikamente peu à peu zu reduzieren. Im Moment wäre es leider noch nicht vollständig möglich. Gerade als die junge Krankenschwester ihm erklären wollte, dass das hoch dosierte Schlafmittel dafür verantwortlich war, fiel ihr wohl ein, dass er vom Fach war und ihm die Zusammenhänge vertraut waren. Sie tippte sich lachend an den Kopf und bat ihn ins Zimmer. Bereitwillig öffnete sie für ihn die elektronische Patientenkurve am Computer. Die Vitalwerte waren tatsächlich stabil und der Sauerstoffgehalt der Beatmung konnte reduziert werden. Ein Blick auf die Laborwerte genügte ihm, um festzustellen, dass mit keinem Organversagen zu rechnen war. Das bestätigten auch die bisher durchgeführten Ultraschallkontrollen.

Mark atmete auf und schaute erleichtert zu der Patientin, als er den vorläufigen Bericht des Neurologen gelesen hatte.

Die durchgeführten Tests vor der Ruhigstellung waren negativ, was in diesem Fall positiv war. Die Bilder von der Schichtaufnahme des Schädels unauffällig. Keine Einblutung oder andere sichtbare Verletzungen. Sie hatte wirklich Glück gehabt. Eigentlich ein Wunder, wenn man bedachte, in welcher Verfassung er sie vorgefunden hatte.

Seine Schwester würde nicht von purem Zufall sprechen, sondern von Bestimmung und Schicksal. Aber Sandra hatte schon immer eine andere Sichtweise auf die Dinge. Beim Gedanken an seine Schwester musste er lächeln. Er trat ans Bett und war froh, dass er für die junge Frau hier einen Platz bekommen hatte. Falls doch noch etwas gefunden wurde, war sie in der Uni-Klinik einfach besser

aufgehoben. Allein die personellen Ressourcen waren um ein Vielfaches höher als in seinem Klinikum.
Er konnte sich kaum erinnern, ähnlich viele Ärzte, Pflegekräfte, Assistenten, Therapeuten und Krankengymnasten auf einer Station versammelt zu sehen.
Die sommersprossige Schwester bemühte sich, diese Unruhe von der Patientin fernzuhalten, und Mark war ihr sehr dankbar dafür. Ein bisschen erinnerte ihn diese besondere aufmerksame und fürsorgliche Art an Mia. Auch wenn die Schwester hier um einiges ausgebuffter wirkte, war sie doch sehr um die Patientin bemüht. Sie lachte viel und erzählte ohne Punkt und Komma.
Er erfuhr, dass Elly noch im OP war, aber schon nach seiner Patientin gesehen hätte. So wie die rotblonde Intensivschwester den vollständigen Namen von Elly betonte, konnte Mark heraushören, dass seine Ex nicht nur Bewunderer an ihrem neuen Arbeitsplatz gefunden hatte. Dennoch fand er es professionell, dass sich die junge Frau nicht offen zu einem Negativkommentar hinreißen ließ.
Wahrscheinlich wusste die Schwester über seinen gestrigen Besuch und Ellys Auftritt Bescheid. Merkwürdig war nur, dass sie ebenfalls zu glauben schien, dass die Patientin seine Freundin sei.

Mark überlegte, ob er den Irrtum aufklären sollte, entschied sich aber kurzerhand dagegen. Da musste er wenigstens nicht mehr erklären, warum er sich ausgerechnet für diese Patientin interessierte. Er hatte ja schließlich selbst keine vernünftige Erklärung dafür.

Die vage Annahme, sie vermutlich schon einmal gesehen zu haben, ihr begegnet zu sein, war es jedenfalls nicht. Konnte es nicht sein. Jetzt, wo er ihren Namen in der Akte gelesen hatte. Leya Volta. Sehr außergewöhnlich und zu besonders, als dass er ihn hätte vergessen können.

Wirklich merkwürdig. Sie kam ihm sehr bekannt und nah vor.

18. Kapitel

Ich stand hinter einem Pfeiler verborgen und konnte unentdeckt einen Blick auf die Menschen im Foyer werfen. Kurz befürchtete ich, dass Antonio heimgekehrt sein könnte, und mein Herz schlug vor Aufregung schneller. Doch dann sah ich sie.

Isabella Brant.

Obwohl sie klein und zierlich war, stach sie doch aus der Gruppe hervor. Sie war jung, viel jünger, als ich gedacht hatte. Ich schätzte sie auf Ende zwanzig. Die Feder, die ihren Hut schmückte, wippte bei der stürmischen Begrüßung aufgeregt hin und her. Die vielen Leute, die wie ein Haufen schnatternder Gänse versammelt waren, stoben erst auseinander, als zwei kleine Jungen und ein etwas größeres Mädchen hereingetragen wurden. Mit den Kindern hatte ich überhaupt nicht gerechnet, und beim Anblick der schlafenden Kleinen zog sich mir unwillkürlich das Herz zusammen. Die Mutter folgte ihren Zöglingen, die vorsichtig nach oben gebracht wurden. Ich selber hatte mittlerweile den sicheren Beobachtungsposten verlassen, um einen besseren Blick auf die gesamte Situation zu bekommen, und bereute meine Neugier sofort. Antonios Mutter hatte mich entdeckt und winkte mich freudig strahlend zu sich nach unten. Mit aufgesetztem Lächeln ging ich die Treppe hinab.

Obwohl Frau Brant sich bemühte, jeden Einzelnen herzlich zu begrüßen, sah ich doch, dass die lange Reise Spuren bei ihr hinterlassen hatte. Sie wirkte müde und hätte sich wahrscheinlich am liebsten sofort zurückgezogen. Frau Hochstädter musste das ebenfalls bemerkt haben, denn alsbald brachte sie ihre Freundin auf das für sie vorbereitete Zimmer.

Das Personal zerstreute sich. Nur ich blieb stehen und sah stumm zu, wie die Tische zu langen Tafeln zusammengeschoben, Bänke zurechtgerückt und die besten Stühle an die Stirnseite der Tafel gestellt wurden. Schwungvoll wurden weiße Tischtücher ausgebreitet, die den rustikalen Möbeln eine vornehme Eleganz verliehen. Geschirr wurde hereingetragen und eine kleine Kredenz aufgebaut. Ich trat näher und schaute auf die wertvollen Schalen und Krüge, den so genannten Hausschatz. Am liebsten hätte ich bei den Vorbereitungen mitgeholfen.

Es wäre für mich ein Leichtes, Teller und Trinkbecher zu arrangieren. Sie aus dem reich verzierten Überbauschrank zu holen, genau wie das kostbare Besteck, das für den Ehrengast reserviert und bereitgelegt wurde. Die Tafel nahm einen festlichen Charakter an und es fehlten nur *noch die köstlichen Speisen, deren Duft man bereits erahnen konnte. Ich bewunderte die Intarsien in den Türfüllungen und berührte ein muschelförmiges Gefäß, als mein Blick auf meine Hände fiel.*

Verstört und um Fassung bemüht lief ich nach oben. Erst als ich die Tür hinter mir fest verschlossen hatte, schaute ich entsetzt auf meine Finger. Sie sahen zart und feingliedrig aus, doch gleichzeitig waren sie rissig und aufgeplatzt. Es gab tiefe Schrammen, manche von ihnen verheilten gerade.

Die Hochstädters glaubten bestimmt, dass ich aus gutem Hause stammte. Doch was, wenn sie sich irrten und ich nur vor harter, gemeiner Hausarbeit weggelaufen war?

Und warum suchte mich eigentlich niemand?

Es schien beinahe so, als ob ich gar nicht existierte, so als ob es mich gar nicht gäbe. Mitten in diese abstrusen Gedanken hinein klopfte es an der Tür.

Nein, ich konnte kein Geist sein. Geister hatten keinen Herzschlag, der in den Ohren dröhnte. Es war ganz einfach so, dass meine Gastgeber mich durchschaut hatten, noch bevor es mir selber gelungen war. Sie kamen jetzt, weil sie endlich den Irrtum bemerkt hatten und mich zur Rechenschaft ziehen wollten. Ich machte mich auf alles gefasst.

Doch statt der enttäuschten oder gar aufgebrachten Hochstädters trat nur eine äußerst gut gelaunte Anna ins Zimmer. Ich war perplex.

Anna war freundlich und zuvorkommend wie immer. Sie summte ein Lied, eines, das ich noch nicht kannte. Sie drehte sich und fügte lachend hinzu, dass heute ein „wuuuunderschöner Tag“ sei. Erstaunt blickte ich sie an, worauf sie nur betonte, dass dies auch für mich galt und ich mich wenigstens ein bisschen freuen könnte, denn schließlich würden eine Menge Leute heute Abend eintreffen. Langsam begriff ich. Natürlich hatte sie Recht. Es war eine Möglichkeit und große Chance für mich. Und so dauerte es gar nicht lange, bis Anna mich mit ihrer Vorfreude angesteckt hatte. Ich hatte sogar Lust, mich von ihr ein wenig zurechtmachen zu lassen. Auf diese Erlaubnis schien Anna nur gewartet zu haben.

Sie war sofort Feuer und Flamme. Ich wurde gewaschen, gecremt und mit zerriebenen Rosenblättern betupft.

Der betörende Duft der roten Blüten kitzelte meine Nase und durchströmte gleich darauf den ganzen Raum. Ich bekam ein spitzenbesetztes Unterkleid und darüber zog mir Anna – ich konnte es nicht fassen – das von mir bewunderte Kleid von der Truhe! Mit angehaltener Luft ließ ich es mir überstreifen. Es roch nach frischer Seife und der

Stoff fühlte sich zart und weich an. Es glitt wie ein einziger Windhauch an mir hinunter, so dass ich Gänsehaut bekam. Anna schnürte das Kleid sorgfältig und wir traten gemeinsam vor den Spiegel. Es war perfekt und ich fühlte mich wie eine Königin. Mindestens. Meine persönliche Zofe, zu der ich Anna insgeheim ernannt hatte, hielt meine feuchten Haare nach oben und rubbelte sie energisch trocken. Anschließend wurden sie gekämmt, gebürstet, geflochten und gesteckt. Am Ende hatte ich eine wundervolle Frisur, mit der ich mich kaum wiedererkannte. Ich drehte mich andächtig vor dem Spiegel, als Anna mir bedeutete, dass wir noch nicht ganz fertig wären. Ich fragte mich, was jetzt noch fehlen könnte. Es war einfach alles vollkommen. Selbst die verkrustete Schramme am Kopf war kaum noch zu sehen. Doch Anna kramte nach einem kleinen Döschen, das sie aus den Falten ihres Kleides hervorzauberte, und zeigte mir voller Stolz dessen Inhalt. Das versilberte Kleinod enthielt roten Puder, das sie wie einen kostbaren Schatz vorführte. Angeekelt blickte ich sie an. Ich wusste, was das war, und ich würde mir auf keinen Fall das Gesicht mit den getrockneten und zermahlenen toten Insekten einreiben. Sie sollte ihre zu Staub pulverisierten Schildläuse behalten. Anna hatte meinen Gesichtsausdruck richtig gedeutet und zuckte bedauernd –

fast beleidigt – mit den Schultern. Dann würde sie eben etwas für sich benutzen, meinte sie, ich sei sowieso schon hübsch genug. Ich hoffte, ich hatte sie nicht allzu sehr gekränkt, wissend, dass sie es nur gut mit mir meinte.
Sollte sie ruhig den teuren Puder benutzen. Ihr Spiegelbild sagte mir, dass ihr grimmiger, eingeschnappter Ausdruck nur gespielt war. Ich war überaus erleichtert und wünschte mir in diesem Moment, dass wir eines Tages richtig gute Freundinnen werden würden. Als hätte Anna meinen geheimen Wunsch erhört, nahm sie meine Hand, drückte sie und gemeinsam gingen wir nach unten der Musik entgegen.

19. Kapitel

Ungeduldig hielt Oliver Ausschau nach Mark. Zum wiederholten Male griff er nach seinem Smartphone, um nach der Uhrzeit zu sehen. Das akademische Viertel war längst verstrichen und von Mark war noch immer nichts zu sehen. Er versuchte seinen Freund zu erreichen, doch es meldete sich immer nur die blecherne Stimme der Mailbox.

Ärgerlich legte er sein Handy auf den gläsernen Beistelltisch und erhob sich aus dem gemütlichen Loungesessel, in den er vor ziemlich genau zwanzig Minuten gesunken war. Er ging an den Pflanzkübeln vorbei auf die Terrasse des Restaurants und lehnte sich über die Brüstung.

Von hier oben hatte er freien Blick auf den Parkplatz unter ihm. Doch weder von Mark noch von seinem Wagen war irgendeine Spur zu sehen. Schon zweimal hatte er die freundliche Kellnerin mit der Karte weggeschickt und befürchtete nun, dass ihnen kaum genügend Zeit zum Essen blieb, wollten sie wie geplant ins Kino nebenan gehen. Die nächste Vorstellung würde bald beginnen, und viele Filme blieben dann nicht mehr zur Auswahl.

Oliver überlegte gerade, ob er nicht einfach Essen bestellen sollte, als seine Aufmerksamkeit von einer jungen

Frau gefesselt wurde. Sie kam langsam die Stufen zum Kino hinauf und blieb auf halber Treppe stehen. Erst als sie in seine Richtung blickte, erkannte er sie. Mia. Unmöglich! Sein Herz setzte ein paar Schläge aus. Er flüchtete hinter das dichte Grün einer der Schmuckpalmen.

Mia hatte ihn nicht gesehen. Gott sei Dank! Wahrscheinlich wegen der tief stehenden Sonne, denn jetzt schob sie sich die getönte Brille vom Haar über die Augen.

Geräuschvoll atmete er aus. Er benahm sich wie ein dummer Schuljunge. Doch irgendwie konnte er nichts dagegen tun. Das Sommerkleid, das sie trug, betonte ihre zarte Figur und ließ sie unglaublich sexy aussehen. Außerdem musste sie beim Friseur gewesen sein. Die Haare waren deutlich kürzer und doch sah sie femininer und verführerischer aus als mit ihren langen Haaren, die sie immer nur lieblos zu einem Pferdeschwanz gerafft hatte. Herrgott! Er hörte sich ja an wie jemand, der es nötig hatte. Reiß dich zusammen, Mann!

Doch er konnte seinen Blick nicht von ihr abwenden. Mia lehnte am Geländer des Treppenaufganges und schien auf jemanden zu warten. Ein Bein hatte sie angewinkelt, und er konnte ihre gebräunte Haut sehen. Er erinnerte sich, dass sie erst kürzlich im Urlaub gewesen war, doch wo und mit wem, dass wusste er nicht. Mia gehörte nicht zu denen, die ihr Privatleben auf der Arbeit breittratschten. Wenn Mark ihm nicht erzählt hätte, dass sie sich für Kunst und Theater interessierte, hätte er es bis heute nicht erfahren. Und mit einem Mal machte es ihm etwas aus, so wenig über sie zu wissen.

Im Dienst versuchte sie immer unauffällig, ja fast unsichtbar zu sein. Heute Abend war das anders. Er lächelte. Mias Kleid wirkte wie ein Magnet und zog die Blicke vieler auf sich. Wahrscheinlich war ihr diese Wirkung nicht einmal bewusst. Ihre Hände verrieten es. Andauernd versuchte sie den Saum des Kleides glatt zu streichen, doch der Wind verfing sich immer wieder in dem leichten Stoff. Sie presste sich enger an das Geländer und hielt ihre kleine Umhängetasche dicht vor sich.

Ein wenig amüsierte ihn Mias Verlegenheit, gleichzeitig rührte sie ihn. Er wollte am liebsten zu ihr gehen und sie irgendwie beschützen. Mitten in diesen für ihn untypischen und eher lächerlichen Gedanken wurde ihm klar, dass sich Mia für eine besondere Verabredung hübsch gemacht haben musste – eine Verabredung mit einem Mann. Der Gedanke behagte ihm nicht, ganz im Gegenteil. Er taxierte jeden Neuankömmling kritisch. Keinem von denen gönnte er sie. Einen fand er zu alt, den nächsten zu jung, zu unsympathisch oder einfach nur prollig. Im Grunde wünschte er sich, sie würde von dem Kerl versetzt werden. Während er sie heimlich weiter beobachtete, kramte Mia in ihrer Handtasche und fischte ihr Telefon heraus. Oliver trat ein wenig aus seinem Versteck. Vielleicht konnte er etwas hören? Etwas von ihren Lippen ablesen? Doch verdammt – genau in dem Moment, wo es interessant werden könnte, klingelte sein Telefon. Es vibrierte und hüpfte auf dem gläsernen Tisch herum, bevor der unnachahmliche Sound seiner Lieblingsband erklang und bestimmt meilenweit zu hören war. Überhastet stolperte Oliver zum Tisch und riss das Handy ans Ohr. Aber es war nicht Mark am Telefon, sondern die verblüffte Stimme von Mia.

Im Zeitlupentempo drehte er sich um und starrte in Mias ungläubiges Gesicht. Versteinert sah sie zu ihm nach oben. Trotz ihrer Sonnenbrille konnte er förmlich ihren enttäuschten Blick spüren. Er wusste genau, was sie dachte und konnte es ihr nicht einmal verübeln. Doch er war es nicht, der sie hierher gelockt hatte.

20. Kapitel

Arm in Arm gelangten Anna und ich in die zum großen Festsaal umfunktionierte Halle. Als wir den vollen Raum betraten, verstummten einige Gespräche und wir wurden von neugierigen Augen gemustert. Ich zupfte nervös an meinem Kleid und versuchte den offenherzigen Halsausschnitt etwas zu bedecken. Mit einem Male fand ich den Schnitt gar nicht mehr so toll. Für den Anlass erschien er mir jetzt unpassend. Jeder konnte mir in das nur durch ein dünnes Tuch verdeckte Dekolleté starren. Ich zog Anna am Ärmel, doch die ignorierte mein Gezerre geflissentlich und stellte mir stattdessen ein paar Leute vor. Schuhmacher, Gold- und Waffenschmiede, Zimmerleute, allesamt Meister ihrer Zunft, tummelten sich unter den Gästen. Es wurde diskutiert und gelacht, und ich war froh, dass immer mehr Leute eintrafen und ich, die stumme Frau ohne Gedächtnis und vollständigen Namen, nicht länger im Mittelpunkt der Aufmerksamkeit stand. Jetzt war es an mir, die neu Eingetroffenen zu taxieren. Anna nahm ihre Aufgabe sehr ernst und fühlte sich ganz als eifrige und diskrete Gastgeberin. Ein leichtes Nicken und ein geflüsterter Name und ich erfuhr, dass der groß aufgeschossene Mann an einer der Säulen der ehrwürdige

Baumeister Christoph Wamser war. Oder dort, der kaiserliche Postmeister Jacob Hernot, der vor vielen Jahren aus den Niederlanden nach Köln emigriert war, gut mit dem alten Rubens bekannt war und heute mit seiner Frau Adelheid de Haen gekommen war. Unweit von ihm stand seine verwitwete Tochter Katharina im trauten Gespräch mit ihrem Bruder, dem Domherrn Hartger Hernot. Wir gingen Richtung Tafel, wo schon einige der Gäste Platz genommen hatten. Zwei Männer unterbrachen kurz ihre hitzige Diskussion, als wir uns an ihnen vorbeischlängeln wollten. Wohlwollend nickten sie uns zu. Ich erfuhr, dass es sich bei den wohlgenährten Herren um den amtierenden Bürgermeister und Waffenhändler Johann von Bolandt und den Tuchhändler Johann Hardenrath handelte.

Ein plötzlicher Tumult im Foyer ließ uns innehalten. Aufgeregte und laute Stimmen drangen zu uns, dazwischen ein Poltern, Schreie und ein Geräusch von zerberstendem Holz. Einige Frauen wichen ängstlich zurück, als ein Mann einen Angetrunkenen in den Schwitzkasten nahm. Der so in die Mangel Genommene wehrte sich heftig und stieß lallend ungehaltene Verwünschungen aus. Er wurde von Bertram Hilden,

seines Zeichens Druckereibesitzer, kurzerhand hinauskomplimentiert.
Nachdem die Situation entschärft und der Störenfried entfernt worden war, entbrannte eine hitzige Diskussion – ein willkommener Zeitvertreib, um das Warten auf Rubens' Frau zu verkürzen. Ich erfuhr aus dem immer noch aufgebrachten Gerede, dass es sich bei dem Randalierer um Melchior von Rheidt handeln musste.
DER Melchior von Rheidt? Der berühmte Kunstschreiner? Hatte er nicht auch den Geschirrschrank der Hochstädters gefertigt? Ich war mir fast sicher, dass ich dort seine Signatur gesehen hatte. Wie konnte es sein, dass ein Mann seines Standes dermaßen die Beherrschung verlieren konnte?
Anna konnte es anscheinend auch nicht fassen. Traurig schüttelte sie den Kopf und bestätigte mir meine Vermutung. Es war der besagte Kunstschreiner. Sowohl der Schrank hier als auch die Arbeiten im neuen Rathaus stammten von ihm. Dort hatte es nach Abnahme der Stühle und Türen Unstimmigkeiten bezüglich der von ihm abgelieferten Qualität gegeben. Familie Hochstädter vermutete dahinter zwar bloßen Neid, doch von Rheidt setzten die Verleumdungen so zu, dass er mit dem Trinken angefangen hatte. In der ersten Zeit versuchte die Familie

Hochstädter wohl noch zu vermitteln, doch später hatte der Mann völlig die Kontrolle über sich verloren.
Nach diesem unschönen Zwischenfall dauerte es ein wenig, bis Ruhe einkehrte und man sich auf seine Plätze zurückzog. Frau Hochstädter winkte mich zu sich und Anna schob mich zu ihr. Ab jetzt war ich auf mich alleine gestellt. Auf Anna warteten jetzt andere, weniger repräsentative Aufgaben.
Als ich meinen zugewiesenen Platz erblickte, hätte ich am liebsten sofort wieder kehrtgemacht. Warum musste ich ausgerechnet der Frau gegenübersitzen, die mich am wenigsten mochte und mich abschätzend musterte? Zum anderen verstand ich auch nicht, warum Christine so weit abseits von ihrer Familie platziert wurde. War es die schlechte Laune oder ihre Kleidung, die meiner sogar ähnelte, oder waren es einfach nur die unbedeckten und offenen Haare, die ihre Mutter bemüßigten, sie ans Ende der Tafel zu verbannen? Ich wusste es nicht und würde die Antwort so schnell auch nicht bekommen. Ihrem Gesichtsausdruck nach zu urteilen, war es Christine ziemlich egal, wo sie saß. Sie hatte keine Lust zu feiern und das sah man ihr auch an. Ihr schönes Gesicht war gelangweilt verzogen und mir war, als wäre sie mit ihren Gedanken ganz woanders. Das änderte sich erst, als ein

neuer Gast den Raum betrat. Die ablehnende Haltung wich einem wachen, freundlichen Ausdruck. Sogar ihr desinteressierter Blick verwandelte sich in ein strahlendes Lächeln. Ich drehte mich möglichst unauffällig um, um zu schauen, ob Frau Brant diesen radikalen Wandel bei ihr ausgelöst hatte, und erstarrte.

Da stand nicht Frau Brant, sondern Antonio – wie immer gut aussehend und geradewegs in Christines Richtung blickend. Erst jetzt, wo ich sehen konnte, wie sie ihn anhimmelte, wurde mir klar, dass sie nicht seine Schwester war – nicht seine Schwester sein konnte! Und ich hatte mir in meinem Kleinmädchenkopf schon romantische Hoffnungen gemacht. Alles nur Hirngespinste! Hatte alle Zeichen ignoriert, sogar die offensichtlichen! Mein Gott, ich konnte ja froh sein, dass Christine überhaupt so gelassen reagiert und mir nur die kalte Schulter gezeigt hatte. Ich dachte an den zerknüllten Mantel am Morgen. Sie musste in meinem Zimmer – nein, eigentlich war es ja sein Zimmer – gewesen sein! Ich schämte mich so. Am liebsten hätte ich mich davongestohlen, doch gerade in diesem Moment betrat Isabella Brant den Raum.

Jubelnde Begrüßungen von allen Seiten. Ich konnte nicht mehr weg. Antonio stand noch immer am Eingang – jetzt neben dem Ehrengast – und starrte herüber. Ich versuchte, seinem Blick auszuweichen, der nicht mir, sondern Christine galt, die unmittelbar hinter mir stand. Die Wärme in seinen Augen tat mir fast körperlich weh, so dass ich mich abwenden musste.

Doch selbst da schien sich sein Blick noch durch meinen Rücken zu bohren.

Ein Raunen ging durch den Saal. Isabella Brant ergriff das Wort und ich war erleichtert. Die Enttäuschung ließ nach und ich hörte, wie sie sich für den tollen Empfang bedankte, ihren Mann erwähnte, der mit Sicherheit sehr gerne hier –am Ort seiner schöneren Kindheitserinnerungen – verweilen wollte, wenn er nur könnte. Leider wurde er „durch eine Kleinigkeit“ in Paris aufgehalten. Die meisten wussten wohl, von welcher Kleinigkeit sie sprach, denn es ertönte verständiges Gelächter, und auch ich erfuhr einige Zeit später, dass ihr Mann im Dienste der französischen Königin stand und sich im neuen Pariser Stadtpalais aufhielt.

Bis das Essen serviert wurde, dessen Duft schon verlockend in der Nase kitzelte, hatten die Anwesenden Zeit, sich über die äußerst charmante und redegewandte Frau des Künstlers auszutauschen. Die Männer lobten die Art, wie sie ihren Mann in den Vordergrund stellte, und die Frauen bewunderten den stilsicheren Modegeschmack der

Rubensgattin. Die Gespräche ebbten auch nicht ab, als das Essen unter fröhlichen Fiedelklängen aufgetragen wurde und jeder kräftig zulangte. Es wurde gekostet und getrunken. Die leeren Wein- und Bierkrüge wurden prompt ausgetauscht und erneut aufgefüllt. Ich nahm einen vorsichtigen Schluck und ließ mir meine Sinne benebeln. Appetit hatte ich keinen, trotz der exklusiven Auswahl an Suppen, Fisch, Fleisch und Pasteten, und so wirkte der Wein fast sofort. Leicht benommen setzte ich das Glas ab und hatte das unbestimmte Gefühl, beobachtet zu werden. Ich blickte mich unsicher um, konnte aber niemanden entdecken. Alle, auch Antonio, waren mit dem Essen beschäftigt. Petronella, die Haushälterin, hatte sich selbst übertroffen.

Doch die eigentliche Sensation für den Gaumen sollte noch kommen. Unter Fanfarenklang wurde eine silberne Platte hereingetragen, auf der eine Nachspeise zu einer Pyramide aufgetürmt war. Das Meisterwerk bestand aus gefülltem Schokoladenkonfekt, wovon jeder weibliche Gast ein Stück erhalten sollte. Ich versuchte, nicht zu zittern, als ich an der Reihe war und mir andächtig eine dieser Kostbarkeiten nahm. Ich drapierte die Praline vor mir auf den Tisch und betrachtete sie fast ehrfürchtig. So etwas Erlesenes hatte ich noch nie gesehen und mir war es ein

Rätsel, wie es den Hochstädters gelungen war, diese Delikatesse mitten im Sommer zu organisieren.

Hielten die Musiker sich während des Hauptganges noch dezent im Hintergrund, so spielten sie jetzt um so lauter und luden zum Tanz ein. Bänke und Tische wurden zur Seite geschoben. Sebastian Hochstädter erhob sich traditionell als Erster und eröffnete mit seiner Frau den Tanz. Anschließend ging Frau Brant in Begleitung von Antonio zur Saalmitte und auch sie begannen zu tanzen. Obwohl ich mir geschworen hatte, Antonio nicht mehr anzustarren, blieb mein Blick wie magisch angezogen an ihm hängen. Ich zwang mich regelrecht, mein Augenmerk auf seine sehenswerte Tanzpartnerin zu lenken.

Isabella Brant trug ein dunkles Überkleid, das vorne etwas geschlitzt war, so dass man das golden schimmernde Unterkleid aus Brokat sehr gut sehen konnte. Die große Mühlenradkrause aus weißer Spitze bildete einen wunderschönen Kontrast. Ihr Haar wurde von einem Spitzendiadem geziert, das ein wenig unter dem großen hellbeschärpten Hut hervorblitzte.

Dieser Hut, vermutete ich, könnte dafür sorgen, dass bereits morgen die hiesigen Hutmacher neue Aufträge bekämen. Doch selbst die neueste modische Kopfbedeckung konnte mich nicht lange vom geheimen

Ziel meiner Begierde ablenken: Antonio, der elegant über das Parkett tanzte.
Er sah bemerkenswert gut aus in seiner dunklen Kniehose und dem mit schwarzer Seide unterlegten roten Wams. Ich war mir sicher, dass es im ganzen Raum keine Frau gab, die nicht auf der Stelle mit Isabella Brant getauscht hätte.
Die meisten Gäste hatten sich mittlerweile erhoben, um einen Blick auf die Tanzenden zu erhaschen, und auch ich stand auf.
Das Eröffnungslied war zu Ende. Frau Brant tanzte inzwischen mit dem Tuchhändler Hardenrath. Da sah ich Antonio geradewegs auf mich zukommen.
Gleich wäre er bei mir, und ich merkte, wie ich errötete. Er lächelte mich unheimlich verliebt an. Doch noch ehe ich mir über dieses Verhalten Gedanken machen konnte, änderte sich die Situation. Antonio wurde blass und ich verspürte einen Schmerz, der mir die Tränen in die Augen trieb. Jemand war mir mit voller Wucht auf den Fuß getreten. Ich musste nach Luft schnappen und dann sah ich, wie eine freudestrahlende Christine eng an Antonio geschmiegt über die Tanzfläche wirbelte.
Das durfte doch nicht wahr sein! Wie oft musste ich noch auf die Wahrheit gestoßen werden? War ich denn völlig blind? Mit meinen Augen oder schlimmer noch mit meinem

Kopf konnte doch etwas nicht stimmen. Dieses Phänomen hatte nichts mit dem Gedächtnisverlust zu tun. Es war furchtbar.
Ich musste raus. Weg von hier. Hastig drehte ich mich um und humpelte nach draußen. Der einzige Ort, wo ich jetzt ungestört sein konnte, war der kleine Balkon. Ich erreichte ihn, ohne aufgehalten worden zu sein, und lehnte mich an die Brüstung. Mit geschlossenen Augen atmete ich die klare Abendluft ein, die sich über der Stadt ausgebreitet hatte. Ich lauschte den Geräuschen in der Dunkelheit.
Der Alte Markt, der sonst von hektischem Treiben belebt war, lag jetzt ruhig zu meinen Füßen. Von Zeit zu Zeit ertönte der Schrei einer streunenden Katze. Gedämpft nahm ich die Musik und das Lachen der Feiernden im Inneren des Hauses wahr und entspannte mich langsam. Ich genoss den beruhigenden Blick auf die schlafenden Häuser, in denen nur noch vereinzelt eine Kerze brannte. Das flackernde Licht gab mir ein sicheres Gefühl der Geborgenheit und erinnerte mich vage an Weihnachten. Eine tröstliche Empfindung. Ich drehte mich zur Balkontür, als ein plötzlicher Windstoß mein Häubchen vom Haar wehte. Ich wollte die Haube noch greifen, doch sie fiel direkt vor meine Füße, wo sich bereits eine Hand nach ihr ausstreckte.

Und so kam es, dass ich ihn spürte, noch bevor ich ihn sah, und ich sah ihn, noch bevor mein Kopf mir sagte, dass es Antonio war und er hier nicht hergehörte. Endlich ließ ich die Haube los, als könnte ich mich an ihr verbrennen, obwohl ich bereits in Flammen stand. Warum rettete mich keiner? Ich versuchte wegzukommen, doch hinter mir war nur die Brüstung. Weit und breit kein anderer Mensch. Wir waren allein. Ich konnte nicht einmal schreien und das wusste er. Meine Gedanken wirbelten: Sollte er nicht mit seiner Braut tanzen? Wo war Christine? Ich versuchte über seine Schultern zu blicken, doch er war zu groß. Er schaute mich mit einem triumphierenden Lächeln an und kam immer näher. Ich versuchte den Kopf wegzudrehen. Zwecklos. Ich hielt die Luft an und schaute nach unten. Was hatte er vor? Wortlos hob er mein Kinn und schaute mir in die Augen. Ich war ihm völlig hilflos ausgeliefert. Sein überlegenes Lächeln war verschwunden und er neigte sich zu mir herunter. Er strich mir mit seiner freien Hand über das Haar und nahm mir eine lose Strähne aus dem Gesicht. Dann küsste er mich. Zuerst ganz zart und behutsam, doch dann immer fordernder. Ich wollte mich wehren, weil es falsch war, doch mein Herz fühlte etwas anderes und so ließ ich es zu. Ich öffnete leicht meinen Mund und schon war es um mich geschehen. Ich wurde in einen Strudel gezogen und klammerte mich wie eine Schiffbrüchige an ihn. Die Zeit hörte auf zu existieren.

Alles um uns herum war bedeutungslos.

Einfach alles.

Nach einer halben Ewigkeit kam ich wieder zu mir. Zuerst hörte ich die Musik und dann die Stimmen im Haus. Er hielt mich noch immer eng umschlungen. Langsam nahm die Umgebung wieder feste Formen an und wir blickten einander in die Augen.

Antonio wollte mich gerade hineinbringen, als ich glaubte, unten in der Dunkelheit eine Bewegung wahrgenommen zu haben. Antonio beugte sich ebenfalls über die Brüstung und lauschte. Doch da war nichts, nur der leere verlassene Markt. Wir mussten uns getäuscht haben.

21. Kapitel

Mia war fassungslos. Nicht Mark wartete auf sie, sondern der Mann, dessen Nähe sie schon im Dienst kaum noch ertragen konnte. Lässig, wie von ihm gewohnt, lehnte er an der Balustrade der kubanischen Bar und schaute zu ihr herunter.

Mark hatte sie angelogen. *Mia, ich habe Kinokarten von meiner Schwester bekommen, möchtest du nicht mit mir hingehen?* Natürlich hatte sie sofort ja gesagt. Schließlich mochte sie ihn, er war wie ein Bruder für sie. Umso mehr schmerzte es Mia, mit wie viel Eifer Mark sich für Olivers Spielchen eingesetzt hatte. Denn nun zeigte sich, dass alles nur ein abgekartetes Spiel war. HEUCHLER!

Oliver schien auf jeden Fall überzeugt von sich und seinem Plan zu sein. Es gehörte schon eine gute Portion Dreistigkeit und Ignoranz dazu, hier einfach so aufzutauchen, nachdem sie ihm gestern doch so deutlich einen Korb gegeben hatte. Doch wenn Oliver glaubte, er bräuchte nur mit den Fingern zu schnipsen und sein unverschämtes Grinsen aufzulegen, und schon würde sie wie ein naives Dummchen dahinschmelzen, dann hatte er sich getäuscht.

Sie würde nach Hause fahren und ihn stehen lassen mit seinen blöden Kinokarten.

Ohne den Mann eines weiteren Blickes zu würdigen, machte sie zitternd kehrt. Die Vorstellung, dass Oliver ihr hinterherstarren würde, war ihr unangenehm. Ausgerechnet heute hatte sie dieses Kleid angezogen. Sie versuchte ihre Unsicherheit zu überspielen und ging mit hoch erhobenem Haupt zurück über den Parkplatz. Für einen Moment geriet sie in Stocken, als sie ihren Namen rufen hörte. Oliver bat sie lauthals quer über den Platz, einen Moment zu warten. Das Herz schlug schneller und sie errötete. Sie wäre am liebsten im Boden versunken. Sie mochte es ganz und gar nicht, im Fokus der Aufmerksamkeit zu stehen. Selbst bei ihrem Hobby, dem Theater, stand sie viel lieber hinter als auf der Bühne. Olivers Stimme kam näher und sie hörte schnelle, hallende Schritte hinter sich. Ohne nachzudenken streifte Mia ihre hochhackigen Pumps ab und lief los. Ein paar gaffende Leute machten eilig Platz. Sie nestelte nach ihrem Autoschlüssel. Doch gerade als Mia die Tür ihres Wagens erreicht hatte, war Oliver bei ihr. Sie hörte ihn schnaufen und spürte seine Hand auf ihrer nackten Schulter.

„Mia, warte doch! Lass mich erklären...“

Die Pumps fielen ihr hinunter und sie war außerstande, sich zu bewegen. Oliver drehte sie um, als wäre sie eine Puppe. Schweiß trat ihr aus jeder Pore, als sie so dicht vor ihm stand. Erinnerungen prasselten auf sie ein. Doch mit ihnen auch die Gewissheit, dass er von Anfang an Bescheid gewusst hatte. Würde er ihr sonst so nahe kommen wie damals beim Karneval?

Sie fühlte sich gedemütigt und Tränen des Zorns stiegen in ihr auf. „Fass mich nicht an!“, stieß sie zwischen zusammengepressten Zähnen hervor.

Oliver ließ sie los und trat einen Schritt zurück. „Mia, ich wollte doch nicht…“ Sein Lächeln war verschwunden.

„Du hast doch nicht im Ernst geglaubt, dass ich nach all dieser Zeit mit dir ins Kino gehe und da weitermache, wo wir aufgehört haben? Für wie naiv hältst du mich eigentlich?“ Mia bückte sich nach ihren Schuhen und schaute ihn feindselig an.

„Mia, bitte! Wovon redest du überhaupt?“

In Mias Augen blitzte es. „Du verdammter Mistkerl!“, keuchte sie und wehrte ihn mit beiden Händen ab.

Oliver kam ihr trotzdem näher und versuchte ihre Hände zu greifen. Er sprach zu ihr wie zu einem störrischen Kind. Sie kannte diese Taktik genau. Jetzt wollte er ihr auch noch weismachen, dass er selber überrumpelt worden wäre. Sie musste lachen. Es klang hysterisch. „So kann man das natürlich auch nennen“, höhnte sie. „Wahrscheinlich sogar überrumpelt von mir.“

„Nein, natürlich nicht.“ Er schüttelte den Kopf. „Auch wenn ich selbstverständlich nichts dagegen einzuwenden hätte.“

Er lächelte sie an, und sein Mund nahm schon wieder diesen unverschämten, spöttischen Zug an.

Mia atmete geräuschvoll aus. „Das hättest du wohl gerne!“

Sie sah die Antwort in seinen Augen aufflackern und wich zurück, bis sie das Metall des Autos in ihrem Rücken spürte.

Er beugte sich zu ihr herunter. Im letzten Moment hob sie ihr Knie.

22. Kapitel

Aufgeregt und noch immer in Gedanken an den gestrigen Abend versunken, hüpfte ich die Treppe hinunter. Antonio hatte nach unserem Tête-à-tête auf dem Balkon keinen Hehl aus seiner Zuneigung zu mir gemacht und war Hand in Hand mit mir in den Saal zurückgekehrt, wo wir noch lange zusammen getanzt hatten. Christine war nirgends zu sehen gewesen, was mir nur recht war. Ich war einfach nur glücklich – und schwebte regelrecht im siebten Himmel.

Selbst jetzt, am Morgen danach, als ich die Gesindeküche der Hochstädters betrat, flogen noch Schmetterlinge in meinem Bauch.

Petronella begrüßte mich fast schon überschwänglich. Sie drückte mich an ihren mächtigen Busen, bevor sie routiniert weiterwerkelte. Fast so, als sei der gestrige Abend keine besondere Herausforderung für sie gewesen und als sei es auch völlig normal, dass eine Unbekannte mit dem Sohn des Hauses „angebandelt" hatte.

Während ich über diese Tatsache nachdachte und die Vermutung anstellte, dass auch sie vielleicht Christine nicht sonderlich mochte, stellte sie mir gut gelaunt das Frühstück auf den blank geputzten Tisch. Ich wollte gerade von dem köstlich duftenden Milchbrei probieren, als Frau Hochstädter die Küche betrat.

Einen Moment lang wusste ich nicht, wie ich mich verhalten sollte. Es war ein seltsames Gefühl, ihr heute unter die Augen treten zu müssen. Doch meine Sorgen waren völlig unbegründet. Antonios Mutter war so freundlich und herzlich wie gestern, bevor ich ihren Sohn in Beschlag genommen hatte. Sie fragte mich interessiert nach meinem Befinden, als wäre sie nur aus diesem Grund in die Küche gekommen. Zaghaft nickte ich nur. Mir ging es prima. Verlegen berührte ich meine Lippen, die spröde, rau und sogar etwas voller als sonst waren. Ich dachte an den Balkon und den Abschied vor der Zimmertür und errötete unwillkürlich. Wahrscheinlich wusste Frau Hochstädter nicht, wie gut ich ihren Sohn kennen gelernt hatte, sonst würde sie mich wahrscheinlich nicht mehr so zufrieden anlächeln, wie sie es jetzt tat. Alles erinnerte mich an Antonio. Sein Duft umgab mich noch immer und brachte mich um den Verstand. Meine Erregung führte dann auch dazu, dass ich ihre nächste Frage nicht sofort verstand. Eigentlich war es ja auch eher eine Bitte, die mich unerwartet traf: Ich wurde gebeten, Isabella Brant in die Stadt zu begleiten.

Es war unglaublich. Stolz und aufgeregt machte ich mich stadtfein und fragte mich, warum ausgerechnet ich – stumm und fast ohne Erinnerung – die Begleiterin für den Ehrengast sein sollte. Doch jetzt war ich voller Vorfreude, und wir starteten unseren gemeinsamen Spaziergang. Isabella war unkompliziert und wir verstanden uns auch ohne Worte von Anfang an prächtig.
Kaum waren wir auf der Straße, als auch schon die ersten Schaulustigen ihre Tätigkeit unterbrachen und neugierig in unsere Richtung starrten. Wir blickten uns verstehend an und wie auf Kommando liefen wir los. Prustend und kichernd hielten wir uns erst im Arkadengang der nahen Apotheke die Bäuche und japsten nach Luft. Nachdem wir uns wieder erholt hatten, gingen wir gesittet weiter. Das hatte Spaß gemacht. Die irritierten Blicke der Leute werde ich nicht so schnell vergessen. Von denen glaubte doch keiner, dass es die vornehme Frau von Rubens gewesen sein sollte, die so Hals über Kopf über den Markt gerannt war. Kopfschüttelnd wandten sich die meisten ab, und wir setzten ungehindert und zufrieden unseren Weg fort. Ab jetzt überließ ich die Führung meiner Begleiterin, die heute merkwürdig wenig sprach. Vermutlich hatte sie sich mir angepasst, ein Phänomen, das ich in letzter Zeit öfter beobachtet hatte. Bei ihr fiel es mir besonders auf, da ich

wusste, wie gut sie Deutsch sprechen konnte – nahezu ohne Akzent. Ich lächelte.
Bevor wir in die Pfortengasse einbiegen konnten, zupfte Isabella mich am Ärmel. Sie war vor der Rathauslaube stehen geblieben und wir blickten nach oben. Das Relief im Mittelteil an der oberen Brüstung schien sie zu interessieren. Ich kannte es und erinnerte mich, dass es die detaillierte Nachbildung der sagenumwobenen Geschichte vom Kampf des Hermann Gryn mit dem Löwen darstellte. Liebend gerne hätte ich ihr die Überlieferung um den mutigen Bürgermeister mitgeteilt, doch das konnte ich leider ja immer noch nicht. Dabei liebte ich es, von solchen Begebenheiten zu erzählen. Ich mochte es, wenn bösartige Menschen wenigstens in Geschichten ihre gerechte Strafe erhielten und das Gute über das Böse obsiegte. Zu meiner Verwunderung kannte Isabella die überlieferte Sage. Sie wusste, dass der Bürgermeister den ungleichen Kampf mit dem Löwen gewonnen hatte und dass die zwei hinterlistigen Pfaffen, die ihn in die Falle gelockt hatten, überführt worden waren. Genau hier – dabei zeigte sie aufgeregt nach oben –, am so genannten „Pfaffentor", wurden sie aufgeknüpft. Isabella verblüffte mich immer mehr. Ich bewunderte sie und freute mich, mit ihr den Tag verbringen zu dürfen. Am Abend würde ich Antonio

wiedersehen und mir wurde ganz warm ums Herz. Ich hatte so viel Glück. Lächelnd folgte ich Isabella, die merklich schneller wurde. Wir befanden uns in der Goldschmiedegasse, und ich konnte mir keinen Reim auf ihre plötzliche Eile machen. Ich drehte mich um, doch niemand schien uns zu folgen. Es musste einen anderen Grund geben. Zielstrebig steuerte Isabella auf einen kleinen unscheinbaren Laden zu. Ich dachte, dass das Gold in Italien womöglich doch nicht so günstig war, wenn sie eine hiesige Werkstatt aufsuchen wollte. Schweigend folgte ich ihr in den verwinkelten Laden.

Der Besitzer, ein grauhaariger kleiner Mann, blickte mürrisch von seiner Arbeit auf. Erst als er meine Begleiterin erkannte, erhellte sich sein zerfurchtes Gesicht. Er sprang auf und begrüßte Isabella überschwänglich in einer fremden Sprache. Es musste Flämisch sein, denn Isabella antwortete ihm fließend. Zuerst sprachen sie laut, doch dann neigte sie sich zum Ohr des Mannes und begann zu flüstern. Ich fühlte mich plötzlich ausgeschlossen. Der Mann musterte mich nachdenklich, während Isabella weiter auf ihn einsprach. Meine gute Laune war verflogen. Schließlich kam der Mann näher und bat mich, ihm meine Hand zu zeigen. Isabella nickte mir aufmunternd zu.

Zögernd streckte ich ihm meine zerschundenen Hände entgegen.
Doch den Goldschmied interessierten meine Verletzungen nicht. Sein ganzes Augenmerk galt dem Ring, den ich an meiner linken Hand trug. Mit etwas Schmierseife und einer geschickten Drehbewegung gelang es ihm fast mühelos, den zierlichen Reif abzustreifen. Interessiert sah ich, wie er das filigrane Schmuckstück mit zusammengekniffenen Augen begutachtete. Er drehte es, hielt es ins Licht und versuchte anschließend eine kleine Signatur im Inneren zu entziffern. Er kramte in seinen Taschen und fingerte ein Vergrößerungsglas hervor. Ich hörte einen verblüfften Ausruf. Auch Isabella musste ihn vernommen haben. Wir traten näher, doch der Meister reagierte nicht auf unsere neugierigen Blicke und Isabellas Frage, was er denn herausgefunden hätte. Hastig erhob er sich, um im hinteren Teil seiner Werkstatt zu verschwinden. Mit einem Blatt Papier kam er wieder und bat mich um Erlaubnis, die Gravur nachzuzeichnen. Gespannt willigte ich ein. Drei kleine Kügelchen, in dreieckiger Form angeordnet – keine allzu schwierige Aufgabe, dies zuzuordnen, sollte man meinen. Endlich würde ich etwas über die Herkunft des Ringes und damit über meine eigene Herkunft erfahren!

Aber leider konnte der Goldschmied auf Anhieb keine Erklärung geben.
Enttäuscht verließen wir die Werkstatt. Das heißt – ich war enttäuscht, Isabella hingegen verströmte weiterhin Hoffnung und gute Laune. Ihr Bekannter würde sich mit seinen Kollegen beraten und ihr dann Bescheid geben. Dann wäre es definitiv und ich könnte ganz sicher sein.
Sie hatte ja Recht. Aber es war nicht einfach für mich, mit diesen gegensätzlichen Gefühlen klarzukommen.
Ich drehte mich noch einmal um und sah, dass der alte Mann uns nachblickte. Als unsere Blicke sich begegneten, wandte er sich hastig ab und verschwand in seiner Werkstatt.
Obwohl ich mir einredete, dass dies nichts zu bedeuten hatte, nagten Zweifel in mir. Hatte er am Ende etwas herausbekommen und mir nur eine möglicherweise unschöne Wahrheit verschwiegen?
Isabella schien sich keine besonderen Gedanken zu machen. Sie hatte ja auch gut lachen – schon morgen würde sie zu ihrem Mann nach Paris reisen. Sie wusste, wer sie war und wo sie hingehörte. Während ich angestrengt um eine lockere Haltung bemüht war, schaute Isabella sich die Auslagen der reich bestückten Stände in der Budengasse an. Außer allerlei Krimskrams wurden dort

vorwiegend edle Stoffe und handgefertigte Taschen feilgeboten, einige von ihnen waren sogar mit den berühmten Cöllner Goldfäden bestickt und veredelt worden. Isabella kaufte ein paar Kleinigkeiten für die Kinder. Einen Reifen für Clara, Würfel für Niklas und einen Ritter aus Zinn für Albert.

Ich beschloss, meine Angelegenheiten für einige Zeit zu vergessen und mich Isabellas Wohl zu widmen. Sie war es schließlich, die ihre Zeit opferte, um mir, einer Unbekannten, zu helfen.

Mit ein paar Schritten war ich bei ihr und hakte mich bei ihr unter. Sie gab mir den Reifen und wir bummelten weiter. An manchen Ständen blieb sie stehen, schaute sich ein Teil an und fragte mich nach meiner Meinung. Letztendlich erstand sie für sich ein schönes Tuch und für ihren Mann eine Zeichnung der Kirche St. Martin, bevor wir zur großen Domkirche weitergingen. Der Dom war von hier sehr gut zu sehen und war, wie ich erst jetzt erfuhr, Isabellas eigentliches Ziel. Ein Jammer, dass dieses Bauwerk immer noch unvollendet war. Seit Jahren war dort kein Handgriff mehr getan worden, obwohl es in der ganzen Stadt nur so von Bauleuten, Tagelöhnern und Handwerkern wimmelte. Die Gassen wurden immer voller, und am Fuße des Domes war es so eng, als sei die halbe Welt zusammengekommen. Menschen der verschiedensten Hautfarben und unterschiedlicher, exotisch klingender Sprachen drängten sich Richtung Gotteshaus. Der hölzerne Baukran drehte sich ächzend im Wind, während wir mit all den anderen Gläubigen, Pilgern und Bettlern den Dom durch das Petersportal betraten. Wir gingen links an den Aposteln Petrus, Andreas und Jacobus und rechts an Paulus und Johannes, hinter der Vierung der Kanzel, am Binnenchor vorbei zum Dreikönigsschrein. Staunend und ehrfürchtig betrachteten wir das goldene Meisterwerk, das Nikolaus von Verdun geschaffen hatte. Nur in ganz kleinen Schritten kamen wir dem Sarkophag näher, und als der Moment gekommen war, als wir den Schrein mit bloßen Händen berühren konnten, der das Allerheiligste beherbergte – da spürte auch ich die Anwesenheit Gottes. Noch auf dem Heimweg hing jeder von uns seinen eigenen Gedanken nach.

Und als ich später den Rhein und die vielen Handelsschiffe im Wasser sah, wusste ich, dass alles gut werden würde.

Intermezzo I

Paris, Palais de Luxembourg

Mit schnellen Tippelschritten näherte sich eine Kammerzofe der Königin, um ihr die gute Nachricht zu übermitteln: Die Kutsche, die den Freund und Berater Ihrer Majestät an den Hof bringen sollte, war soeben vorgefahren.

Das bis eben erschöpfte und verkniffene Gesicht der Königin verzog sich zu einem aufrichtigen und zufriedenen Lächeln. Sie trat, ihre Aufregung nur ungenügend verbergend, ans Fenster.

Als Rubens Maria de Medici innehaltend an der imposanten Fensterfront erblickte, durchzuckte ihn kurz der Gedanke, dass sie es wider Erwarten doch geschafft haben könnte und endlich ihren Frieden gefunden hatte.

Doch dann durchlief er die zahllosen Flure des Palais, dessen Ausbau und Vollendung noch immer im vollen Gange war, und wurde eines Besseren belehrt. Er sah bossiertes Mauerwerk, Säulen und Pilaster. Das alles erinnerte ihn unwillkürlich an den florentinischen Herrscherpalast – den Palazzo Pitti. Es schien, als ob die Königin ein Refugium erbauen wollte, eine eigene kleine Welt, in die sie sich flüchten konnte.

Schon damals vor zwanzig Jahren, bei ihrer ersten Begegnung, war klar gewesen, dass sie sich nur mit dem Besten zufrieden geben würde. Sie, die reichste Prinzessin der Toskana. Aufgewachsen in den großherzoglichen Palästen, umgeben von teuerstem Prunk und unschätzbaren Kunstwerken.

Rubens lächelte, als er an die Zeit seiner ersten Italienreise zurückdachte. Wie stolz war er gewesen, als er auf persönliche Einladung des Herzogs Vincenzo Gonzagas am Hof zu Mantua eingestellt wurde.

Er hatte in seinem Atelier gerade die kleine Tochter des Herzogs gezeichnet, als er Maria de Medici, die Schwägerin seines Auftraggebers, das erste Mal traf. Er hatte von ihrer wenig schmeichelhaften Anmut und ihrer Launenhaftigkeit zwar schon viel gehört, und nachdem er ihr begegnet war, wusste er: Es stimmte alles. Alles, was man über sie sagte. Maria war eitel, eingebildet und launisch, aber nicht gewöhnlich.

In jenem Jahr, es muss um 1600 gewesen sein, trieb sich die gelangweilte Erbprinzessin in den Ateliers der Künstler herum und es entwickelte sich gerade zu dem nur vier Jahre jüngeren Maler eine bis heute andauernde Freundschaft. Die Königin schätzte Rubens' loyale, ruhige und diplomatische Art, und er nutzte dies, um ihr öfter unverblümt die Meinung zu sagen. Erstaunlicherweise ließ sie es immer geschehen, auch wenn sie niemals ihr Verhalten änderte, geschweige denn auf ihn hörte. Die einzige Vertraute, deren Rat sie fatalerweise immer beherzigt hatte, war der ihrer Freundin Leonora Galigaï gewesen. Damals jedoch war diese nicht mit am Hof, und so schüttete Maria stattdessen ihm ihr Herz aus. Sie legte ihr Innerstes offen und Rubens erfuhr Dinge aus dem Leben seiner neuen Bekannten, die sie in einem anderen Licht erstrahlen ließen. Diese verletzliche, nachdenkliche und sensible Frau mochte er, und diese Frau sah er in all den folgenden Jahren in ihr. Je älter sie wurde, umso länger musste er suchen, umso tiefer war sie verborgen unter all der Schminke, Verbitterung, Verkleidung und all dem Ballast, den sie außer ihrem Gewicht noch mit sich herumschleppte.

Er erfuhr von Marias innigsten Wünschen und Ängsten und konnte gut verstehen, warum sie so unglücklich und unausstehlich geworden war. Sie war Spielball der Politik und ihres Onkels, den sie freilich liebte, der jedoch letztendlich auch nur das Wohl seines Großherzogtums im Auge hatte und sich nicht um das Liebesglück seines Mündels scherte. Sie war realistisch und wusste, dass es ihr an Lieblichkeit und Schönheit fehlte. Gedemütigt war sie an der schier endlos scheinenden „Galerie der Schönen“ entlanggegangen, in der ihr Schwager Vincenzo keinen Platz für sie reserviert hatte. All die perfekten, engelsgleichen Frauen schienen sie von oben herab höhnisch auszulachen, und sie wusste, dass weder ihr Titel noch ihr vieles Geld jemals daran etwas ändern konnten. Jeder Meter, den sie dort zurücklegte, kam einem Spießrutenlauf gleich und erinnerte sie an ihre bildhübsche, aber ihr zutiefst verhasste Stiefmutter Bianca Capello. Die Frau, die schon ungeniert mit dem Vater von Maria verkehrte, als deren Mutter noch lebte. Und als seine Frau dann im Wochenbett starb, heiratete Francesco de Medici wenig später seine Mätresse und machte sie zur Herrscherin der Toskana.

Selbst jetzt als Königin war Maria keine zufriedene Frau. Zu Zeiten ihrer Ehe mit Heinrich von Bourbon – König von Frankreich und Navarra – war sie unglücklich in ihren Mann verliebt gewesen, da er der nicht von seinen zahlreichen Mätressen lassen konnte. Hinter vorgehaltener Hand hatte man sie verspottet. Nach der Ermordung Heinrichs war sie als Regentin nicht ernst genommen, sondern schamlos manipuliert worden, und zu guter Letzt hatte ihr eigener minderjähriger Sohn, der jetzige König Ludwig XIII., sie sogar in die Verbannung geschickt.

Auch wenn sie nach ihrer Rückkehr dieses Palais als Versöhnungsgeschenk ihres Sohnes angenommen hatte, so gierte sie doch nach Vergeltung und Genugtuung.
Rubens würde sein gesamtes Verhandlungsgeschick aufwenden müssen, um ihr ausgeprägtes Geltungsbedürfnis zu bremsen, denn falls sie den Bogen erneut überspannte, würde Ludwig sie nicht nur nach Bloir in die Verbannung schicken, sondern sie womöglich ebenso wie ihre Freundin Leonora, die sich in die Regierungsgeschäfte eingemischt hatte, hinrichten lassen.
Rubens beschleunigte seine Schritte, als er auf die Königin zustrebte. Sie war älter geworden und ihre Gesichtszüge waren härter. Er besann sich auf sein Vorhaben und deutete auf die Skizzenrollen, die er in Leder verpackt bei sich trug.
Marias Gesicht erhellte sich. Er spürte ihre Vorfreude. In den Behältnissen war die Aufmerksamkeit, nach der sie sich schon immer gesehnt hatte und die sie so sehr brauchte wie andere die Luft zum Atmen.

23. Kapitel

Schwerfällig erhob sich Mark und ging auf die Dachterrasse. Es war dunkel geworden. Die Schwüle des Tages hatte sich verflüchtigt und am Himmel blitzten erste Sterne. Er schaute in die Dämmerung und atmete ein paar Mal tief durch.

Als Kind hatte er es geliebt, wenn sein Großvater ihm die Sterne zeigte, sein Fernrohr hervorholte und ihn mit seiner märchenhaften Erzählstimme auf eine phantastische Reise voller Abenteuer und Gefahren mitnahm. Helden – sterbliche und unsterbliche – kämpften gegen unbesiegbar scheinende Kreaturen der Unterwelt und mussten den mächtigen Flüchen der Götter trotzen, um zu bestehen.

Mark kniff die Augen zusammen. Wie gerne hätte er jetzt das Fernrohr gehabt. Sein Großvater hatte es ihm lange vor seinem Tod geschenkt. Mark hätte es aufbauen und hinaufblicken und in Kindheitserinnerungen schwelgen können. Doch leider hatte er es nicht mehr. Es war in keinem der Kartons, die Elly lieblos vor die Haustür gestellt hatte und die bis heute unausgepackt in seinem Wohnzimmer herumstanden. Sie hatte das Fernrohr, wie so viele Dinge, die ihm lieb und teuer waren, einfach auf den Müll geworfen.

So blieb ihm nur der teleskoplose Blick zum Himmel, und ohne danach gesucht zu haben, erkannte er plötzlich das Sternbild des Perseus. Grieche, Held und Bezwinger der wunderschönen, aber tödlichen Medusa.
Mark lachte bitter. Es war erstaunlich, dass er augenblicklich wieder an Elly denken musste. Auch sie war eine attraktive und gefährliche Frau. Natürlich hatte seine Ex-Verlobte nicht die Macht, jemanden zu versteinern, aber lähmen konnte sie einen schon. Er war das beste Beispiel für diese physische Macht, und wenn er ehrlich war, fühlte sich sein Herz manchmal schwerer an als ein gewöhnlicher Stein.
Mark schloss die Terrassentür mit einem Ruck und drehte sich um. Sein Blick fiel auf den voll bepackten Tisch. Zwischen all den unsortierten Unterlagen, Abrechnungen und Briefen stand etwas eingestaubt eine Flasche Wein. Sie war noch in Zellophanpapier verpackt, und Mark konnte sich nicht mehr erinnern, von wem er sie geschenkt bekommen hatte. Er wusste nur, dass heute der ideale Anlass war, sie zu probieren. Vielleicht könnte er dann mit Bacchus' Hilfe endlich wieder durchschlafen.
Er schlängelte sich an den Kisten vorbei Richtung Schlafzimmer und setzte sich auf Olivers altes Bett. Er öffnete die Flasche und studierte das Etikett. Ein Chianti

mit dem Signet der Toskana. Das Bouquet war erstklassig. Es duftete nach Leder, schwarzen Beeren und Veilchen. Satt und köstlich rann der rubinrote Wein seine Kehle hinunter und betäubte seine Sinne.

Aus diesem Grunde überhörte er wohl das Klingeln. Erst als der späte Ruhestörer wie ein Berserker gegen seine Eingangstür hämmerte, wurde er wieder hellwach und schlurfte, halbnackt wie er war, zur Tür.

Er hatte kaum den Schlüssel im Schloss gedreht, als auch schon die Tür aufsprang. Oliver kam hereingestürmt und sah ziemlich aufgebracht aus. Die kleine, sonst unscheinbare Vene an seiner rechten Schläfe war deutlich hervorgetreten und pulsierte bedrohlich. Das letzte Mal – und eigentlich auch das einzige Mal – hatte Mark seinen Freund so aufgebracht gesehen, als dieser mit seinem cholerischen Vater aneinander geraten war.

Doch jetzt kam Oliver wütend auf ihn zu. „Was hast du dir dabei gedacht?", brüllte er Mark an. „Wie konntest du mich und Mia bloß so verarschen!"

Mark starrte seinen aufgebrachten Freund verständnislos an.

„Du hast mich wie einen Vollidioten dastehen lassen. Wie einen notgeilen Stalker!" rief Oliver aufgebracht. Er kochte vor Wut. „Verdammte Scheiße, ich habe mich blamiert, bis auf die Knochen! Sie wollte mich nicht sehen! Raffst du es nicht?!" Oliver rannte von der Tür zum Fenster und zurück, wie ein eingesperrtes Tier in einem Käfig. „Über den ganzen Parkplatz bin ich ihr hinterher gelaufen! Wie ein armer Irrer! Du hast doch keine Ahnung!"

Mark versuchte aus den stakkatoartigen Vorwürfen schlau zu werden und begriff kein einziges Wort. Es konnte damit zusammenhängen, dass er noch immer versuchte, den Tagtraum festzuhalten, der ihn vorhin auf seinem Bett ereilt hatte. Er selbst war Perseus, Sohn des großen Zeus, und die Andromeda, die er retten sollte, hatte merkwürdigerweise große Ähnlichkeit mit der blonden Frau im Krankenbett, die ihm schon den ganzen Tag nicht mehr aus dem Sinn ging. Leya. Seine Sternenprinzessin. Es konnte natürlich auch am Wein gelegen haben, den er so unkultiviert zu sich genommen hatte und der ihm nun die Synapsen blockierte. Vielleicht lag es aber auch schlicht und ergreifend daran, dass Oliver maßlos übertrieb, als er den Verlauf des Abends ins Groteske zog und Mias Reaktion dermaßen überspitzt darstellte.

„Ach, ich übertreibe, ja?", blaffte Oliver mit sich überschlagender Stimme. „Gar nichts übertreibe ich!" Er winkte erschöpft ab und ließ sich auf die erstbeste Kiste fallen. „Das habe ich alles bloß dir und deinem dämlichen Plan zu verdanken!“

„Ach, jetzt gibst du mir die Schuld, dass du ’ne Abfuhr kassierst hast?!“ Mark stellte sich breitbeinig vor Oliver.

„Klar bist du schuld! Wer denn sonst? Ich könnte dir sogar zeigen, was für einen Tiefschlag ich einstecken musste...“ Oliver schaute Mark herausfordernd an. „Aber das lasse ich mal besser, in Anbetracht deiner physischen und psychischen Verfassung.“

„Was soll das denn heißen?“ Mark war gekränkt. Er blickte an sich hinunter und spannte demonstrativ seinen Bizeps. Überzeugend war das Ergebnis nicht.

Olivers verkniffene Züge entspannten sich und er wirkte plötzlich versöhnlich. „Habe ich es dir nicht gesagt, du sollst in den Spiegel gucken? Den *Marky Mark* - kannst du dir erst mal abschminken.“

„Erstens habe ich keinen Spiegel, wie du siehst, und zweitens…“

Oliver unterbrach ihn. „Ich weiß, ich weiß. Elly ist schuld. Sie hat dein komplettes Mobiliar behalten. Erspare mir die Details. Ich kann es nicht mehr hören.“ Er machte eine wegwerfende Handbewegung.

Fünf Minuten später saßen beide Männer auf zwei umgedrehten Umzugskartons. Oliver hatte im Kühlschrank noch einige Flaschen Kölsch entdeckt und vorsichtshalber dessen Haltbarkeit überprüft. Er fragte Mark, wie er nur so leben konnte. Dabei glitt sein Blick durch die unaufgeräumte und voll gestellte Wohnung.

Mark zuckte nur mit den Schultern. Er hatte keine passende Erklärung, erst recht nicht für jemanden, der zweimal pro Woche eine Putzfrau kommen ließ, die eine ohnehin saubere Wohnung noch sauberer machen sollte.

Mark seufzte und hob seine Weinflasche. Wortlos stießen sie an. Auch Oliver schien in Gedanken und nahm einen kräftigen Schluck Kölsch.

24. Kapitel

Der Tag verging wie im Fluge.

Es würde nicht mehr lange dauern und ich könnte Antonio wiedersehen. Obwohl ich keinen Hunger verspürte, freute ich mich über den reichlich gedeckten Tisch, der eine größere Anzahl von Gästen erwarten ließ.

Ich erkannte ihn sofort. Obwohl er mir den Rücken zugekehrt hatte, wusste ich, dass es Antonio war. Sein Bild hatte sich bereits unauslöschlich in meine Netzhaut gebrannt. In diesem Moment drehte er sich zu mir um. Sein Gesicht erhellte sich merklich, und auch ich musste lächeln. Diese kleine Geste entschädigte mich dafür, dass ich die Anwesenheit Christines ertragen musste, die mich wieder nur abschätzend gemustert und sich dann kommentarlos abgewandt hatte. Während des Essens hatte ich Gelegenheit, Antonio verliebt anzuhimmeln. Er erwiderte meine Blicke, so dass ich vor Aufregung kaum zum Essen kam. Unser kleines Geplänkel wurde erst unterbrochen, als Antonios Vater seinen Sohn nach nebenan bat. Enttäuscht, dass unsere Begegnung so jäh unterbrochen wurde und auch nur in Anwesenheit seiner Eltern stattfinden konnte, blickte ich ihm sehnsuchtsvoll nach.

Nachdem die zwei Männer unserere Tafel verlassen hatten, blieben nur noch Isabella Brant, Johanna Hochstädter, Christine und ich übrig. Von Anna war auch nichts mehr zu sehen. Sie musste die Kinder bettfertig machen und alles für die morgige Heimreise des Hausgastes vorbereiten.
Bevor ich mit meinen Gedanken weiter abschweifen konnte, erinnerte ich mich wieder an meine guten Manieren und folgte Isabellas Beispiel, die es sich in der Nähe des Kamins bequem gemacht hatte.
Ich hatte Isabella seit unserem Ausflug am Vormittag nicht mehr gesehen und freute mich wirklich über ihre Gesellschaft. Sie sah so hübsch aus. Und wenn mir der Sohn des Hauses nicht gehörig den Kopf verdreht und meine gesamte Aufmerksamkeit für sich beansprucht hätte, wäre mir schon eher aufgefallen, dass Isabella sich seit heute Mittag noch einmal umgekleidet hatte.
Sie trug jetzt eine seidene durchscheinende Bluse, über die sie ein dunkles Samtkleid gezogen hatte, das ihre zierliche Figur und den Ausschnitt besonders zur Geltung brachte. Eine rubinrote Brosche zierte den gerafften Stoff am Dekolleté, und eine doppelreihige Perlenkette schmückte ihren zarten Hals. Ihr Haar, das sie hochgesteckt hatte, wurde von einem perlenbestickten Netz gehalten. Ich

bewunderte ihren eleganten Geschmack. Zufrieden lächelte sie mich an. Jetzt wünschte ich mir nur noch, dass Christine nicht da wäre. Ich verstand nicht, was diese Frau hier wollte. Wenn ich sie sah, war sie entweder genervt oder total gelangweilt. Mir fiel es nicht leicht, den Erzählungen von Isabella zu lauschen und gleichzeitig das Gefühl zu haben, von Christine argwöhnisch beobachtet zu werden. Ich versuchte, mich zu konzentrieren und die Anwesenheit meiner Konkurrentin zu ignorieren, doch das gelang mir nicht so recht. Gleichwohl interessierte mich die Geschichte von Peter Pauls Vater sehr, und ich war froh, sie aus erster Hand zu erfahren. Ich wusste nur, dass Jan Rubens mit seiner Familie und den Kindern – Peter Paul war damals noch nicht geboren – aus Antwerpen nach Cölln fliehen musste. Seinerzeit war es für Protestanten im vom Spanien kontrollierten Flandern nicht sicher. Die Inquisition machte Jagd auf alle Andersgläubigen, zu denen auch die Familie von Rubens gehörte.

Dass Rubens' Vater ein sehr guter Anwalt war, hatte ich schon von Sebastian Hochstädter gehört, der in höchsten Tönen von seinem Mentor gesprochen hatte. Dass der alte Rubens einige Zeit in Gefangenschaft verbracht hatte, wusste ich von Anna. Die genauen Umstände jedoch, die

zu dieser Festsetzung führten, waren mir nicht bekannt. Jetzt also erfuhr ich sie.
Kein Geringerer als Wilhelm von Oranien beschuldigte seinerzeit Jan Rubens, ein unzüchtiges Verhältnis zu seiner Frau Anna von Sachsen unterhalten und mit ihr sogar einen Bastard gezeugt zu haben. Eine üble Verleumdung.
Atemlos lauschte ich jedem Wort von Isabellas Erzählung.
Ich musste schlucken, als sie berichtete, dass Anna von Sachsen jegliche Schuld auf sich nahm. Sicherlich hatte sie auf die Milde ihres Onkels, des Kurfürsten von Sachsen, gehofft. Doch weit gefehlt. Mit ihrem Schuldeingeständnis rettete sie vielleicht Jan Rubens' Leben, ihres jedoch nicht. Der Kurfürst ließ sie einkerkern. Die Türen wurden zugemauert und die Fenster vergittert. Ohne ihre Kinder jemals wiedergesehen zu haben, vegetierte sie dahin, bis sie starb.
Isabella sprach aus, was ich mich die ganze Zeit fragte, während ich mir verstohlen die Nase putzte: Sollte das etwa Gottes Gerechtigkeit sein?
Christine lachte nur bitter und mir gab dieses kalte Lachen einen Stich mitten ins Herz.

25. Kapitel

Oliver wusste nicht, wie lange er jetzt schon auf dem Klinikparkplatz stand und sein Autoradio anstarrte. Ein aufgedrehter Moderator faselte etwas von einem bevorstehenden Wetterphänomen, doch es war nicht die Aussicht auf einen Sternschnuppenregen und die Erfüllung irgendwelcher Wünsche, was ihn so aus der Fassung gebracht hatte. Nein, es war das Lied, das vor dieser Ankündigung gespielt worden war und das es geschafft hatte, seinen Herzschlag für einen Moment ins Stocken geraten zu lassen.
Oliver war gerade schwungvoll in die Einfahrt zum Krankenhaus abgebogen, als sich der traurig-melancholische Gesang wie ein Schwall eiskaltes Wasser aus den Boxen seiner getunten Anlage über ihn ergossen hatte. Lose Bilder, einzelne Augenblicke und alkoholdurchtränkte Erinnerungsfetzen fügten sich zusammen und wurden eins.
Er hatte es mit Mia gründlich vermasselt!

Er konnte es immer noch nicht fassen, dass er so blind gewesen war. Die ganze Zeit war sie da gewesen. Direkt

vor seiner Nase – seine kleine Katze. Mark hatte Recht gehabt, als er sie gestern beiläufig so genannt hatte.
Oliver musste lächeln, dann verzog sich sein Mund zu einem schiefen Grinsen. Seine Wildkatze.
Es war kurz vor acht und wenn er Glück hatte, konnte er Mia im Treppenhaus abfangen. Um diese Zeit brachte sie meistens die Blutproben ins Labor. Eine bessere Gelegenheit würde sich vorerst nicht bieten und bis zum Mittagessen konnte er unmöglich warten, wo er schon Monate verschwendet hatte. Also beeilte er sich. Mit schnellen Schritten durchquerte er die Station und ging durch die schwere Milchglastür mit der Aufschrift „Durchgang nur für Befugte".
Er hatte Glück! Weit und breit kein Kollege in Sicht. Nur Mia, die gedankenverloren die Treppe herunterkam. Sie sah so süß aus! Doch kaum hatte sie ihn erblickt, erstarb ihr Lächeln und ihr versonnener Gesichtsausdruck wurde zur harten undurchdringlichen Maske. Noch musste sie glauben, dass es ein Zufall war, ihm im Treppenhaus zu begegnen. Wortlos versuchte sie sich an ihm vorbeizuschlängeln. Doch Oliver versperrte ihr den Weg und baute sich breitbeinig vor ihr auf.
Irritiert hielt sie inne. „Lass mich…"

Weiter kam sie nicht. Oliver griff nach ihrem Handgelenk. Sie wich zurück und schnappte hörbar nach Luft. Er ließ sich nicht beirren.
„Ich möchte nur mit dir reden, und zur Abwechslung wirst du mir bitte auch mal zuhören!" Seine Stimme war ruhig und bestimmt.
Mia versuchte seine Hand abzuschütteln, doch er ließ nicht zu, dass sich die abendliche Parkplatzszene vor dem Kino wiederholte.
„Du tust mir weh!", presste sie zwischen ihren Zähnen hervor. Oliver lockerte den Griff ein wenig, hielt sie aber immer noch fest, so dass sie nicht entwischen konnte.
Keuchend schaute Mia sich um. Doch es war niemand da, der ihr helfen konnte. Geschlagen blieb sie stehen und hob trotzig ihr Kinn. In ihren Augen war nur ein wütendes Funkeln zu sehen. Wenn er sich nicht beeilte, würde es vielleicht in Verachtung umschlagen.
Seine Stimme wurde sanfter. „Mia, es tut mir leid, was passiert ist." Er merkte, wie sie sich bei seinen Worten noch mehr versteifte.
„Ich meine natürlich die Sache zwischen uns. An Karneval... Mir ist wieder eingefallen, was passiert ist." Dann brach es aus ihm heraus – dass sie doch so perfekt geschminkt gewesen war und er nicht mehr gewusst hatte,

ob er nicht alles bloß geträumt hatte, und wie verwirrt er gewesen war. Sie war auf einmal weg gewesen, ohne eine Adresse oder Telefonnummer zu hinterlassen. Er erzählte ihr, was er alles versucht hatte, um sie wiederzufinden. Von Anzeigen in Zeitungen bis hin zur Registrierung in einem Onlineportal. Selbst in dieser dämlichen Kneipe war er gewesen. Anfangs noch wöchentlich, später dann seltener. Niemals hatte Mia sich gemeldet, und schließlich hatte er ganz aufgegeben.

Mia war immer stiller geworden. Regungslos starrte sie ihn an. Waren seine Erklärungen auf fruchtbaren Boden gefallen? Er wusste es nicht. Mia sagte noch immer nichts. Ihr Atem ging schwer und ihre Brust hob und senkte sich unter dem ausgeblichenen Kasack.

Vorsichtig trat er einen kleinen Schritt näher an sie heran und spürte ganz deutlich ihr Wärme. Eine tiefe Sehnsucht übermannte ihn. Noch immer hielt er ihr Handgelenk. Er hatte Mia so weit zurückgedrängt, dass sie mit dem Rücken zur Wand stand. Mit seiner freien Hand stützte er sich neben ihrem Kopf ab und berührte unabsichtlich ihre Haare. Ihr Atem ging stoßweise und streifte seinen Hals. Er konnte sich kaum noch beherrschen. Er musste sie küssen. Langsam senkte er seinen Kopf und hob behutsam ihr Kinn. Zu seiner großen Erleichterung ließ sie es geschehen. Sie öffnete die Augen und er sah das Fieber. Sein Herz machte einen Sprung. Die Erinnerung lief rückwärts.

Genau in diesem Moment rief jemand seinen Namen.

Sie zuckten auseinander.

26. Kapitel

Ich konnte es kaum glauben. Die letzten Tage waren so schnell vergangen, fast verflogen.

Jetzt war es so weit und ich stand an Antonios Seite, um mit ihm und seiner Familie Abschied zu nehmen. Abschied von Isabella Brant, die in den letzten Tagen zu einer lieben Vertrauten geworden war und nun zu ihrem Mann reisen würde.

Das Gepäck war bereits verstaut, die Kinder saßen reisefertig in der Postkutsche und Isabella war immer noch damit beschäftigt, uns alle zu drücken und Lebewohl zu sagen.

Am Schluss kam sie zu mir, um auch mich liebevoll zu umarmen und mir alles Glück zu wünschen.

Mühsam schluckte ich die Tränen hinunter, während ich der Kutsche hinterherwinkte.

Antonio nahm mich beim Arm, verstaute eine Skizzenrolle, die ihm Isabella in Obhut gegeben hatte, und trat mit mir auf den Markt.

Es gab keinen Grund für mich, traurig zu sein. Ich kannte sie ja kaum. Dennoch tat es weh, jemanden zu verlieren, den man mochte. Vielleicht war es die Tatsache zu wissen,

dass ich sie niemals wiedersehen würde. Diese Endgültigkeit war es, die mich so melancholisch machte.
Dabei sollte ich doch bester Laune sein. Antonio hatte mir versprochen, dass er den ganzen Tag mit mir verbringen wollte.
Die halbe Nacht hatte ich vor Aufregung wach gelegen, nachdem er es mir gestern Abend zugeflüstert hatte. Doch die Vorfreude und das Bauchkribbeln waren fast verschwunden. Der Verlust meiner neuen Freundin hatte mich doch tiefer getroffen als gedacht. Antonio schien das zu spüren und nahm mich in seine Arme. Ein warmes Gefühl durchströmte und beruhigte mich. Ich genoss diese Nähe und ließ mich von ihm führen und gleichzeitig treiben.
Wir gingen in die überfüllte Stadt. Antonio schob mich sanft an Hindernissen, entgegenkommenden Menschen oder streunenden Hunden vorbei. Wir hielten uns am Arm, an den Händen und kamen uns sehr nah. Ich spürte seine Wärme, seinen Atem. Dieser fast tranceähnliche Zustand hielt sich, bis wir den „Saaleck“ erreichten, jenes Gebäude, das mit wunderschönen Kreuzfenstern, Eckwarten und einem achteckigen hohen Türmchen ausgestattet war. Der Bewohner und Erbauer soll ein berühmter Steinmetz gewesen sein. Diesen Hinweis bekam ich von Antonio, der sich als aufmerksamer Fremdenführer entpuppte und mir

sein Wissen vermitteln wollte. Deshalb führte er mich vermutlich auch in Richtung Universität. Zielsicher gingen wir auf die Kronenburse an der Rechtsschule zu.

Meine anfängliche Betäubung verflüchtigte sich ein wenig und ich nahm jetzt meine Umwelt bewusster wahr. Antonio erklärte mir beiläufig, dass das Laurentianum eine der bekanntesten Bursen Cöllns war. Ich war froh, dass ich ihm nicht antworten musste, denn davon hatte ich noch nie gehört. Stattdessen nickte ich nur. Ich war glücklich und erleichtert darüber, dass mein Gestotter am ersten Tag unserer Begegnung und meine darauf folgende und bis heute anhaltende Stummheit ihn nicht abgeschreckt hatten, mich hierher an den Hort der Wissenschaft zu führen. Ich sah etliche junge Männer, Studenten in dunklen Talaren. Die meisten grüßten Antonio, indem sie ihre Kopfbedeckungen lüpften. Er schien hier bekannt und äußerst beliebt zu sein. Ich nahm mir einmal mehr vor, mir über Umstände, die ich mir nicht erklären konnte, nicht unnötig den Kopf zu zerbrechen und sie erst einmal als gegeben hinzunehmen.

All die Studenten und auch Professoren schienen in die gleiche Richtung zu strömen. Wir steuerten ebenfalls auf die altehrwürdigen Mauern des Innenhofes zu. Das Atrium war zu einer Art offenem Theater umgebaut worden.

Neben einer kleinen Bühne gab es zahlreiche Zuschauerbänke, die u-förmig ausgerichtet waren. Einige der Plätze waren schon besetzt. Doch wir bekamen einen vorgemerkten Platz, der den Förderern der hiesigen Burse vorbehalten war und uns einen freien Blick auf die noch verwaiste Bühne bot.

Wir schauten direkt auf die Hauptrequisite, einen überdimensionalen Rost, unter dem ein künstliches Feuer loderte. Eben stellte ich noch die grauenvollsten Vermutungen an, aber dann erfuhr ich, dass es sich bei dem aufgeführten Stück um eine Komödie handeln sollte. Nun konnte ich wesentlich entspannter auf den Beginn der Vorstellung warten. Dann endlich ging es los.

Zu meiner Verwunderung betraten nicht Schauspieler die Bühne, sondern Studenten in altertümlichen Verkleidungen. Sie erzählten uns die komische, aber gleichzeitig auch tragische Geschichte des „Heiligen St. Laurentius".

Atemlos lauschten wir dem äußerst unterhaltsam vorgetragenen Stück. Und obwohl uns das eine oder andere Mal das Lachen im Hals stecken blieb, brachten uns die Studenten, allen voran der Darsteller des tapferen Laurentius selbst, das Leben und Leiden des unerschütterlichen Diakons und Menschenfreunds näher,

der selbst im Angesicht des Todes nie seinen rechten Glauben und seinen Humor verloren hatte.
Trotz des traurigen Endes gut gelaunt, verließen wir und die anderen Zuschauer den Ort des Geschehens. Noch während ich überlegte, ob es einen bestimmten Grund gab, dass Antonio mir ausgerechnet dieses Stück zeigen wollte, und ob es etwas mit meinen unausgesprochenen Zweifeln an Gott zu tun haben könnte, machte sich mein lädierter Fuß schmerzhaft bemerkbar.
Wahrscheinlich hatte ich gestern ein wenig übertrieben, als ich mit Frau Brant quer durch Cölln gelaufen war.
Anfangs versuchte ich noch, den Schmerz zu ignorieren, doch er wurde immer stärker und mir blieb keine andere Möglichkeit, als mein Bein weniger zu belasten. Ich hoffte, Antonio würde mein unauffälliges Hinken nicht bemerken, doch weit gefehlt. Schon ein paar Schritte später blieb er stehen und ließ sich meinen geschwollenen Fuß zeigen. Antonio zögerte_nicht lange und brachte mich zu einem nahe gelegenen Haus in der Sternengasse, das sich schon bald als sein eigenes herausstellte. Eine Magd war nicht zu sehen.
Ohne mir über die seltsamen Umstände Gedanken zu machen, beobachtete ich, wie er routiniert eine Kräutermischung aus Baldrian, Ingwer und

Silberweidenrinde zubereitete und sie dann in einem Bottich mit dem aufgewärmten Wasser vermengte. Erst dann wurde mir klar, in welcher prekären Situation ich mich befand.

Ich wusste im Moment wirklich nicht, was mir mehr Sorgen bereiten sollte: mein guter Ruf, den ich aufs Spiel setzte, oder die Gänsehaut, die sich unkontrolliert über meinem Rücken ausbreitete, weil Antonio gerade meinen Fuß berührte. Ich versuchte mich von den beiden in Frage kommenden Möglichkeiten abzulenken und blickte mich stattdessen in der geräumigen Küche um, die sich jedoch in nichts von anderen Küchen unterschied. Eine große Feuerstelle, zahlreiche Töpfe und Pfannen, die jetzt ungenutzt an den dafür vorgesehen Haken hingen. Aus den Augenwinkeln sah ich, dass Antonio mich nachdenklich musterte und dann einen Blick auf seine Savonette-Taschenuhr warf. Daraufhin nahm er meine Füße vorsichtig aus dem Wasser und hob sie zu sich auf den Schoß, wo er sie trockentupfte. Wie sollte ich nur jemals wieder vernünftig atmen können? Ich getraute mich weder, mich zu bewegen, noch sonst ein Zeichen zu machen, das meinen aufgewühlten Gemütszustand verraten könnte. Selbst als die Füße längst trocken waren, ließ er meine Beine auf seinen Oberschenkeln ruhen.

Auch wenn ich gewollt hätte, wäre ich nicht in der Lage gewesen, meine Beine auch nur ein winziges Stück aus eigener Kraft zu bewegen. Langsam entspannte ich mich und bemerkte, dass der pochende Schmerz im Fuß nachgelassen hatte. Eigentlich spürte ich gar keinen Schmerz mehr.

Ich sah nur noch Antonio. Er lachte mich verschwörerisch an und ich bemerkte seine feinen Grübchen, die mir vorher noch nie aufgefallen waren. Er sah glücklich aus.

Wir saßen noch eine Weile entspannt zusammen, bis es an der Tür klopfte. Ich war überrascht über die Störung, aber Antonio sprang auf und eilte zum Eingang.

27. Kapitel

Mark hatte phantastisch geschlafen und einen Entschluss gefasst. Ab heute würde er sein Leben wieder selbst in die Hand nehmen. Keine Ausreden, keine Ausflüchte mehr. Er hatte viel zu lange seine Wünsche und Lebensträume hintenangestellt.

Verdammt, er würde nicht nur Hefte sammeln, in denen Oldtimer abgebildet waren – nein, er würde selber einen *fahren*. Einen Wagen, an dem er schrauben könnte und bei dem er sich die Hände schmutzig machen müsste. Vorfreude durchflutete ihn, so wie er sie als Kind oft verspürt hatte.

Er holte sich einen Stapel von seinen „Drivestyle"-Magazinen aus einer der Umzugskisten und blätterte ein paar Hefte durch. Ein, zwei Autos gefielen ihm auf Anhieb und er markierte sie. Vielleicht konnte er seinen Vater bitten, ihm beim Kauf als kompetenter Ratgeber zur Seite zu stehen. Sein alter Herr würde sich garantiert geschmeichelt fühlen. Schließlich hatte er jahrelang bei Ford als Mechaniker gearbeitet und sein Handwerk von der Pike auf gelernt. „Junge", würde er sagen, „das waren noch richtige Autos! Nicht so ein seelenloser Einheitsbrei wie heute." Sein Vater war ein echter Nostalgiker, was Autos betraf, und er hatte dieses Gen wohl an den Sohn weitervererbt. Mark musste lächeln. Zufrieden reckte er sich und ging zum Fenster.

Sein Blick fiel auf die dicht befahrene Straße unter ihm. Verkehrslärm drang nach oben. Hupen, Rufe, das Klingeln der Straßenbahn und das Quietschen von Reifen. Er schloss das Fenster. Bisher hatten ihn der Krach und das Gerangel um die wenigen Parkplätze kaum gestört. Doch wenn er sich seinen Traum vom Oldtimer erfüllen wollte, müsste er raus aus der Stadt, aufs Land ziehen. Bei seinen Einsätzen als Notarzt hatte er schon viele nette Fleckchen gesehen. Das Einzugsgebiet war groß und dennoch nur ein paar Autominuten vom Krankenhaus entfernt. Er sah sich schon in einem kleinen Häuschen wohnen, am Wochenende in seiner Garage schrauben oder mit seinen Kindern im Garten spielen. Und natürlich hatte er eine Frau. Er sah sie lächelnd im Türrahmen stehen und ihm zuwinken. Sie würden gemeinsam alt werden und abends auf der Veranda im Schaukelstuhl sitzen, so wie die alte Dame neulich, die er auf den Weg zu seiner Schwester gesehen hatte. Das Bild war so real, dass er kurz innehalten musste. Er merkte, dass er ein wenig zu euphorisch war. In eine Patientenakte würde er schreiben: affektive Störung, mit manischer Episode. Vielleicht war da sogar was dran. Vielleicht aber war er einfach nur wieder gut drauf.

Das Telefon klingelte. Er erkannte die Nummer der Uniklinik auf dem Display.

Eine gute Stunde später unterhielt er sich bereits frisch geduscht und sorgfältig rasiert mit dem Dienst habenden Arzt der unfallchirurgischen Intensivstation.

Dr. Hartger erklärte ihm, dass sich der Gesundheitszustand der Patientin so weit verbessert hatte, dass sie an eine zügige Operation denken konnten. Er deckte Leyas Bein auf. Es war stark angeschwollen. Dunkle Verfärbungen zeugten von den schwerwiegenden Verletzungen.

Alles, was sie für die OP noch benötigten, war eine Unterschrift unter der Einverständniserklärung.

Mark überlegte fieberhaft. Jetzt wäre der richtige Zeitpunkt gekommen, endlich mit der Wahrheit herauszurücken und den Irrtum aufzuklären: Er war nicht der Lebensgefährte von Leya Volta.

Seine Gedanken ratterten. Der Arzt wartete. Mark sah auf das Bein. Es sah furchtbar aus und selbst ein Laie konnte erkennen, dass ein baldiges Eingreifen dringend nötig war. Merkwürdig, dass noch immer keine Angehörigen aufgetaucht waren. Kümmerte sich denn niemand darum?

Der junge Arzt räusperte sich ungeduldig. Kurz entschlossen nahm Mark Stift und Papiere, ignorierte das Kleingedruckte und unterschrieb auf der letzten Seite. Mark kannte diese vorgefertigten Formulare. Kein Eingriff ohne Risiko. Das war ihm klar. Doch nichts zu tun und abzuwarten, wäre noch viel schlimmer. Er hatte sich entschieden. Nun war er offiziell für sie verantwortlich. Er hatte sich selbst zu ihrem Betreuer, Lebensgefährten und Freund ernannt.

Dem Assistenzarzt war die Erleichterung anzusehen, als er die unterschriebenen Dokumente an sich nahm. Mark hörte ihn noch vor der Tür telefonieren. Vermutlich wurde Elly informiert und auch die Anästhesie. Erst jetzt ging er zu der ahnungslosen Frau, die von all den bürokratischen Hürden nichts mitbekam. Sacht beugte er sich zu ihr hinunter. Sie roch warm, weiblich und süß. Die Gesichtsschwellung war leicht zurückgegangen und er konnte ihre feinen Züge erahnen. Auf einmal fühlte er sich wie ein Eindringling.

Was machte er hier bloß? Hatte er den Verstand verloren?

28. Kapitel

Antonio begrüßte seinen Nachbarn, den Postmeister Jacob Hernot, aufs Herzlichste. Ich hatte den rüstigen Mann zwar kurz auf dem Empfang gesehen, aber wir waren uns nicht wirklich vorgestellt worden.

Der Postmeister nickte mir lächelnd zu, bevor er sich an Antonio wandte und leise mit ihm sprach. Kurz darauf ging er, ohne sich zu verabschieden, wieder nach draußen.

Noch bevor mir klar wurde, was Antonio vorhatte, nahm er mich hoch und trug mich zu der vor der Tür stehenden Kutsche. Kaum saßen wir in den bequemen Polstern, schnalzte der alte Hernot mit der Zunge und die zwei Braunen trabten gemächlich los. Die offene Kutsche ruckelte durch die Gassen und die Sonne schien warm auf uns herab. Das Schaukeln im Wagen lullte mich langsam ein, das Klappern der Hufe und das Gefühl für Zeit und Raum verschwammen miteinander. Mir war fast egal, wohin die Fahrt ging. Das Wichtigste war nur, dass sie nie zu Ende gehen sollte. Nachdem ich anfänglich noch bemüht war, nach jeder Kurve und jedem Holpern meine ursprüngliche Sitzposition wieder einzunehmen, so war es mir spätestens im Cäcilienviertel, am Griechenmarkt, völlig gleichgültig. Nach dem letzten Ruckeln blieb ich eng an

Antonio gelehnt sitzen und gab mich seiner Nähe hin. Ich liebte dieses Gefühl. Antonio ließ es geschehen, doch erinnerte er sich an seine selbst gewählte Aufgabe, für mich den Reiseführer zu spielen, und erzählte mir seine Version des vor uns liegenden Marktes.

Diese unterschied sich erheblich von meiner eigenen. In ***seiner*** *Geschichte kam nicht etwa die kaiserliche Prinzessin vor, die sich unsterblich in einen der damals ansässigen griechischen Handwerker verliebt hatte und ihm zu Ehren den Markt in Griechenmarkt umgetauft hatte. Nein, in seiner typisch männlichen unromantischen Ausführung ging es um einen Krieg, der vor 250 Jahre stattgefunden haben sollte. Genauer gesagt um einen blutigen Aufstand der hier ansässigen Weber. Nur einem angeblichen Schreibfehler sei es zu verdanken, dass aus dem ursprünglichen Criegenmarkt dann Griechenmarkt geworden war.*

Pikiert schaute ich Antonio an. Ich dachte nicht im Traum daran, diese brutale Geschichte meiner vorzuziehen, und ignorierte geflissentlich den Gestank, der vom Rothgerberbach zu uns herüberwehte.

Über das raue Kopfsteinpflaster ging es weiter Richtung Neuer Viehmarkt. Außer ein paar Pferden an der Tränke und deren Reitern, die trotz der Mittagshitze mit Pfeil und

Bogen Schießübungen auf eine Vogelstange am Mühlenturm machten, war der große Platz leer. Ich hatte keinen Sinn für diese Art von Zeitvertreib und war froh, dass die Fahrt ohne Stopp weiterging. Doch schon kurze Zeit später ließ Antonio die Kutsche anhalten. Erstaunt blickte ich mich um. Ich sah nicht sofort, was er mir zeigen wollte, doch dann folgte ich seinem Blick nach oben.

Zu sehen war ein außergewöhnlicher Turm, an dessen oberen Fenstern zwei Pferdeköpfe herausragten. Antonio richtete sich ein wenig auf, bevor er mir die unglaubliche Geschichte erzählte.

Vor vielen Jahren, als der schwarze Tod auch Cölln heimgesucht hatte, lebte hier wohl ein reicher Mann mit seiner Frau, Richmodis von Aducht. Er soll sehr glücklich mit ihr gewesen sein, bis der Tod auch sie dahinraffte. Voller Trauer ließ er sie in ihrem schönsten Kleid und ihrem wertvollsten Geschmeide begraben. Nach der Beerdingung betrank er sich und war für niemanden zu sprechen.

Die Totengräber jedoch, die von dem Schmuck wussten, packte die Gier, und sie gingen zurück zum Friedhof. Doch nachdem sie den Sarg ausgegraben und geöffnet hatten, geschah das Unglaubliche! Die Totgeglaubte schlug ihre Augen auf und erhob sich aus dem Sarg! Sie nahm den Grabräubern, die vor Schreck in Ohnmacht gefallen waren, die Laterne ab, fand den Weg nach Hause und klopfte an die Tür. Der Herr aber polterte ungläubig und wütend wegen der Störung: „Das ist so viel wahr, dass du mein Eheweib bist, als auch meine Rosse aus dem Stall hinauf auf den Söller rennen!“

Die Frau wurde wieder gesund und das Paar lebte noch lange glücklich miteinander. Sie bekamen sogar noch weitere Kinder. Und die Pferdeköpfe? Nun ja, seit dieser Zeit legten sie Zeugnis ab von dieser unglaublichen Geschichte.

Antonio beendete stockend seine Schilderung, ohne mich aus den Augen zu lassen. Mich ängstigte ein wenig, dass ihn diese alte Überlieferung so mitnahm und dass er mir das unbestimmte Gefühl gab, ein Teil dieser Geschichte zu sein. Wollte er etwa andeuten, dass auch ich fast tot gewesen war und dann verschmutzt und durcheinander zurückgekehrt war? Ich musste wohl alle Farbe verloren haben. Mir war mit einem Male eiskalt, so dass ich anfing, wie Espenlaub zu zittern. Erschrocken starrte Antonio mich an. Dann entschuldigte er sich hundertfach bei mir und beteuerte, dass er mir keine Angst einjagen wollte. Alles würde wieder gut werden. Er umarmte mich und legte dann behutsam eine Decke um mich.

Ganz langsam beruhigte ich mich wieder und ich wusste nicht, ob es am gleichmäßigen Schaukeln der Droschke oder an Antonios traurigem, fast verzweifeltem Blick lag. Mir gelang es sogar, ihm ein schüchternes Lächeln zu schenken, das er sogleich mit einem zärtlichen Kuss beantwortete.

Schließlich bog der Postmeister in eine kleine Gasse ein, an deren Ende man die Burgmauer ausmachen konnte. Hier wohnten die Kleriker und genau zu einem von ihnen wollte Antonio, wie er mir sagte. Zu gerne hätte ich gewusst, was er zu erledigen hatte. Er verriet es mir nicht. Ich sah nur, wie er beim Herauskommen aus dem Haus etwas in seine Tasche steckte. Ich versuchte spielerisch danach zu greifen, doch er entzog sich mir. Schmollend lehnte ich mich zurück und Antonio grinste nur vergnügt in sich hinein. Er hatte irgendetwas vor. Ich wüsste zu gerne, was es war. Die Kutsche wurde immer schneller – oder kam es mir nur so vor? Hier das Haus des Erzbischofs, dort schon die Druckerei von Bertram Hilden. Der Kreis schloss sich, und wir waren fast wieder am Ausgangspunkt unseres heute Morgen begonnenen Ausflugs. Ich wünschte fast, ich könnte wieder zu Fuß gehen, denn dann würde sich das Ende noch ein wenig hinauszögern lassen. Und tatsächlich: Mein Bitten wurde erhört. Die Droschke wurde langsamer und hielt schließlich an. Der Kutscher öffnete die Tür und Antonio eilte um den Wagen herum, um mir hinunterzuhelfen. Dann geleitete er mich am Arm in ein Haus mit der Aufschrift „Zur goldenen Krone". Ich würde überall mit ihm hingehen, erst recht in das beste Gasthaus, das Cölln zu bieten hatte, und wenn ich dadurch noch ein wenig länger mit ihm zusammen sein konnte, dann noch mal so gerne.

Die typische Schankraum-Atmosphäre verschluckte uns sobald: verrauchte düstere Luft, vermischt mit dem deftigen und in der Nase kitzelnden Essensduft und dem rauen Gelächter der zechenden Gäste. Kräftige Schankweiber trugen volle Krüge und reichlich beladene Teller zu den Tischen, wo ungeniert zugelangt wurde. Antonio und ich setzten uns etwas abseits in eine gemütliche Ecke. Während wir auf die Pfannekuchen, den Hirsebrei und den Hecht warteten, tranken wir von dem köstlichen Wein. Bald schon wurden die ersten Kerzen angezündet. Hier drinnen war es bereits düster, denn das Sonnenlicht drang nur spärlich durch die dickwandige Fensterverglasung.

Wir genossen das Essen und Antonio bat mich, von einer süßen Leckerei zu kosten, die er extra für mich bestellt hatte. Obwohl ich bereits satt und mehr als zufrieden war, versuchte ich doch von dem nach Anis und Zimt duftenden

Honiggebäck. Es war köstlich. Als es draußen dunkel wurde, beglich Antonio die Zeche und wir verließen auf wackligen Beinen das gastfreundliche Haus.

Eine sanfte Brise streifte unsere erhitzten Gesichter, und die Dämmerung legte sich wie ein Schutzmantel über die Stadt. Die Geräusche wurden leiser und verstummten. Wir spazierten am Rhein entlang nach Hause. Die Handelsschiffe schaukelten sanft auf den Wellen hin und her. Auf einigen von ihnen brannte bereits die nächtliche Beleuchtung, und das flackernde Licht spiegelte sich im Wasser. Wir blieben oft stehen und schauten schweigend hinaus in die Ferne, von der wir beide wie magisch angezogen wurden. Es war so schön. Wir kamen nur langsam voran. An Groß St. Martin blieb Antonio erneut stehen und drückte mich in den Schatten der Klostermauer. Ich war mir sicher, dass er mich küssen wollte, aber dann sah ich sein verschmitztes, fast jungenhaftes Grinsen. Er trat etwas zur Seite und zeigte mir ein verborgenes, unverschlossenes Türchen. Wie Diebe schlichen wir uns durch den Kräutergarten der Benediktiner. Doch jetzt holte Antonio den glänzenden Schlüssel aus seiner Tasche – also das hatte er vorhin bei den Klerikern gewollt! – und öffnete damit das Nordportal. Ohne über die möglichen Konsequenzen nachzudenken, trat ich hinter ihm ein.

Dunkelheit und der Duft von Weihrauch umgaben uns. Weder Gesang noch Orgelspiel, auch keine leisen Schritte der Mönche, ja nicht einmal das Knarren des Holzes oder das Fiepen einer Maus waren zu hören. Einfach nichts, nur unser erregtes Atmen und der ungleichmäßige Herzschlag, der übermäßig laut in meinem Brustkorb zu pulsieren schien. Langsam gewöhnten sich meine Augen an die Dunkelheit. Ein paar Kerzen flackerten am Marienaltar. Antonio nahm mich bei der Hand und führte mich mit sicheren Bewegungen zu einer Treppe. Er trat vor mich und stieg wortlos mit mir im Schlepptau die Stufen hinauf. Ich wusste nicht, wie hoch wir waren, denn es ging immer weiter und mir war fast ein bisschen schwindelig. Dann waren wir plötzlich am Ziel. In einem arkadenförmigen Gang, der rund um den Turm führte. Es war atemberaubend. Von hier aus konnte man die ganze Stadt überblicken. Mein schlechtes Gewissen war vergessen und ich blickte staunend über die vielen Dächer und Kirchtürme, die im Zwielicht in den Himmel ragten. Vereinzelt sahen wir Kerzen, Laternen und Fackeln. Wir setzten uns auf eine alte Truhe und kuschelten uns aneinander. Die ersten Sterne tauchten auf. Wie aus dem Nichts formierten sie sich nach und nach zu einzelnen Sternenbildern. Antonio kannte sie alle und erzählte mir die schönsten Geschichten dazu. Ich hätte ihm stundenlang zuhören können. Er wusste so viel und hatte so eine schöne, leidenschaftliche Stimme.

Da! Plötzlich bewegte sich ein Stern aus dem Sternbild Perseus, das unterhalb der Kassiopeia lag, unheimlich schnell auf die Erde zu.

Überrascht blickte ich Antonio an. Er hatte es auch gesehen, doch er schien überhaupt nicht verwundert zu sein, sondern – ich wagte gar nicht weiterzudenken – es sogar gewusst zu haben. Er zeigte jetzt in diese Richtung und sagte mir, ich solle genau aufpassen.

Als es losging, sprangen wir beide auf. Ein ganzer Schwarm Sterne regnete am Ende der Welt auf die Erde nieder. Wie Feuerkaskaden rieselten die Sternschnuppen vom Himmel. Antonio hatte dafür sogar einen Namen.

Die „Laurentiustränen" wären das, die Tränen, die seit Hunderten von Jahren immer um diese Zeit vom Himmel regnen würden. Jeder, der sie sehe, dürfe sich etwas wünschen, und er rezitierte den Vers des studentischen Laienschauspielers von heute Morgen:

Quod quisque supplex postulat, fert inpetratum prospere:
poscunt licenter, indicant, et tristis haud ullus redit.

Was jeder auf den Knien sich erfleht,
erlangt er glücklich und trägts mit sich fort:
freimütig fordert man, zeigt seine Sorgen an,
freimütig fordert man, zeigt seine Sorgen an,
und traurig kehrt nicht einer in sein Haus zurück.[1)]

Wir gingen beide auf die Knie und jeder wünschte sich etwas. Ich warf einen Blick auf den Mann neben mir und hoffte inständig, er würde sich das Gleiche wünschen wie ich. Vorsichtig nahm ich Antonios Hand, neigte mich zu ihm und war kurz davor, ihm zu sagen, dass ich mich in ihn verliebt hatte. Ich wollte es ihm unbedingt sagen, auch wenn ich wusste, dass der Wunsch nicht laut ausgesprochen werden durfte. Doch ich spürte, dass jetzt der richtige Moment war. Ich flüsterte seinen Namen, und obwohl es nicht möglich war, hörte ich meine Stimme. Erschrocken schaute er mich an.

Intermezzo II

Paris, Palais de Luxembourg

Rubens betrachtete liebevoll seine noch schlafende Frau. Seine Frau hatte ihm im Schlaf das Gesicht zugewandt. Ihr Atem ging ruhig und entspannt. Rubens liebte ihren Anblick. Isabella war perfekt. Ihre schöne alabasterartige Haut, die Haare, die ungebändigt über ihrem ebenmäßigen Antlitz lagen, und ihre Brüste, die sich bei jedem Atemzug aufreizend hoben – all das machte sie für ihn zu seiner erotischsten Muse.

Seine Familie war erst spät am Abend im Palais eingetroffen, und trotz großer Wiedersehensfreude waren die Kinder noch am Esstisch eingeschlummert. Davor hatten sie aufgeregt von all ihren Erlebnissen geplappert, zum Beispiel von ihrer Befürchtung, dass sich die versteinerten Wasserspeier am First der großen Kathedrale bei Dunkelheit in lebendige Kreaturen verwandeln und sich mit ausgebreiteten Schwingen auf sie stürzen würden. Seine Frau wiederum hatte von dem großen Bankett mit Musik und Tanz und einem wunderschönen stummen Mädchen geschwärmt.

Jetzt am Morgen, als er nach den Kindern sah, war ihm, als lägen sie noch genauso da, wie er sie gestern Abend gebettet hatte. Väterlicher Stolz durchdrang sein Herz, als er die Tür vorsichtig schloss.

Nur widerstrebend raffte er sich auf, um zur Königin zu gehen. Er hoffte, sie hatte mittlerweile ihre Entscheidung getroffen und sie von ihren Ministern und Beratern absegnen lassen. Dann stand einer baldigen Heimreise nichts mehr im Weg.

Während Rubens durch die vielen Flure und Gänge lief, dachte er bereits an sein gemütliches Zuhause. Er hatte es so umgebaut, dass sich jeder in der Familie wohl fühlte. Seine Frau war glücklich, das traditionell flämisch eingerichtete Haus zu bewirtschaften, und er selbst hatte Freude daran gehabt, die äußere Fassade im Stile italienischer Baukunst verschönern zu lassen. Sein langjähriger Italienaufenthalt hatte ihn dazu inspiriert. Die Außenwand seines Hauses wurde nun von römischen Inschriften, barocken Ornamenten und Bildwerken geschmückt. Für seine stattliche Sammlung an Gemmen, Münzen, Medaillen und Skulpturen hatte er eine halbrunde Kunstkammer anbauen lassen, in der auch noch seine umfangreiche Bibliothek Platz fand. Die größte Errungenschaft war jedoch sein neu errichtetes Atelier, das es ihm endlich ermöglichte, in unmittelbarer Nähe seiner Familie zu arbeiten. Rubens konnte die Arbeitsstätte sowohl über den Innenhof als auch über die offene Galerie erreichen. In der unteren großen, lichtdurchfluteten Werkstatt gab es die Möglichkeit, an mehreren großen Aufträgen gleichzeitig zu arbeiten. Während dort vor allem seine Schüler und Gehilfen die von ihm geschaffenen Entwürfe vervollständigten, war das obere, kleinere Atelier ausschließlich ihm vorbehalten. Dorthin zog er sich zurück, wenn er in Ruhe an neuen Vorlagen tüfteln, seine zahlreiche Korrespondenz beantworten und seine eigenen Werke vollenden wollte.

Rubens war in Gedanken bereits bei seinem neuesten Entwurf – einem Gartenpavillon, den er seiner Frau zum Geburtstag schenken wollte –, als er die Königin erblickte, die schon auf ihn wartete.

29. Kapitel

Den ganzen Tag über konnte Mia sich kaum beruhigen. Ihre Gefühle fuhren Achterbahn und die Hormone spielten verrückt, seit Oliver sie im Treppenhaus beinahe geküsst hätte.

Ob es nun Zufall gewesen war oder nicht – seit dem „Vorfall" war sie ihm nicht mehr allein begegnet, und jetzt, zu Hause angekommen, nagte die Ungewissheit an ihr.

Was war, wenn Oliver sein Liebesbekenntnis von heute Morgen schon bereut hatte? Die verrücktesten Theorien schwirrten ihr durch den Kopf. Allesamt klischeebehaftet. Sie hatte wahrscheinlich zu viele Bücher gelesen, zu viele Filme gesehen und gewisse Schwestern im Krankenhaus etwas zu oft beobachtet.

Ihr war ganz elend, wenn sie nur daran dachte, dass alles von vorne losgehen könnte – nur viel schlimmer.

Selbst ihr Kater konnte sie nicht ablenken. Schnurrend schlängelte er sich um ihre Beine und buhlte vergeblich um ihre Aufmerksamkeit. Sonst war Benji der erste, den sie begrüßte und der sich auf eine ausgiebige Streicheleinheit freuen konnte. Heute nicht. Mia fand einfach keine Ruhe. Rastlos lief sie in ihrer Wohnung umher, versuchte Zeitung zu lesen, Radio zu hören. Nichts half. Vielleicht sollte sie

duschen gehen? Doch nicht einmal das eiskalte Wasser, das trommelnd auf ihren Körper prasselte, bescherte ihrem aufgewühlten Inneren die erhoffte Erleichterung. Liebeskummer tat so verdammt weh.
In ein großes Badetuch gewickelt, rief sie ihren Theaterleiter an und sagte die heutige Probe ab. Heiner war so diskret, dass er nicht nach dem Grund fragte. Wahrscheinlich konnte er es sich denken. Das letzte Mal war sie auch schon so unkonzentriert gewesen, dass ihr auf der Bühne der falsche Name – nämlich Oliver – herausgerutscht war.
Mia überlegte, ob sie vielleicht ihre Mutter oder ihre kleine Schwester anrufen sollte, verwarf die Idee dann aber. Ihre Mutter würde sie sofort durchschauen und Billa würde alles wissen wollen. Mia holte sich einen Schokoladenpudding aus dem Kühlschrank und machte es sich mit ihrem Handtuch auf dem Sofa bequem. Während sie das lockere Mousse löffelte, zappte sie durch die Fernsehprogramme. Noch ehe sie einen passenden Sender gefunden hatte, klingelte das Telefon.
„Mia?“ Eine heisere Stimme war am anderen Ende der Leitung zu hören.

Mia verschluckte sich fast, als sie Oliver erkannte. Sie versuchte, weder aufgeregt noch nervös zu klingen, doch sie zitterte am ganzen Leib.

„Ich wollte mich nur bei dir melden und hören, ob alles in Ordnung ist“, sagte Oliver nach einer kurzen Pause und fügte dann fast entschuldigend hinzu: „Du weißt schon, wegen heute Morgen.“

Es hörte sich an, als ob es Oliver schwer fiele, darüber zu reden. Mia wusste nicht, ob es daran lag, dass es ihm vielleicht wirklich peinlich und unangenehm war, wie sie schon befürchtet hatte, oder ob er genauso fühlte wie sie.

Er fragte sie, ob sie heute noch etwas vorhatte. Wenn nicht, könnten sie vielleicht ein wenig miteinander reden.

Sie überlegte kurz. Da sie die Theaterprobe sowieso abgesagt hatte, sprach eigentlich nichts gegen ein harmloses Telefonat. Sie lehnte sich zurück, doch ein merkwürdiges Hintergrundgeräusch aus Olivers Leitung störte sie. „Sag mal, kann es sein, dass du nebenbei staubsaugst? Ich höre dich so schlecht.“

Ein schallendes Lachen ertönte. „Nein, ich staubsauge nicht. Warte... So besser?“ Das Geräusch war verstummt, stattdessen hatte er Musik angemacht.

„Ja, so ist es besser.“ Sie hatte das Gefühl, als ob er lauter sprach.

„Kennst du die Musik noch?“ Er startete das Lied erneut.
Ein Knistern wie von einer alten Schallplatte und die Akkorde eines Pianos erklangen und dann kam die melancholische Stimme einer Frau. Traurig und voller Sehnsucht. Nostalgische Sequenzen, Bilder alter Hollywoodfilme wurden lebendig, und Mia bekam wieder eine Gänsehaut.
„Klar.“ Als ob sie diesen Song jemals vergessen könnte. Ihre Stimme klang belegt.
„Unser Lied“, sagte Oliver sanft.
Sie durfte nicht vergessen zu atmen, aber es fiel ihr auf einmal schwer. Sie musste schlucken.
„Freut mich, wenn ich deinen Musikgeschmack getroffen habe. Und weil wir gerade bei Geschmack sind – was isst du eigentlich gerne?“ Olivers Stimme klang beiläufig.
Sie waren glücklicherweise wieder auf unverfängliches Gebiet zurückgekehrt. Und der Kloß in ihrem Hals löste sich auf. „Wieso? Willst du mich etwa zum Essen einladen?“, fragte sie ihn übermütig und meinte dann, dass sie ganz unkompliziert sei und fast alles essen würde.
Oliver klang erleichtert. „Also auch Pizza und Wein?“
„Ja, auch Pizza und Wein.“ Sie lachte.
„Super! Und hast du jetzt Appetit auf Pizza und Wein?“

„Jetzt? Du meinst, jetzt gleich?“ Sie schaute sich hektisch um. Sie war immer noch in das Badetuch eingewickelt und wusste nicht, was sie auf die Schnelle anziehen sollte.

„Wo bist du und wo treffen wir uns denn?“

„Ich bin…“ Er machte den Eindruck, als müsste er überlegen. „Warte, ich kenne mich noch nicht so gut aus, aber mein Navi sagt mir, dass ich gleich da bin. Du wohnst doch in der Kastanienallee?“

Oliver schien konzentriert, während Mia bereits hysterisch nach Luft schnappte. „Ja. Aber das geht doch jetzt nicht. Ich bin doch noch gar nicht…“ Die letzten Worte verschluckte sie in aufsteigender Panik.

Der Motor von Olivers Sportwagen heulte unten vorm Haus auf.

30. Kapitel

Draußen auf dem Flur vor Antonios Zimmer fiel laut scheppernd etwas zu Boden. Es folgte ein leises, ärgerliches Fluchen und dann war wieder Stille.

Unwillig schreckte ich hoch. So unsanft aus den Träumen gerissen, war an Weiterschlafen nicht mehr zu denken. Missmutig setzte ich mich auf und lüpfte die Decke. Der Geruch von Antonios Rasierwasser war genauso plötzlich da wie der Sternenregen am gestrigen Abend und mit ihm der Augenblick, in dem wir uns beide etwas gewünscht hatten.

Doch über meine romantische Erinnerung huschte ein Schatten, den ich nicht benennen konnte. Für einen Augenblick sah ich wieder diesen merkwürdigen, irritierten Blick, als ich seinen Namen geflüstert hatte. Und ich sah – schlimmer noch – seine offensichtliche Erleichterung, als ich nach seinem Kuss, der mir regelrecht die Lippen versiegelt hatte, erneut nicht mehr sprechen konnte. Mein perfektes, verklärtes Bild, das ich von ihm gemalt hatte, bekam einen Riss. Er war sehr klein, aber bohrte sich dennoch wie ein Splitter in mein Herz.

Mir war kalt und ich zog mir die Decke höher. Sie kam mir verdreht vor und ich versuchte, sie aufzuschütteln. Dabei bemerkte ich, dass es gar keine Decke war, sondern Antonios Mantel, den ich seit der Turmbesteigung um meine Schulter getragen hatte und in den eingewickelt ich eingeschlafen war. Seufzend zog ich den teuren Stoff hervor.

Ein weiteres Geräusch, dieses Mal an der Tür, ließ mich aufschrecken. Ich horchte. Ein Rascheln drang herüber. Unwillkürlich versteifte ich mich. Doch nichts passierte – weder öffnete sich die Tür noch bewegte sich der Türknauf. Das Knistern wurde lauter. Ich hielt die Luft an. Ein Papier wurde schwungvoll unter der Tür hindurchgeschoben.

Wäre ich nicht so paralysiert gewesen und statt dessen sofort aufgesprungen, hätte ich den Überbringer vielleicht noch sehen können. So aber hörte ich, als ich den Umschlag schließlich aufhob, nur noch sich eilig entfernende Schritte. Ich drehte den Brief um und mein Herz schlug Purzelbäume. So einfach war es, mich umzustimmen, stellte ich zerknirscht fest. Doch dieses selbstanklagende Gefühl war nur von kurzer Dauer.

Hastig riss ich den Brief auf und überflog die Zeilen, die mir Antonio geschrieben hatte. Ein Lächeln umspielte meine Lippen. Ich presste das Papier an meine Brust. Er liebte und vermisste mich, und er nannte mich seine Sternenprinzessin. Ich war so glücklich! Vergessen waren *alle Bedenken. Weggewischt mit einem einzigen romantischen Versprechen.*

Selbstversunken wünschte ich mir den Abend herbei. Dann würde ich ihn endlich wiedersehen. Wie einen Schatz faltete ich seinen Mantel. Schnupperte noch einmal am Stoff, bevor ich den Brief vorsichtig – wie ein Kleinod – zwischen das Futter steckte. Obwohl ich Antonio anscheinend blindlings vertraute und bedingungslos liebte, trübte doch eine Kleinigkeit meine Hochstimmung. Ich versuchte mich zu entspannen, mich auf den Abend zu freuen, doch diese unbestimmte Empfindung ließ mir keine Ruhe. Ich zog den Brief erneut vor. In geschwungenen Lettern stand dort, was sich mir im Unterbewusstsein wie ein Blutegel festgesaugt hatte. Antonio wollte jemanden vorbeischicken, der sich meinen Fuß anschauen sollte. Eigentlich sehr lieb und aufmerksam von ihm, doch musste es ausgerechnet ***sie*** *sein? Mir war völlig egal, ob Christine die „Kunst der Medizin" beherrschte, wie er es mal ausgedrückt hatte, oder ob sie sich einfach nur vor seinen Eltern aufspielte, wie ich meinte. Jeder mittelmäßige Bader wäre mir willkommener gewesen. Ich hoffte noch, sie würde ihm diese Bitte ausschlagen.*

Just in diesem Moment klopfte es an der Tür. Hastig versteckte ich den Brief, als Anna das Zimmer betrat.

Obwohl sie mir einen Riesenschrecken eingejagt hatte, war ich noch nie so erleichtert gewesen, meine Freundin zu sehen. Überrascht schaute sie mich an. Am liebsten hätte ich ihr alles bis ins Detail erzählt. Angefangen von meinen Ängsten und Befürchtungen bis hin zu meinen verrückten Träumen. Stattdessen holte ich den Brief hervor und gab ihn ihr, wie selbstverständlich davon ausgehend, dass sie ihn lesen konnte. Beifällig pfiff sie durch die Zähne, als sie ihn mit einem verschmitzten Grinsen an sich nahm und sich in die Zeilen vertiefte. Am Ende angekommen verstand sie anscheinend immer noch nicht, warum ich ein so unzufriedenes Gesicht zog, und erst als ich zur Erläuterung mehrfach auf die Passage tippte, in der Christine erwähnt wurde, schien sie zu kapieren. Mit einer Handbewegung wischte sie meine Bedenken beiseite und bedeutete mir, dass es nicht halb so schlimm sei, wie ich annehmen würde. Obwohl ich da meine Zweifel hatte, blickte ich sie dankbar an. Ach, könnte ich nur alles so locker und leicht nehmen wie Anna. Seufzend strich ich mir übers Haar.

Anna wusste, was zu tun war. Zuerst sollte ich ein Bad nehmen und mich gründlich entspannen – genauso wie es Antonio in seinem Brief empfohlen hatte. Sie zwinkerte mir zu und machte sich an die Arbeit. Das sommersprossige

Mädchen plapperte dabei wie ein Wasserfall, und da ich sie nicht bremsen konnte, erfuhr ich von ihr sogar, dass auch sie sich verliebt hatte. Erst als sie merkte, was sie da gerade so gedankenlos ausgeplaudert hatte, versuchte sie zurückzurudern. Sie beschwichtigte und betonte, dass sie sich nicht so richtig, sondern nur ein klein bisschen verliebt hätte. Nicht annähernd so sehr wie ich – ihr Blick ging Richtung Brief. Außerdem wüsste der Betreffende auch gar nichts von ihren Gefühlen und sie würde sich hüten, es ihm auf die Nase zu binden.

Ich freute mich für sie, und während sie mir ein duftendes Bad einließ, überlegte ich, wer wohl der Angebetete war.

Hoffentlich keiner von den Ratsherren? Ich dachte an den Abend kurz vor dem Empfang, als sie den Puder benutzte und irgendwie ganz aufgekratzt wirkte. Der dicke Waffenhändler Johann von Bolandt und auch der Tuchhändler Hardenrath kamen mir bei dieser Gelegenheit in den Sinn. Hatten beide Männer nicht so bewundernd geschaut, als wir uns den Weg zu den Sitzplätzen bahnten?

Ich hätte gerne nachgefragt, aber das konnte ich ja nicht.

Intermezzo III

Paris, Westflügel des Palais de Luxembourg

Staunend stand Isabella Brant im westlichen Flügel der königlichen Residenz. Noch lag der lange Korridor kahl vor ihr, doch schon bald würden die von ihrem Mann geschaffenen Werke die stuckverzierten und golden schimmernden Wände schmücken. An den Stellen, an denen später die Bilder hängen würden, hatte man Tische aufgestellt. Zehn auf jeder Seite. Für die Stirnseite war ein extra großes Bild geplant.

Neugierig ging Isabella von Tisch zu Tisch und besah sich die ausgelegten Ölvorlagen. Die meisten von ihnen kannte sie bereits. Ihr gefielen die heroisch dargestellten Gestalten, ihre bewegten Gesten und der intensive Kontrast von Licht und Schatten. Einige trugen den Vermerk, dass noch Nachbesserungen gewünscht waren.

Obgleich ihr Mann sich hinreichend Gedanken gemacht hatte, war es nicht verwunderlich, dass das eine oder andere Detail auf Missfallen stoßen konnte. Es war der prekären politischen und privaten Situation der Königin geschuldet, dass es jeder Menge Diplomatie und Fingerspitzengefühl bedurfte, niemanden zu brüskieren.

Rubens hatte schon tief in die Trickkiste greifen müssen, um allzu große Realitätsnähe zu vermeiden. Anstelle von natürlichen Personen stellte er der Königin die Götter des Olymps zur Seite, flankierte sie mit Nymphen, Amoretten und Parzen. Rubens' Frau war noch immer von dieser ausgezeichneten Idee begeistert. Auf dem Bildnis von „Marias Erziehung“ erkannte sie Minerva, die Göttin des Friedens, der Weisheit und des Mutes, die gerade dabei war, die junge Prinzessin zu unterrichten. Neben Apollo und Merkur standen ihr die drei Grazien zur Seite, die der Prinzessin Schönheit verleihen sollten.

Isabella Brant stutzte, als sie in einer der drei Frauen ihr eigenes Ebenbild zu erkennen glaubte. Sie musste lächeln und war ganz in Gedanken versunken, als sie zärtlich an der Schulter berührt wurde. Errötend wandte sie sich um. Es war ihr Mann, der sie strahlend begrüßte. Am liebsten hätte sie ihn umarmt und geküsst. Doch im Anbetracht der Umstände – mehrere höfische Bedienste standen mit undurchdringlicher Miene in ihrer Nähe – unterdrückte sie dieses Verlangen. Das Konzentrieren auf die Bilder fiel ihr unendlich schwer, denn auch in Peter Pauls Augen erkannte sie das gleiche Begehren.

Sie riss sich zusammen und lenkte ihre Aufmerksamkeit auf seine Arbeiten. Es war ein großer und ehrenvoller Auftrag, und sie wollte ihren Mann nicht kompromittieren.
Er hatte Talent. Seine subtile Art, die ausgefallenen Wünsche der Königin umzusetzen und gleichzeitig genügend Spielraum für Interpretationen zu lassen, fand sie grandios.
Die Eheleute schlenderten gemeinsam weiter und besprachen ausführlich die geänderten Details. Einmal ging die Huldigung dem amtierenden Minister zu weit, ein anderes Mal war es die Königin selbst, die auf ihrer Darstellung beharrte.

Der Nachmittag neigte sich dem Ende zu, als Rubens und seine Frau beschlossen, für heute die Arbeit zu beenden. Es war Zeit für das gemeinsame Abendessen, eine lieb gewonnene Angewohnheit, die sie nicht missen wollten.
Die Familie saß zusammen bei Tisch, speiste und erzählte sich von den Begebenheiten des Tages. Lange blieben die Kinder nicht auf. Sie mussten viel Schlaf nachholen und hatten heute vermutlich den ganzen Tag im Park herumgetollt, so dass sie hundemüde in die Betten fielen.
Die Eltern zogen sich in den Salon zurück und nutzten die Möglichkeit, um sich über ihre Erlebnisse auszutauschen.

Rubens sprach über die Königin und das Treffen mit seinem Freund, dem Gelehrten Peiresc, und Isabella berichtete ihm anschließend in aller Ausführlichkeit von ihrem Besuch in Cölln und dem stummen Hausgast. Rubens stellte fest, dass nicht nur Tochter Clara begeistert von dem Mädchen war, sondern auch seine Frau. Die junge Dame musste wirklich etwas Besonderes gewesen sein, so wie Isabella von ihr schwärmte. Rubens schien es, als würde seine Frau eine kleine Göttin beschreiben.

Unwillkürlich erinnerte er sich an ein erst kürzlich geführtes Gespräch mit der Königin. Dabei ging es auch um eine Göttin, aber in einem ganz anderen Zusammenhang. Obwohl er nur mit halbem Ohr zugehört hatte, erinnerte er sich doch an die wichtigsten Details. Maria de Medici hatte ihm einen Brief von ihrer erst sechzehnjährigen Cousine Claudia aus Florenz gezeigt, in dem die junge verwitwete Frau um Rat gebeten hatte.

Warum das junge Mädchen überhaupt im Testament ihres bereits seit über zehn Jahren verstorbenen Vaters Ferdinando de Medici herumgestöbert hatte, dass wusste weder Maria noch wurde es im Brief erwähnt.

Es war eine ganz unscheinbare Passage, die Claudia de Medici nie aufgefallen wäre, wenn Ferdinando nicht einen handschriftlichen Zusatz eingefügt hätte. Vier einfache, unschuldige Worte, die Marias Cousine veranlassten, die nachfolgende Verfügung noch einmal genauer unter die Lupe zu nehmen. Ein bereits eingetragener Geldbetrag war nachträglich nach oben korrigiert worden. Im Grunde eine gering erscheinende Summe im Vergleich zum sonst beträchtlichen Vermögen der Familie, doch hoch genug, um neugierig zu werden, an wen diese Summe jährlich überwiesen werden sollte.

An den ursprünglich eingetragenen Frauennamen erinnerte Rubens sich nicht mehr. Wohl aber an den Zusatz: Für meine kleine Venus.

Die Bezeichnung der Venus war für den Maler klar. Damit konnte nur eine einzige Person gemeint sein, die in engem Zusammenhang mit den Medicis stand und die Schönste überhaupt war: die Botticelli-Venus.

Rubens hatte dieses Meisterwerk mit eigenen Augen sehen können. Damals, als er im Gefolge des Herzogs von Mantua reiste und mit ihm als Gast in der Villa di Castello bei Ferdinando de Medici weilte, wo es seit der Beauftragung durch dessen Ururgroßvater im Vorzimmer des Schlafgemaches hing: „Die Geburt der Venus“.

Rubens wünschte, seine Frau hätte dieses grandiose Werk sehen können, so begeistert, wie sie von dem Cöllner Mädchen sprach. Ohne es zu ahnen, beschrieb sie ihm

beinahe die Abgebildete. Er unterbrach sie und ließ sie an seinen Gedanken teilhaben.
Das beflügelte ihre ohnehin blühende Phantasie noch mehr. Augenblicklich stellte Isabella ihre Mutmaßungen an. Während die junge Claudia de Medici an einen amourösen Fehltritt ihres Vaters glaubte, war Rubens' Frau der Meinung, dass die unbekannte Empfängerin aus dem Testament gar das lebendige Vorbild für die Venus gewesen war.
Rubens musste ihr erklären, dass das Bild über hundert Jahre alt war und es sich bei der Besagten um eine Muse des Großherzogs handeln musste, um jemanden, der der abgebildeten Venus ähnlich sah und ihn inspiriert hatte.
Isabella überlegte, rechnete kurz nach und gebar eine neue Theorie. Allen Ernstes behauptete sie nun, dass ihre stumme Freundin ohne Gedächtnis der Schlüssel zu der gesamten Angelegenheit wäre. Rubens verkniff sich das Lachen, kannte aber die Hartnäckigkeit seiner Frau. Sie sprach von einem Ring und dem Besuch in einer Goldschmiedewerkstatt. Dann nahm sie sich ein Blatt und zeichnete ungelenk ein paar Kreise.
Rubens lehnte sich belustigt ein wenig nach vorn und schaute seiner Frau zu, wie sie verbissen versuchte, ihn zu überzeugen. Dann wich sein Lächeln einem verblüfften

Gesichtsausdruck. Rubens konnte seinen Augen kaum trauen, und als er erkannte, dass die Kreise Kugeln waren, wusste er, dass seine Frau Recht haben könnte. Er fragte sie, ob es ganz sicher ein Siegelring gewesen sei, und als sie erstaunt bejahte, nahm er das Blatt und vervollständigte ihre Zeichnung.

Er schraffierte, fügte hinzu und am Ende malte er ein Krönchen über die obere Kugel. Am Schluss fasste er das Ganze in ein Rothschildwappen.

War es nun Intuition, Glück oder Zufall? Rubens wusste es nicht.

Die Symbole des Ringes waren das Wappen des Großherzogs der Toskana!

Rubens musste unbedingt mit der Königin sprechen.

31. Kapitel

Als Mia die Tür öffnete, waren ihre Haare noch feucht. Sie duftete nach Shampoo. Wenn Oliver nicht den Pizzakarton und die Flasche Wein in den Händen gehalten hätte, dann hätte er sie sofort geküsst. So jedoch lief er hinter ihr her, durch den schmalen Flur in die Küche. Mia war barfuß, und die hastig übergeworfenen Kleider – Shorts und ein Shirt – klebten wie eine zweite Haut auf ihrem Körper. Mia sagte kein Wort und Oliver wusste nicht, ob sie sauer auf ihn war, weil er sie praktisch ohne Vorwarnung überfallen hatte. Doch dann räusperte sie sich und fragte ihn, ob er die Flasche Wein öffnen könnte. Er nickte und sie reichte ihm den Korkenzieher, darauf bedacht, seine Finger nicht zu berühren. Eine eigenartige Spannung lag in der Luft. Das lockere Telefongespräch von eben war in weite Ferne gerückt. Plötzlich war ihm viel zu warm für Pizza, und das sagte er Mia auch. Sie schaute ihn an und er konnte seinen Blick nicht von ihr wenden. Ihre Lippen, ihr Hals – eine einzige Verführung. Dann noch das enge Top, wo er jede Kontur ihres Körpers nachgezeichnet sah. Wie sollte er sich da auf das Essen konzentrieren?

„Komm, lass uns ins Wohnzimmer gehen“, sagte Mia und zeigte auf das gemütlich wirkende Sofa mit dem venezianischen Überwurf. Er folgte ihr ohne Umschweife. Als sie anstießen, senkte Mia rasch den Blick und Oliver bemerkte, dass sie rot geworden war. Er fand das süß, und ihre Verlegenheit machte ihn noch mehr an. Der Wein war gut und er studierte das Etikett, um sich abzulenken. Mia saß neben ihm auf dem Sofa und spielte gedankenverloren am Stiel des Glases. Er beobachtete jede ihrer Bewegungen und wünschte, er wäre an Stelle des Glases. Ab und zu nippte Mia am Wein.

„Schmeckt er dir nicht?“, fragte er leise und seine Stimme klang ein wenig brüchig.

Mia sah ihn aus ihren braunen Augen an. „Doch doch“, entgegnete sie hastig und nahm wie zur Bestätigung noch einen Schluck.

Als er ihr nachschenkte, berührten sich ihre Finger. Er spürte, wie sie die Luft anhielt.

„Ich glaube, ich mach mal Musik an.“

Er folgte ihr mit den Augen, wie sie zur Musikanlage ging und sie einstellte. Als sie sich wieder setzte, nutzte Oliver die Gelegenheit, um näher an Mia heranzurücken. Er genoss den Augenblick, ihre Nähe, ihren Duft, ihre weiche Haut und auch die leise dahinplätschernde Soulmusik. Draußen dämmerte es bereits und ein kühler Windzug wehte zu ihnen herein. Er streichelte über ihre Shorts, berührte ihre Haut. Aufstöhnend griff Mia nach seiner Hand und drehte sich zu ihm hin.

Dann passierte alles gleichzeitig. Sie schloss die Augen. Ihr Mund öffnete sich. Er küsste sie. Erst sanft, dann voller Verlangen. Sie umschlangen sich und ihre Bewegungen wurden immer leidenschaftlicher. Ihr Top verrutschte. Er spürte ihre nackte Haut. Ihr Atem wurde heißer und ihre Körper rieben sich aneinander. Immer drängender bewegten sie sich und dann gab es kein Halten mehr.

32. Kapitel

Das Wasser war immer noch viel zu heiß. Erst langsam gewöhnte ich mich an die Temperatur und konnte mich vorsichtig setzen.

Nach und nach rutschte mein fröstelnder Körper tiefer in das Wasser. Entspannt und mit geschlossenen Augen lehnte ich meinen Kopf an den Bottichrand. Von der Wasseroberfläche stiegen die Dämpfe wohlriechend nach oben. Der ganze Körper war gelöst, schwer und gleichzeitig leicht. Ein eigenartiges Gefühl überkam mich und ich tauchte komplett unter. Nachdem alle äußeren Geräusche verstummt waren, öffnete ich die Augen und versank in eine andere Welt. Um mich nur Wasser und die Weite des Ozeans. Ich war schwerelos. Fisch und Vogel zugleich. Ein Wasserwesen. Die Haare schwebten wie Seegras um meinen Kopf. Ich blickte an mir hinunter. Im grünlich schimmernden Wasser konnte ich kaum meine Füße erkennen. Natürlich nicht, denn ich hatte ja gar keine. Ich musste über mich selbst lachen. Kleine Wasserbläschen stiegen dabei nach oben und ich sah den Rumpf eines Schiffes. Schnell und mit festem Flossenschlag schwamm ich weg – in die Tiefen des Meeres, dorthin, wo ich zu Hause war, so wie die Fische, die mich begleiteten. Wir schwammen um die Wette, und meine glänzende Schwanzflosse bewegte sich geschmeidig auf und ab. In einiger Entfernung sah ich mein Ziel: die marmorne Statue des Prinzen. Und mit einem Mal konnte ich mich an alles erinnern. Der Fluch!

Plötzlich wurde die Luft knapp. Meine Lungen schienen platzen zu wollen. Einzelne Bilder stoben durch meinen Kopf. War das die Wahrheit? Die böse Meerhexe? Die verlorene Stimme? Ich wusste, was passiert war. Mit einem Ruck schnellte ich nach oben zur Wasseroberfläche. Nach Luft ringend saß ich in der Wanne. Die Fliesen am Boden waren mit Wasser überschwemmt. Ungläubig schüttelte ich den Kopf und betrachtete meine langen weißen Beine. Nichts deutete darauf hin, dass ich eben noch einen glitzernden schuppigen Schwanz gehabt hatte. Nur am linken Fuß pochte der Knöchel schmerzhaft und erinnerte mich an den Fluch und an das, was ich war: eine Meerjungfrau.

Meine Füße, die mit jedem Schritt schmerzten, als würde ich auf zersplittertem Glas gehen, und meine verlorene Stimme, die ich dafür eingetauscht hatte - alles passte. Niemand würde mich jemals vermissen, und es war gar kein Wunder, dass ich niemanden erkannte. Vorsichtig und unsicher stieg ich aus dem Bottich und wickelte mir ein

Handtuch um den Körper, rubbelte mir die Haare trocken und türmte sie anschließend mit einem Tuch zu einem Turban auf. Misstrauisch trat ich vor den mannshohen Spiegel und betrachte mich eingehend, gerade so, als sähe ich mich zum allerersten Mal. Mit der rechten Hand berührte ich vorsichtig mein Spiegelbild. Ich trat einen Schritt zurück, spreizte die Finger und starrte auf meinen ausgestreckten Arm. Das Sonnenlicht brach sich in den noch verbliebenen Wassertröpfchen, die sich auf meiner Haut festgesetzt hatten, und ließ sie schillern. Ich biss mir auf die Zunge. Dass ich da vorher überhaupt nicht daran gedacht hatte! Ich drehte mich.

Alles schien normal. Für einen Nichtwissenden war ich von einem gewöhnlichen Menschen nicht zu unterscheiden. Doch da – während einer erneuten Drehung erblickte ich im Spiegel kurz einen dunklen Schatten auf meiner Schulter. Ich trat näher. Es musste eine Täuschung gewesen sein. Der Spiegel war immer noch leicht beschlagen und hatte meine Wahrnehmung getrübt. Sicherheitshalber rieb ich ihn ganz blank und drehte mich erneut. Kaum hatte ich mich seitlich gestellt, tauchte der Schatten wieder auf. Ein kleiner dunkler Fleck unter der rechten Schulter. Ich versuchte ihn wegzuwischen, doch vergeblich. Ich kratzte, bis es wehtat, doch er ließ sich nicht entfernen. Während ich mich bemühte, das mysteriöse Ding loszuwerden, öffnete sich die Tür. Und obwohl es nur Anna war, meine menschliche Freundin, war ich froh, dass ich mich mit dem Rücken vom Spiegel weg, zur Wand gedreht hatte. Unauffällig löste ich den Knoten des Turbans, so dass meine Haare zusätzlich das Mal bedecken konnten. Ein paar tiefe Atemzüge und ich hatte meine Fassung wieder. Anna wunderte sich nur, dass ich das Bad so schnell verlassen hatte, und bei ihrer beiläufigen Bemerkung, dass ich wohl keine Wasserfreundin sei, zuckte ich ertappt zusammen.

Augenzwinkernd griff sie nach der Bürste und wollte mir die Haare kämmen. Ich kam ihr zuvor und entriss sie ihr – wie spielerisch. Der Schweiß stand mir auf der Stirn, doch sie bemerkte es nicht.

Schulterzuckend wandte sie sich ab, um das Wasser aufzuwischen. Sie summte und ich war froh, dass sie mir nicht böse war. Während ich mir unkonzentriert die Haare kämmte, schielte ich auf das Unterkleid, das sie mir mitgebracht und auf die Truhe gelegt hatte. Ich würde es mir am liebsten gleich überziehen. Ich stand schon zum Sprung bereit, aber da wurde Anna plötzlich gerufen. Alexanders Stimme schallte durchs Haus und das Mädchen musste das Zimmer verlassen.

Ich hechtete zur Truhe, griff neben dem Unterkleid auch den kleinen Handspiegel. Blitzschnell rannte ich zurück – immer die Tür im Blick. Ich drehte dem großen Spiegel den Rücken zu und linste in den Handspiegel vor mir. Dann sah ich es genau.

Unter meinem Schulterblatt prangte ein tiefschwarzes erhabenes Mal. Es war kein normaler Fleck. Es sah aus wie ein Zeichen! Ich ließ den Spiegel sinken und sackte in mich zusammen. Das durfte nicht sein! Wo kam es nur her? Ich hatte es bisher noch nicht bemerkt und glücklicherweise auch kein anderer, vermutete ich. Eine böse Vorahnung überkam mich und ich fing an zu zittern. Ich sah brennende Scheiterhaufen vor meinem Auge lodern.

Mit fahrigen Bewegungen zog ich mich an. Ich war gerade dabei, die Bänder des Unterkleides zu binden, als Anna das Zimmer erneut betrat. Sie war nicht allein.

Meine Knie gaben nach, und es war ausgerechnet Christine, meine Rivalin, die mich stützte, bevor ich fallen konnte. Ich war wie gelähmt. Hatte Anna doch etwas gesehen und mich verraten? Mein Blick suchte den ihren, doch der verriet mir nichts. Unschuldig schaute sie mich an und half mir ins Bett. Christine nickte Anna zu und diese verschwand, ohne sich noch einmal umzudrehen. Innerlich flehte ich sie an, schrie ihr förmlich hinterher, mich nicht zu verlassen. Doch sie hörte mich nicht. Ich war allein. Allein mit dieser Frau, die mich nicht leiden konnte und wahrscheinlich nur auf ihre Gelegenheit gewartet hatte, es mir richtig heimzuzahlen. Jetzt war ihr Moment gekommen. Rücksichtslos schlug Christine die Decke zurück und betrachtete meine nackten Beine. Ich versuchte sie wegzuziehen, doch Christine hielt sie erbarmungslos fest. Obwohl mir kalt war, fühlten sich ihre Hände noch kälter an. Wie eisige Klauen umfassten sie mich, tasteten, drückten, streckten und beugten. Erst als ich den Mund schmerzvoll verzog, hielt sie inne. Sie hatte genau die Stelle gefunden, die den schlimmsten Schmerz auslöste. Doch damit nicht genug. Das Martyrium ging weiter. Sie versuchte den Fuß nach unten zu drücken und dann nach oben zu ziehen. Während dieser Prozedur schaute sie mich ganz genau an und wartete. Erst als sich meine Augen mit Tränen füllten, ließ sie los. Wortlos reichte sie mir ein Tuch. Dann erhob sie sich und ging zur Tür. Ich konnte zwar immer noch nichts sehen, doch sie musste es sich anders überlegt haben. Sie kam noch einmal zurück, lehnte sich zu mir herunter, griff nach dem Tuch und hielt es mir anklagend vor das Gesicht. Jetzt erkannte ich Antonios Mantel, den ich ruiniert hatte, und hörte wie ein

Echo die Worte, die sie förmlich vor mir ausspie. Dass ich ihn verhext hätte, den Armen, aber sie, sie würde schon dafür sorgen, dass alles wieder in Ordnung käme. Bald schon würde sie jemanden schicken, der sich um mich kümmern würde. Damit machte sie endgültig kehrt und ließ mich allein.

33. Kapitel

Mark war schon früh auf den Beinen. Heute sollte Leya operiert werden.

Er hatte gestern noch lange mit der Anästhesistin gesprochen. Er mochte die flinke Kollegin mit belgischen Wurzeln. Sie schien kompetent und immer gut gelaunt, was sicher nicht verkehrt war, wenn man wie sie auch mit Kindern arbeitete. Sie erzählte mit Begeisterung von *ihren* HNO-Kindern, denen meist Mandeln oder Polypen entfernt wurden. Das erklärte vielleicht auch ihre Vorliebe für farbenfrohe OP-Hauben und -Kittel. Bevor er sie kennen gelernt hatte, wusste er gar nicht, dass es die Modelle überhaupt in verschiedenen Farben und Designs gab.

Von ihr hatte er dann auch erfahren, dass die geplante Operation mehrere Stunden währen würde und es von der Dauer abhängig war, ob die Patientin noch im OP extubiert werden konnte.

Heute nun war der große Tag. Mark wollte vorher noch ein paar Besorgungen machen und Leya ein paar persönliche Dinge kaufen. Sie lag nun schon den vierten Tag hier, und bisher hatte ihr noch niemand etwas vorbeigebracht.

In der Nähe des Bahnhofs gab es Geschäfte, die schon recht früh aufmachten und in denen er fündig werden würde.

Leider hatte er sich geirrt, was die Öffnungszeiten betraf, und kam erst auf den letzten Drücker auf Station an. Er warf sich rasch einen Kittel über. Leya war bereits für die Operation vorbereitet und prämediziert. Die Stationsschwester hatte ihr das Beruhigungsmittel verabreicht. Auch die Rotblonde von vorgestern war zu sehen und bereitete das Bett für den Transport vor.

Elly stand ungeduldig im Türrahmen und beklagte sich ungehalten über die *verdammte Trödelei.* „Geht das nicht ein bisschen schneller?“, blaffte sie. „Muss man hier wirklich alles selber machen?“ Sie pflückte die Patientenunterlagen und Befunde wahllos aus einem Ordner. „Kann mir mal jemand sagen, wo die letzten Laborwerte sind?“ Sie blickte in eine unbestimmte Richtung. „Ich hatte doch ausdrücklich um einen vollständigen Kumulativbericht gebeten!“ Ihre Stimme überschlug sich.

Dann entdeckte sie Mark. „Und du hast mir gerade noch gefehlt!“, knurrte sie ungehalten. „Erstens ist jetzt keine Besuchszeit und zweitens: Wenn du schon andauernd hier auftauchst, hättest du ihr wenigstens den Ring entfernen können! Du wusstest doch, dass sie operiert wird!“

Noch ehe Mark etwas sagen konnte, mischte sich seine Lieblingsanästhesistin ein, die gerade das mobile Beatmungsgerät installieren wollte. „Haben wir schon versucht“, warf sie ein. „Aber die Schwester meinte, dass die Schwellung...“ Weiter kam sie nicht. Elly war bereits zum Seifenspender gegangen und zerrte nun am Ring, bis sie ihn schließlich triumphierend in der Hand hielt. Dann drehte sie sich zu Mark um und sah ihn verächtlich an. „Ich nehme mal an, der ist von dir! Dann pass mal gut auf das Goldstück auf!“ Mark konnte den Ring gerade noch auffangen, so überraschend kam für ihn der Wurf.

„Ich kann nur hoffen, dass deine junge Freundin nicht auch noch schwanger ist, dann habt ihr nämlich keine guten Karten.“ Ellys Lächeln war kalt und herablassend.

Mark zögerte keine Sekunde. Wütend packte er Elly und schob sie unsanft nach draußen. Ehe sie überhaupt protestieren konnte, fauchte er sie in gereiztem Ton an: „Du hältst jetzt besser deine Klappe, bevor ich mich vergesse!“

Irritiert schaute sie ihn an. Ihr Auge zuckte. So hatte Mark noch niemals mit ihr gesprochen.

„Mach einfach deine Arbeit, verdammt! Nichts anderes! Und sei wenigstens **einmal** professionell!“ Sein Ton war schneidend und bestimmt.

Sprachlos schaute Elly ihn an. Doch Mark hatte ihr bereits den Rücken zugekehrt und sich Leya zugewandt.

„Ach, und übrigens...“ Er schaute kurz über seine Schulter, „Danke für deine Anteilnahme. Schwanger ist sie nicht.“

Dann beugte er sich zärtlich über die Patientin, strich ihr sacht über das Haar und gab ihr vor aller Augen einen langen Kuss.

34. Kapitel

Als Petronella aufgetaucht war, musste ich fast lachen. Sie sollte doch nicht etwa diejenige sein, vor der ich mich fürchten sollte?

Genauso gut hätte Christine Frau Hochstädter vorbeischicken können. Nachdenklich hatte ich Petronella betrachtet, die mir einen großen Becher gereicht hatte. In ihrer gewohnt forschen Art hatte sie mir aufgeholfen und bestimmt, dass ich den Tee trinken sollte, solange er noch warm war. Ich gehorchte ihr nur zu gern, auch wenn ich mittlerweile wusste, dass ich keinerlei Konsequenzen zu befürchten hatte, wenn ich nicht tat, was sie wollte. Zufrieden hatte sie mir zugelächelt, während ich in kleinen Schlucken getrunken hatte.

Kurz nachdem Petronella mich verlassen hatte, bemerkte ich die Veränderung. Mein Mund fühlte sich mit einem Male wie ausgedörrt und die Zunge merkwürdig pelzig an. Irritiert schaute ich in die dampfende Flüssigkeit. Nichts war zu sehen. Alles schien normal. Kein auffälliger Geruch. Keine trüben Beimischungen. Und dennoch – etwas stimmte nicht! So sehr ich mich auch gegen den Gedanken sträubte: Offenbar war die gute Seele des Hauses in

Christines Komplott verstrickt. Niemals hätte ich das von Petronella gedacht.
Christines völlige Ignoranz Petronella gegenüber und ihre verbalen Seitenhiebe kamen mir wieder in den Sinn, aber die passenden Bilder zu diesen Gelegenheiten fehlten bereits in meiner Erinnerung.
Der Becher in meiner Hand wurde jetzt immer schwerer, und ich bemerkte, dass sich die klare Flüssigkeit in eine zähe Masse verwandelt hatte. Ungläubig schüttelte ich den Trank. Wie Teer setzte sich das Gebräu am Rand fest und hatte nichts mehr mit dem gemein, was ich vorhin so begierig getrunken hatte. Alles schien sich um mich herum zu drehen. Ich schloss die Augen in der Hoffnung, so einen klaren Kopf zu bewahren, aber es wurde nur schlimmer. Weder vermochte ich die Augen wieder zu öffnen noch konnte ich das Gefühl abstellen, immer tiefer und schneller zu fallen. Ich wollte mich festhalten, doch meine Hände versagten mir nun komplett ihren Dienst. Die Arme knickten weg und ich bemerkte, wie ich schlaff zur Seite kippte. Ich konnte nichts dagegen tun und blieb in dieser unnatürlichen Position einfach liegen. Inzwischen ahnte ich, dass die Mixtur noch andere unschöne Nebenwirkungen für mich bereithalten würde.

Und wirklich: Es begann mit einem pfeifenden Piepston, der zu einem schrillen Klingeln anschwoll. Verzweifelt presste ich mein rechtes Ohr auf die Matratze, so dass der Lärm wenigstens von dieser Seite etwas gedämpft wurde, doch mein linkes Ohr fungierte wie ein überdimensionierter Trichter, der das nervenraubende Schellen geradewegs in meinen Kopf zu lenken schien. Ich glaubte schon, dass mein Schädel zerspringen würde, als das unsägliche Geräusch plötzlich verstummte. Ich hielt inne und versuchte zu blinzeln. Doch selbst unter großer Anstrengung gelang es mir nicht, die Augen zu öffnen. Außer einem Schatten, der vor meinen geschlossenen Lidern tanzte, konnte ich nichts erkennen. Erleichtert genoss ich die friedliche Stille, im guten Glauben, den Fenstervorhang flattern gesehen zu haben.

Bis mir klar wurde, dass das Fenster in meinem Rücken lag.

Etwas oder jemand hielt sich lautlos vor meinem Bett auf und beobachtete mich. Mein Puls beschleunigte sich. Ich kniff die Augen zusammen und ahnte trotzdem, dass das Schattengebilde näher kam. Wäre ich dazu in der Lage gewesen, hätte ich geschrien, so aber blieb mir nur, meine aufsteigende Panik hinunterzuschlucken. Ich blinzelte erneut, und durch die schmalen Lidschlitze konnte ich es *dieses Mal genauer erkennen: ein riesiges, übernatürlich aussehendes Wesen, ähnlich einer Fledermaus. Diese mannshohe Kreatur blieb lauernd etwa eine Armeslänge vor mir stehen und beobachtete mich. Gleich würde ich die spitzen Zähne oder die furchtbaren Klauen zu spüren bekommen. Innerlich wappnete ich mich gegen einen schmerzhaften Angriff, verharrte eine Ewigkeit, doch nichts passierte.*

Wagemutig öffnete ich weit die Augen – und sah einen Menschen. Einen Menschen, der nur das Kostüm eines geflügelten Fabelwesens übergeworfen hatte.

Ich verstand nicht, warum das jemand tun sollte, und mein benebelter Geist brauchte auch noch eine ganze Weile, bis ich begriff, was sich vor meinen Augen abspielte: Ein großer Mann lief mit abgewandtem Gesicht vor mir auf und ab und sein weiter Umhang bauschte sich bei jedem Schritt ein wenig auf, durchaus ähnlich der geschmeidigen Bewegung eines Flügelschlags einer Fledermaus.

In meinem Kopf hämmerte es. Ich wollte keine Trugbilder mehr. Weder wollte ich eingebildetes Getier noch einen fremden Mann mit hochgeschlagener Kapuze in meinem Zimmer sehen.

Der giftige Nebel in meinem Kopf lichtete sich ein wenig, was ich sofort bereute. Denn die Ahnung, wer dieser Mann

war, und was er mit mir tun würde, hätte ich doch lieber nur im betäubten Zustand ertragen wollen.
Wie aus dem Nichts näherten sich seine behandschuhten Hände. Doch statt der befürchteten grobschlächtigen Berührung gab nur die Matratze meines Bettes leicht nach, als er sich schwerfällig neben mich setzte.
Ich versuchte ihn zu täuschen, indem ich mich tief schlafend stellte. Das fiel mir nicht schwer, denn die bleierne Müdigkeit lag nach wie vor lähmend auf mir. Alles andere – auch die Halluzinationen – verblasste allmählich. Nur mein Geruchsinn spielte mir den übelsten aller Streiche: Der ganze Raum schien von Antonios Rasierwasser durchdrungen zu sein. Fast so, als wäre die Luft nur aus dem komprimierten Duft von ihm zusammengesetzt.
Im Stillen verfluchte ich Christine für ihre Boshaftigkeit. Sie schaffte es doch immer wieder, mich leiden zu lassen. Und ihr Handlanger schien ebenfalls Freude daran zu haben, die Situation unnötig in die Länge zu ziehen. Er saß einfach nur da und ergötzte sich sicherlich an meiner Hilflosigkeit, stumm und regungslos bis zu dem Augenblick, als eine schrille Stimme von der Tür herübertönte.
Ich erkannte die Stimme zunächst nicht. Sie war seltsam verzerrt und ich konnte sie nicht zuordnen. Das änderte

sich jedoch schlagartig, als der Fremde neben mir antwortete und sich dabei erhob.

Der Fremde!? Ich wollte ihn noch aufhalten, festhalten, ihm hinterherrufen, dass man mich vergiftet hatte, dass ich ihn nicht erkannt hatte, doch er war schon zu weit weg. Unerreichbar für mich, die ich meine vermeintlich wiederkehrenden Fähigkeiten heillos überschätzt hatte. Keinen Fingerbreit konnte ich mich rühren und Antonio stand bereits am Türrahmen, den Blick auf die Frau gerichtet, die für mein momentanes Unglück verantwortlich war.

Ich hörte sie miteinander sprechen, verstand aber nichts. Ich hörte, wie sie stritten, immer lauter wurden, registrierte seine Entrüstung, ihr Einlenken und ihren Versuch, ihn umzustimmen. Er blieb bei seiner Meinung und sie probierte es erneut. Ihre Stimmlage änderte sich, wurde schmeichelnder, leiser. Ich sah, wie er zögerte, nachdachte und etwas Glänzendes nahm, was sie ihm wie vorwurfsvoll unter die Nase gehalten hatte. Er betrachtete das glitzernde Schmuckstück, blickte nur traurig in meine Richtung, ohne mich überhaupt richtig wahrzunehmen, und ließ sich von Christine nach draußen führen.

Diese jedoch nahm mich sehr genau wahr. In ihrem hartherzigen Blick sah ich eiskalte Berechnung aufblitzen, und mit einem Male wusste ich, was sie ihm gegeben hatte.

Meinen Ring!

Intermezzo IV

Paris, Palais de Luxembourg

Maria de Medici hatte noch eine ganze Weile über das Gespräch mit Rubens und dessen Frau nachgedacht. In ihren Augen gab es jedoch keinen Zusammenhang zwischen ihrem verstorbenen Onkel, dem Großherzog Ferdinando de Medici, und dem mysteriösen Mädchen aus Cölln. Selbst wenn diese das genaue Spiegelbild der Botticelli-Venus sein sollte. Das bedeutete rein gar nichts. Hier am Hof gab es ein, zwei Mädchen, die ebenfalls der „Venus" ähnelten, und niemand käme auf den Gedanken, sie mit Ferdinando de Medicis Testament in Verbindung zu bringen. Natürlich blieb da noch die Frage der jährlichen Apanage. Ihr Onkel mochte zwar großzügig gewesen sein, aber ohne Grund hatte auch er sein Geld nicht verschenkt. Die Königin suchte nach anderen schlüssigen Erklärungen, nur um nicht an dem Sockel zu rütteln, auf den sie ihren Ziehvater bereits zu Lebzeiten gestellt hatte. Ihr Kopf schmerzte und sie brauchte frische Luft, um wieder klar denken zu können. Ihr Blick fiel hinaus in den weitläufigen Park, auf die streng symmetrisch eingefassten Rabatten, die Schatten spendenden Platanen und das Abkühlung verheißende Bassin. Eine herbeigewinkte Dienerin öffnete eilfertig das doppelflügelige Fenster, und Maria de Medici trat an den Sims, um die idyllische Aussicht zu genießen. Der unerwartet warme Luftzug nahm ihr den Atem und ließ sie zurückweichen. Wie eine unüberwindliche Wand schien sich die Hitze zu stauen. Selbst die Fische, die sich sonst schillernd wie Farbkleckse durch das Wasser bewegten, hatten sich heute auf den Grund des Beckens zurückgezogen.

Nach ein wenig Abkühlung suchend, machte sich die Königin auf den Weg in ihre privaten Gemächer. Immer wieder schweiften ihren Gedanken ab und sie verlor sich in Erinnerungen.

Sie dachte an ihren Onkel Ferdinando, den Mann, der wie ein Vater für sie gewesen war. Ein Mann, der seine Kinder liebte und auch ihr dieses Gefühl der Zuneigung und Verbundenheit entgegengebracht hatte. Noch mehr imponierte ihr jedoch die Achtung und Liebe, die er seiner Frau, Christina von Lothringen, erwiesen hatte. Genauso wollte auch sie von einem Mann angesehen werden. Begehrt und respektiert. Heinrich hatte sie niemals so angesehen. Sie rieb sich über die Augen und beschleunigte ihre Schritte.

In ihren provisorisch eingerichteten Räumen im oberen Stock des Westflügels angekommen, verschloss sie hastig die Tür. Auf dem Handrücken glänzte eine kleine feuchte Spur. Energisch rieb sie das Zeichen der eigenen Schwäche und Enttäuschung weg.

Sie brauchte Ruhe zum Nachdenken und wollte nicht gestört werden.

Was hatte ihre Cousine nur in dem alten Testament herumzuschnüffeln? Sollten die Toten doch ruhen. Und welchen Floh hatte Isabella Brant ihrem Mann ins Ohr gesetzt?

Maria de Medici wollte von solchen Verschwörungstheorien nichts hören. Nervös strich sie sich durch die Haare. Dann griff sie zu der Kanne mit dem eiskalten Brunnenwasser.

Nachdem sie sich erfrischt hatte, holte sie sich Federkiel und Papier, legte beides auf den Tisch und setzte sich ächzend. Wenig später begann sie mit ihren Notizen. Sie kritzelte Zahlen, schrieb Namen, überlegte und rechnete nach. Mit verkniffenem Gesicht stellte sie fest, dass ihr Onkel durchaus der Vater eines jetzt 23-jährigen Mädchens sein konnte. Doch warum wurde dann im Testament nur die jüngere Claudia erwähnt und nicht auch dieses andere Mädchen? Seit Giovanni de Medici als Papst Leo X. eine entsprechende Bulle herausgegeben hatte, war es doch üblich, auch alle unehelichen Kinder zu legitimieren. Darauf konnte es nur eine Antwort geben: Es gab kein solches

Kind! Ein Lächeln umspielte Marias eben noch zusammengepresste schmale Lippen.

Der Großherzog war ein Ehrenmann. Ferdinando de Medici hatte keine Mätressen und verschwand nicht heimlich jede Nacht, wie es sein Bruder Francesco – ihr Vater – jahrelang praktiziert hatte! Der sollte sich in Frauenkleidern hinausgeschlichen haben, um seiner Geliebten Bianca nahe zu sein. Widerlich!

An das zügellose Leben ihres eigenen Gatten mochte Maria lieber gleich gar nicht zurückdenken. Zu tief saß das Gefühl von Demütigung, als dass sie sich mit der Treulosigkeit ihres Mannes beschäftigen wollte. Sie wünschte, Heinrich wäre wenigstens nur auf schnelle Abenteuer aus gewesen, doch dem war nicht so. Der König quartierte seine Geliebten ganz offiziell im Schloss ein. Erst Jahre später hatte sie erfahren, dass er einer Mätresse sogar ein schriftliches Heiratsversprechen gegeben hatte, und das zu einer Zeit, als über ihr eigenes schon verhandelt wurde.

Noch heute könnte sie verrückt werden vor Eifersucht, wenn sie daran dachte, dass ihr Mann selbst am Tag ihrer Hochzeit Catarine de Balzac vorzog. Während Maria voller Glück und Stolz am Arm ihres Onkels zum Altar geführt wurde und dort Heinrich von Navarra per procurationem –

in Vertretung durch Herzog Roger de Bellegarde – ehelichte, wälzte sich der Bräutigam lieber wollüstig im Bett dieser unverschämten Hure.

Maria schluckte. Schnell wollte sie einen anderen Gedanken fassen, bevor ihre ganze Traurigkeit wie ein Schwall Wasser über sie hereinzubrechen drohte. Keine Tränen mehr. Kein Zeichen von Schwäche. Maria warf einen Blick in den Handspiegel. Hatte sie nicht alles, was eine Frau sich wünschen konnte? Schöne Kleider, Schmuck, Geld und Macht? Sie war schließlich die Königsmutter, und Liebe war vergänglich.

Sie konnte tun und lassen, was sie wollte. Mit ihrem Sohn würde sie schon fertig werden. Dieser armselige Wicht. Angebettelt hatte er sie wie ein Hund, dass sie doch zurückkehren sollte – aus der Verbannung, in die er sie selbst geschickt hatte. Er war so leicht zu manipulieren. Ludwig konnte seinem Bruder wahrlich nicht das Wasser reichen. Schade nur, dass Gaston nicht König werden durfte.

Allein für dieses Anwesen hatte es sich schon gelohnt, zurückzukommen. Mit Hilfe der Architektenpläne und der zusätzlichen Geschenke und Bilder, die ihr ihre Tante Christina aus Florenz geschickt hatte, könnte sie den

Franzosen zeigen, wie ein richtiges Palais auszusehen hatte.

Maria sah sich schon durch das fertige Schloss flanieren, von ihren Gästen beneidet und für ihren auserlesenen Geschmack bewundert. Den hatte sie eindeutig von ihrem florentinischen Onkel und Ziehvater geerbt. Sie erinnerte sich noch ganz genau an die prunkvolle Architektur der zahlreichen Medici-Anwesen. Villa di Careggi, Villa di Cafaggioli, Villa di Poggio, Villa della Petraia, Villa di Servezza und wie die Landsitze der Familie alle hießen.

An die Villa di Castello am Fuß des Monte Morello konnte sich die Königin noch ganz besonders gut erinnern. Dort hatte sie so manchen Sommer verbracht. Es war die Villa mit dem terrassenförmig angelegten Garten, der künstlichen Grotte mit den exotischen Tierskulpturen und den herausragenden Fresken Passignanos im Inneren des Jagdschlosses. Maria sah die farbenfrohen Malereien regelrecht vor sich. Es waren personifizierte Tugenden aus der antiken Mythologie: Treue, Gehorsam und Keuschheit, die der Herzogin verherrlichend zugeschrieben worden waren. Andere Tugenden fand man im großen Saal, der auch als Speisesaal genutzt wurde. Dort flankierten die allegorischen Darstellungen von Unsterblichkeit und Glückseligkeit das imposante Deckengemälde „Gastmahl

des Octavians mit Livia". Ein schönes Motiv. Zwei Frischverliebte beim opulenten Mahl.
Maria stutzte kurz und öffnete die Augen. Der dort abgebildete Octavian ähnelte zwar stark ihrem Onkel Ferdinando, doch die dargestellte Livia schmeichelte so gar nicht ihrer Tante. Christina von Lothringen war brünett und nicht blond.
Ein galliger Geschmack breitete sich in Marias Mund aus. Warum war ihr das nie früher aufgefallen? Sie zog noch einmal den Brief ihrer Cousine aus dem Stapel der letzten Korrespondenz. Doch auch nach sorgfältigem Studieren und Lesen zwischen den Zeilen ergab sich keine neue Erkenntnis. Laut Claudias Schreiben wurde im Testament definitiv kein außereheliches Kind erwähnt. Die Rede war ausschließlich von einer gewissen Sybilla und ihrem Vormund. Ärgerlich faltete sie die Blätter zusammen und suchte beiläufig nach dem Kuvert. Ihr Blick fiel auf das Siegel und sie erstarrte. Schweißperlen traten ihr auf die Stirn. Sie hatte den Ring vergessen. Wenn es wirklich stimmte, dass das Cöllner Mädchen im Besitz eines solchen Siegelringes war, konnte es keine Zweifel mehr geben.
Jeder der Medici-Abkömmlinge besaß einen. Die sorgfältig angefertigten Ringe waren Unikate und wurden

ausschließlich in der hofeigenen Goldschmiedewerkstatt von Benvenuto Cellini angefertigt. Sie unterschieden sich oft nur durch winzige Details, die immer vom Großherzog vorgegeben wurden. Ihr eigener Ring war mit einer umrankten florentinischen Königslilie verziert. Maria de Medici stand auf und blickte regungslos in die Ferne.

35. Kapitel

Mia lächelte und ging schneller, als sie Mark sah. Er schien ganz vertieft in die Eiskarte des neu eröffneten Cafés zu sein und hatte sie noch nicht gesehen. Er hatte eine gute Wahl getroffen. Das Café lag viel ruhiger als die anderen beiden Eisdielen der Stadt, nicht an der Kreuzung einer viel befahrenen Hauptstraße, sondern idyllisch am Rathausplatz gelegen, an einem Brunnen und von großen Platanen umgeben.

Hier konnten sie ungestört reden und den Sommernachmittag genießen. Mark würde bestimmt Augen machen, wenn sie ihm von sich und Oliver erzählte.

Jetzt sah er auf und erwiderte ihr Lächeln Es tat gut, ihn endlich mal wieder zufrieden zu sehen.

„Entschuldige bitte, ich habe mir schon einen Kaffee bestellt. Köstlich, sage ich dir.“ Mark stand auf und umarmte sie fest, so wie Freunde es tun. Ihr letztes privates Gespräch war schon eine Weile her, und es war schön, dass er sich heute Zeit genommen hatte. Sie platzte fast vor Glück und wollte, dass er es als Erster von ihr erfuhr.

Doch noch ehe Mia ihre Neuigkeit loswerden konnte, kam die Bedienung und nahm ihre Bestellung auf. Einen

Erdbeerbecher für Mark und einen Schokoladenbecher für Mia. Und auch dann kam Mia nicht zum Zuge, denn Mark berichtete ihr sogleich von dem Zwischenfall in der Uniklinik, von Ellys Ausraster und dem Kuss.
Mia war überrascht und begeistert. „Mensch, Glückwunsch! Das wurde auch mal Zeit! Das blöde Gesicht von Elly hätte ich ja gerne gesehen." Die Schadenfreude war ihr deutlich anzumerken.
Mark lachte auch, doch es klang bitter. Skeptisch schob Mia ihre Sonnenbrille nach oben, um den bedrückten Gesichtsausdruck ihres Freundes besser deuten zu können. Nachdenklich sah er aus und voller Schuldgefühle. „Glückwünsche sind in diesem Fall nicht wirklich angebracht", meinte er dann auch bekümmert.
Mia verstand die Welt nicht. Warum genoss er nicht einfach sein Glück? Er hatte es sich schon längst verdient. „Du wirst doch wegen der blöden Kuh... Entschuldige, aber du weißt ja, dass ich Elly noch nie wirklich leiden konnte. Also du wirst doch wegen Elly keine Gewissensbisse haben?", hakte sie nach.
Erstaunt blickte Mark sie an. „Nein! Wegen Elly doch nicht, aber wegen Leya. Ich habe sie sozusagen benutzt."
Mia runzelte zweifelnd die Stirn. Irgendetwas schien ihr entgangen zu sein. Wieso sollte Mark Leya benutzt haben?

Bevor sie jedoch weiter nachgrübeln konnte, erklärte Mark es ihr. Das hieß, er versuchte es. Er behauptete, Leya Volta überhaupt nicht zu kennen! Welch ausgemachter Blödsinn! Schließlich war Mia live dabei gewesen, als die Patientin mit erstickter Stimme Marks Namen gestammelt hatte. Die beiden **mussten** sich kennen! Diesen verzweifelten Ruf nach Mark würde sie wohl nicht so schnell aus ihren Kopf bekommen, und das sagte sie ihrem Freund auch.

Abrupt hörte Mark auf, sein Eis zu essen. „Wann soll das denn gewesen sein?", fragte er.

„Am Montag im Schockraum. Weißt du nicht mehr?" Mia lehnte sich ein wenig zu ihm herüber, damit die anderen Gäste nicht jedes Wort ihrer Unterhaltung mitbekamen.

Mark erinnerte sich nur zu gut an die schlechte Beatmungssituation, auch daran, dass er den nervigen Alarm-Ton des Geräts mehrmals quittiert hatte, weil Leya noch nicht optimal sediert war. Aber er entsann sich nicht daran, dass sie zu sprechen versucht hatte.

„Du weißt doch noch, dass ich das Schlafmittel reduzieren sollte, weil sie wieder mit dem Kreislauf eingebrochen war", half Mia ihm auf die Sprünge.

Mark schaute sie angestrengt an und nickte.

„Ja, und dann nach dem Röntgen – ihr wart alle weg, Lizzy im Labor, Oliver am Telefon und du in der Küche –, da war sie so wach, dass sie fast den Tubus herausgehustet hätte. Ich konnte ihn gerade noch festhalten und wieder über die Stimmritze zurückschieben. Es ging alles so schnell. Ich habe nur reagiert und gleichzeitig Lizzy um Hilfe gerufen."

Mark ließ seinen Löffel sinken. „Du meine Güte! Davon habe ich gar nichts mitbekommen."

Mia legte ihm beschwichtigend die Hand auf seinen Arm. „Konntest du ja auch nicht. Auf jeden Fall habe ich ganz sicher deinen Namen verstanden."

Mark reagierte nicht. Gedankenverloren nahm er einen Schluck Kaffee, während Mia ihr Eis rührte, das mittlerweile die Konsistenz eines Milchshakes angenommen hatte.

„Das ist wirklich merkwürdig", sinnierte er, während er die Tasse abstellte. „In der Uni-Klinik ist nämlich etwas ganz Ähnliches passiert. Wir waren auf dem Weg zum Röntgen, als sie sich fast selbst extubiert hätte." Er lehnte sich zurück und kniff die Augen zusammen, als würde er sich diesen Vorfall noch einmal ganz genau in Erinnerung rufen. „Doch da hat sie einen ganz anderen Namen geflüstert. Ich habe ihn zwar nicht genau verstanden, aber es war definitiv nicht mein Name. Er fing mit A an, was Exotisches, glaub ich..." Enttäuschung schwang in seiner Stimme mit.

„Das bedeutet doch gar nichts,“ versuchte Mia ihren Freund aufzumuntern. „Vielleicht hatte sie da nur schlecht geträumt.“

Mark verzog sein Gesicht zu einem Lächeln, doch Mia sah, wie traurig er war. Es wäre auch zu schön gewesen, wenn die beiden sich gekannt hätten. Mia stellte den Eisbecher zurück auf den Tisch. „Was willst du denn jetzt machen?“

Mark zuckte nur resignierend mit den Schultern. „Vielleicht warte ich ab, bis sie wieder aufwacht, und rede dann mit ihr.“

Mia nickte. Das war wahrscheinlich die beste Idee. Plötzlich musste sie kichern. Sie erinnerte sich an einen Film aus den Neunzigern, eine Liebeskomödie, in der Sandra Bullock eine gutherzige Ticketverkäuferin spielte, die ihrem Traummann das Leben rettet, durch ein nicht aufgeklärtes Missverständnis in eine liebevoll chaotische Familie aufgenommen wird und dort witzige und amouröse Verwicklungen auslöst.

„Halt mich jetzt nicht für verrückt, aber hast du zufällig den Film ‚Während du schliefst‘ gesehen?“, fragte sie.

Mark kannte den Film nicht und schaute sie nur pikiert an. „Mia, lass den Quatsch. Das ist hier kein verkitschter Hollywoodfilm, sondern pure Realität. Ich hätte sie auf keinen Fall küssen dürfen. Damit habe ich mich strafbar gemacht. Ganz abgesehen von der Einwilligungserklärung, die ich nicht hätte unterschreiben dürfen."

„Jetzt übertreibst du aber gewaltig. Erstens hast du ihr das Leben gerettet und zweitens warst du Tag und Nacht für sie da. Welcher Patient hat denn soviel Glück?"

„Das eine hat mit dem anderen überhaupt nichts zu tun und das weißt du auch."

Mia nickte. „Du vergisst aber, mein Lieber, dass du nicht als Arzt, sondern als Privatmann bei ihr warst. Schließlich hast du doch Urlaub. Denk mal drüber nach."

Mark blieb trotzdem bei seiner Meinung. Sie diskutierten noch eine Weile über ihre unterschiedliche Auslegung der Kussangelegenheit, bis sie von der Bedienung unterbrochen wurden, die höflich nach weiteren Wünschen fragte und den Tisch abräumte.

Als sie kurz darauf mit dem milchgeschäumten Kaffee zu ihnen zurückkehrte, tranken beide ihren Latte Macchiato und beschlossen, dass es wahrscheinlich am klügsten wäre, wenn Mark vorerst nicht mehr zur Uniklinik fahren würde. Vor allem dann nicht, wenn die Gefahr bestand, dass Leya wach war und diesbezügliche Fragen stellen könnte.

„Und wenn Leya am Freitag zurückverlegt wird, kann sich ja Oliver um sie kümmern.“ Mias Augen leuchteten, als sie Olivers Namen erwähnte.
„So so. Oliver. Sieh mal an!“ Auf Marks Gesicht war ein Lächeln zurückgekehrt. Er nahm einen großen Schluck aus dem dickwandigen Thermoglas und musterte sie. Mia bemerkte, wie sie rot wurde. Dann lachte sie und knuffte Mark in die Seite. „Ach du!“
Er schaute sie grinsend an. „Nun erzähl mal, was läuft denn da plötzlich zwischen euch?“

36. Kapitel

Bestürzt blickte ich auf die weiße Stelle an meinem Finger, die bis vor kurzem noch der goldschimmernde Ring geziert hatte. Mein einziger Wertgegenstand und damit auch das einzige Verbindungsglied zu meiner vergessenen Vergangenheit war mir abgenommen worden.

Ich sah noch immer den alten Goldschmied vor mir, wie er verdutzt und fragend erst den Ring und dann mich angeschaut hatte. Zugleich erinnerte ich mich, wie die schon restlos verloren geglaubte Hoffnung wieder aufgeblüht war, mit jeder neuen Kugel, die der Mann sorgfältig auf sein Papier gezeichnet hatte. Zwar vermochte ich noch auch jetzt zu sagen, was diese kleinen eingravierten Symbole zu bedeuten hatten, doch bestimmt niemals das, was Christine Antonio Glauben machen wollte. Es war einfach nur lächerlich und völlig abwegig, dass es sich bei diesem Schmuckstück um einen Ehering handeln sollte.

Ich wünschte, ich könnte mich bewegen, aufstehen und nach draußen eilen. Entschlossen versuchte ich mich aufzurichten, doch meine Arme gaben nach, als wären sie aus weichem Wachs. Ich fluchte über die hinterlistige Feigheit von Christine, die sich nicht selbst getraut hatte, mich aus dem Weg zu räumen, sondern eine Unbeteiligte in ihre schmutzigen Machenschaften hineingezogen hatte. Petronella wusste garantiert nicht, dass der Tee, den sie mir gebracht hatte, vergiftet gewesen war. Christine war kein guter Mensch und das, was sie tat, geschah keinesfalls aus Liebe, sondern aus purem Hass. Ich war mir sicher, dass sie früher oder später dafür büßen würde, und diese Gewissheit beruhigte mich für den Augenblick ein wenig. Dennoch quälte mich der Gedanke, hier tatenlos herumzuliegen, während Antonio Hals über Kopf aufgebrochen war und auf eine völlig falsche Fährte geschickt wurde. Zerknirscht stellte ich fest, dass ich auch ihm böse war. Vielleicht nicht böse. Zumindest aber enttäuscht.

Hatte er so wenig Vertrauen in mich, dass er sich so willfährig von dieser heimtückischen Schlange in die Irre führen lassen konnte? Der Ring mit seiner Gravur konnte doch alles Mögliche bedeuten. Nicht unbedingt das Symbol für eine geschlossene Ehe! Viel eher könnte man die Kügelchen für das Zeichen eines Medicus oder eines Apothekers halten. Dies würde auch mein – zumindest bruchstückhaftes – Wissen für bestimmte medizinische Abläufe erklären. Die Wirkweise von Tollkirschen, Stechapfel und Bilsenkraut zum Beispiel. In einer Art

Rückschau sah ich mich dann auch tatsächlich Wunden säubern, diverse Kräuter vermengen, Salben auftragen und Verbände anlegen. Wie ein Schlag traf mich diese Erkenntnis. Ich stand wie vor einem kaputten Spiegel, und auch wenn ich die einzelnen Splitter noch nicht genau zuordnen konnte – sie alle waren Hinweise auf mein altes Leben. Der einzige Mensch, den ich außer mir dort noch schemenhaft erkennen konnte, war Marco. Er konnte jedoch unmöglich mein Lehrmeister gewesen sein. Der alte Seebär war Kaufmann mit Leib und Seele und kein Medicus. Vielleicht hatte meine Mutter mich in die Geheimnisse der Heilkräfte eingeweiht? Nein, eher nicht, befand ich. Ich hatte noch immer kein Bild von ihr, doch ich wusste instinktiv, dass sie es nicht gewesen war. Meine Mutter existierte praktisch gar nicht in meiner Vorstellung, und noch merkwürdiger fand ich, dass ich sie überhaupt nicht vermisste. Ihr Platz und der meines Vaters waren völlig leer und wurden von anderen, fremden Menschen überlagert.

Ich versuchte mir ein Bild von meinen Eltern zu machen, merkte aber rasch, dass es mir nicht gelang. Jedes Mal ähnelte es Personen, die ich erst kürzlich gesehen oder getroffen hatte. Frauen mit Hütchen, die in verblüffender Weise Frau Brant glichen, und Männer, die entweder alt und gebückt waren oder einen Bart trugen. Ich schüttelte die verwirrenden Gedanken ab und widmete mich der Frage, von wem ich dann den Ring bekommen haben könnte.

Wie durch einen Sog wurde ich in eine kleine Kirche oder Kapelle gezogen. Ich spürte die gleiche Furcht, die mich überkommen hatte, als ich zum ersten Mal hier gewesen war. Es schien mir, als wären hunderte Jahre vergangen, doch der Raum hatte sich nicht verändert. Und genau wie damals wich die anfängliche Beklommenheit einer wundervoll erregenden Faszination.

Nie zuvor hatte ich einen ähnlichen Ort betreten. Bizarr und geheimnisvoll zugleich. Genau hier hatte ich den Ring bekommen. Die Antwort war zum Greifen nahe. Ich sah die Hand, die den Ring an meinen Finger gesteckt hatte, spürte sogar deren leichtes Erzittern. Doch die vollständige Auflösung blieb mir versagt. Wie in aufsteigendem Nebel, der alle Konturen verwischt, verschwammen auch diese fast greifbaren Eindrücke.

Ich schluckte. Hatte Christine mit ihrer üblen Diffamierung doch recht gehabt und war Antonio gar nicht umsonst so abrupt aufgebrochen? Ich versuchte mich zu beruhigen, doch das ungute Gefühl blieb.

Ein unangenehmes Kribbeln in meinen Fingern brachte mich in die Wirklichkeit zurück. Es lenkte mich in schmerzhafter Weise von der schrecklichen Vorstellung ab, vielleicht doch verheiratet zu sein. Trotzig streckte ich die Füße aus dem Bett und bemerkte beiläufig die weißen Strümpfe, die mir jemand übergezogen hatte. Ich schüttelte noch immer den Kopf, wie um mir einzureden, dass das, was nicht sein durfte, auch nicht geschehen sein konnte.

Mit wackeligen Beinen stolperte ich zur Tür und öffnete sie. Vorsichtig spähte ich hinaus. Der Flur lag still und verwaist. Ich griff mir an den Kopf. Ein Déjà-vu. Lauschend ging ich weiter zur Balustrade, hinunter zum Foyer. Das ganze Haus schien wie ausgestorben, kein Geräusch, nur unheimliche Stille. Vielleicht hätte ich doch lieber im Zimmer bleiben sollen, ging es mir durch den Kopf. Da nahm ich eine vage Bewegung hinter mir wahr.

Ich drehte mich um und blieb wie angewurzelt stehen. Christine stand mit verschränkten Armen vor mir und starrte mich feindselig an. Hilfe suchend blickte ich mich um. Doch umsonst. Wir waren allein.

Höhnisch und nur mühsam beherrscht erzählte sie mir, wohin Antonio gereist wäre, weit und lange genug weg, um sich nicht um mich – eine elendige Schmarotzerin – kümmern zu können. Sie verzog ihren Mund verächtlich

und betonte vor allem den letzten Teil, als würde es ihr ausgesprochenen Ekel bereiten, mich überhaupt zu erwähnen.
In diesem Moment klopfte es an der Haustür. Wir hielten beide inne, bevor Christine dann doch als Erste an der Tür war und sie beherzt, aber nur einen Spaltbreit öffnete.
Dieser genügte mir, um die Uniformen von zwei Schutzmännern auszumachen, die Einlass begehrten. Kopflos brachte ich mich in der im hinteren Teil des Hauses gelegenen Gesindeküche in Sicherheit. Atemlos lehnte ich mich an die hastig verschlossene Küchentür. Natürlich wusste ich, dass der lächerlich kleine Riegel kein ernsthaftes Hindernis für die bewaffneten Männer darstellen würde, die garantiert nur meinetwegen gekommen waren. Das Hexenmal war kein Geheimnis mehr. Ich rechnete mit dem Schlimmsten.
Doch ich hatte mich getäuscht. Während ich mir noch ausmalte, wie ich durch den Hochstädterschen Garten zu fliehen versuchte, zwischen Kräuterbeeten und Obstbäumen entlanghetzend, bekam ich mit, dass die Männer mich gar nicht verhaften, sondern nur eine wichtige Nachricht überbringen und mich sprechen wollten. Sie hatten offensichtlich Dokumente bei sich, die zur Klärung meiner Identität dienten.

Als mir dieser Unterschied klar wurde, riss ich ungestüm am Schloss. Christine, die das gehört haben musste, beeilte sich nun ihrerseits, die beiden loszuwerden. Als ich es endlich geschafft hatte, den rostigen Riegel zurückzuschieben, sah ich nur noch die zuschlagende Tür und wie Christine versuchte, etwas in ihrem Kleid zu verstecken.

Ohne nachzudenken stürzte ich mich auf sie und riss sie zu Boden. Noch im Fallen verlor sie einen rot versiegelten Brief, der einige Meter über den blanken Boden rutschte.

Tausend Gedanken schossen mir gleichzeitig durch den Kopf. Würde ich jetzt endlich erfahren, wer ich war – wer meine Eltern waren?

Nur ein paar Schritte trennten mich von der Wahrheit. Mit ungeahnten Kräften hechtete ich zum Brief. Doch noch bevor ich das wertvolle Stück greifen konnte, verspürte ich einen dumpfen Schlag. Wie betäubt wehrte ich mich. Wir wälzten uns wie tollwütige Raubkatzen und zerrten an unseren Leibern. Mein Häubchen fiel, Kleidungsstücke rissen, Zöpfe lösten sich. Ich hielt ein Büschel ihrer dunklen Haare in meinen Händen, doch das Dokument bekam ich nicht zu fassen. Auch Christine nicht, denn sie versuchte mich wegzustoßen. Doch mitten in der Bewegung hielt sie inne. Nur eine Armlänge entfernt lag der umkämpfte Brief.

Ich nahm ihn und hob ihn triumphierend auf. Doch als ich mich umdrehte, sah ich Christines entgeisterten Blick. Es war, als hätte sie ein Gespenst gesehen.
Sie hockte mit ruiniertem Kleid und aufgelöster Frisur am Boden und schaute mich erst fassungslos und dann mit einem beinahe irren Lächeln an.
Unsicher blickte ich sie an und sah dann an mir hinunter. Ich strich mein Unterkleid glatt – oder das, was davon noch übrig war –, leckte mir die blutig gebissenen Lippen und begriff noch immer nicht.
Erst als Christine mich bedrohlich überlegen angrinste, wurde mir bewusst, dass ich verloren hatte. Selbst der Brief, sollte er auch tatsächlich das enthalten, was ich gedacht hatte, könnte mich nicht mehr retten.
Sie hatte das Hexenmal gesehen. Ausgerechnet sie.

37. Kapitel

Oliver war erleichtert, als er den dunkelgrünen Jaguar seiner Mutter vor ihrem Lieblingscafé parken sah. Ihm fiel ein Stein vom Herzen, dass sie sich trotz anfänglichen Zögerns auf den Weg gemacht hatte, um seiner Einladung zu folgen. Im hinteren Winkel des Cafés konnte er ihre grazile Silhouette ausmachen. Seine Mutter war in die Speisekarte vertieft. Er ging auf die Tür des Lokals zu und überprüfte ein letztes Mal sein Spiegelbild. Mit einer raschen Bewegung zog er das Polohemd glatt nach unten und fuhr sich dann noch einmal durch die kurzen Haare. Fertig. Beherzt trat er ein.

Mit dem Erklingen des Türglöckchens blickte seine Mutter auf, und ihr Gesicht erhellte sich vor Wiedersehensfreude.

Oliver musste schlucken. Hatte er sich auch die verschiedensten Begrüßungsszenarien ausgemalt – dieses war nicht dabei. Nicht im Traum hatte er daran gedacht, dass seine Mutter einfach aufstehen und ihm mit offenen Armen entgegeneilen würde.

Obwohl es sonst nicht ihre Art war, Gefühle in der Öffentlichkeit zu zeigen, umarmte sie ihn mitten im Café. Erst als er neben ihr saß, bemerkte er, dass sie vor lauter Wiedersehensfreude geweint hatte. Mit geröteten Augen und verschniefter Nase suchte sie nach einem Taschentuch. Oliver reichte seiner Mutter eine Serviette. Mit einer zärtlichen Geste strich sie ihm übers Haar. Wie hatte er das als Jugendlicher gehasst. Doch heute machte ihn dieses Zeichen der Zuneigung glücklich.

Seine Mutter hatte ihm verziehen. Anstatt ihm Vorhaltungen wegen der Geschichte mit seinem Bruder zu machen, reichte sie ihm lächelnd die Karte. Kein Wort über seinen damaligen Verrat.

David – sein älterer Bruder – hatte ihm schon längst verziehen. Er lebte jetzt in Berlin, wo er seine eigene Kanzlei betrieb, und sie telefonierten mindestens einmal in der Woche miteinander. Im Nachhinein war David sogar dankbar, dass Oliver ihn geoutet hatte. Das behauptete er jedenfalls. Er sagte immer wieder, dass er niemals den Mut aufgebracht hätte, sich dem Vater zu offenbaren. Trotz dieser Beteuerung fühlte sich Oliver nach wie vor schuldig. Schließlich hatte David am meisten verloren. Er war vom Vorzeigesohn zum schwarzen Schaf degradiert worden. In den Augen des Vaters waren nun beide Söhne nichts mehr wert. Der eine schwul und der andere ein Denunziant.

Oliver konnte die Enttäuschung seiner Mutter gut verstehen. Es war nicht der Umstand, dass ihr Ältester homosexuell veranlagt war. Nein, das wusste sie schon länger und vielleicht sogar früher als David selbst. Und es war auch nicht die Enttäuschung über die überzogene Reaktion ihres Mannes – mit dessen egomanischem, fast narzisstischem Verhalten hatte sie sich vermutlich längst arrangiert. Nein – es war die Enttäuschung über Olivers Illoyalität, den Vertrauensmissbrauch David gegenüber, der sie so traurig gemacht und den sie mit der Nichtbeachtung bestraft hatte, unter der Oliver so sehr gelitten hatte.

Jetzt war davon nichts mehr zu spüren. Er hatte seine Mutter wieder.

Ihr Blick bekam einen verklärten Ausdruck. „Weißt du noch, was du und David früher immer bestellt habt?“

Oliver nickte. Klar wusste er das noch. Weder sein großer Bruder noch er waren Freunde von langweiligen Kaffeekränzchen gewesen, dennoch waren sie immer gerne mit ihrer Mutter ins Café Zimmermann – damals noch in der Herzogenstraße mitten in Köln – eingekehrt. Voll bepackt mit Taschen und Tüten und glücklich über ihre Ausbeute – meist ein paar neue Turnschuhe – hatten sie sich auf die gepolsterte Bank gelümmelt und zum krönenden Abschluss ihrer Shoppingtour noch ein großes Glas Fanta und ein Stück der leckersten Torte bekommen.

Die Bedienung war wie damals schnell und freundlich und die als Spezialität des Hauses bekannte *Havanna-Torte* noch immer ein Gedicht: Sahnecreme mit Nuss-Baiserboden und vielen Schokoladenraspeln. Sobald sie ungestört waren, löcherte seine Mutter ihn mit Fragen. Sie wollte alles wissen.

Oliver fühlte sich, als wäre er gerade von einer längeren Auslandsreise heimgekehrt, von einer Reise, auf der es weder Telefon noch Briefpapier gegeben hatte. Haarklein und voller Stolz erzählte er ihr von seinem neuen Job in dem kleinen, familiär geführten Krankenhaus am Rande der Stadt. Seine Mutter kannte es aus den Berichten seines Vaters, der herablassend jede Klinik, die nicht Universitätsklinikum hieß, als Wald-und-Wiesen-Krankenhaus bezeichnete.

Aber sein Vater irrte sich. Das brauchte Oliver seiner Mutter gar nicht zu erklären. Sie hörte ihm interessiert zu und freute sich, dass er sich so wohl fühlte und dass sein neuer Chef gleichzeitig sein bester Freund geworden war. Dann begann er vom Klinikalltag zu erzählen, von Notfällen, die ihn bewegt hatten, und von seinem Team, mit dem er großes Glück gehabt hatte.

Plötzlich unterbrach sie ihn. „Das ist ja alles sehr erfreulich, mein Junge – aber nun erzähl mir mal lieber von deiner Freundin! Wie hieß sie gleich? Mia?“

Oliver schaute seine Mutter perplex an. „Woher weißt du...“, begann er. Aber dann musste er lachen und lehnte sich zurück. „War das so offensichtlich?“

Sie beugte sich zu ihm hinüber. „So, wie du von ihr geredet hast... Glaub mir, Olly, eine Mutter merkt so etwas. Außerdem siehst du richtig glücklich und erwachsen aus.“

„Oh, erwachsen auch?!“ Oliver grinste. „Wie wär 's mit einem Eisbecher? Es ist nämlich eine lange Geschichte...“

Als sich die Mutter später zur Toilette zurückzog, kramte Oliver sein Handy hervor. Er wollte einige Schnappschüsse von Mia zeigen und sie vorher auf Elterntauglichkeit sortieren.

Noch während er die PIN eintippte, machte sich eine vage Befürchtung in ihm breit, dass aus dem schönen Abend mit Mia heute wohl nichts werden würde. Irgendetwas hatte er bei seiner Planung übersehen.

Als dann der Eintrag im Terminkalender aufploppte, wusste er es.

In dem ganzen Gefühls-Tohuwabohu der letzten Tage hatte er doch tatsächlich den Ärztekongress vergessen! So etwas war ihm noch nie passiert. Und ehrlich gesagt hatte er im Moment auch gar keine Lust, nach Dresden zu fliegen, gerade jetzt, wo es mit Mia so gut lief. Vielleicht konnte er Mark überreden, an seiner Statt die zweitägige

Reise anzutreten. Dem würde eine Luftveränderung bestimmt gut tun. Er musste Mark so schnell wie möglich anrufen.

38. Kapitel

Christine hatte es angedroht, und nun hockte ich hier, an einem Ort, den ich nur von schaurigen Erzählungen kannte: dem städtischen Gefängnis im Frankenturm, wo der Abschaum der Gesellschaft verwahrt wurde. Ein feuchtes Verlies ohne Fenster. Ein Entkommen war unmöglich.

Wie ein Stück Vieh war ich an einem der gusseisernen Ringe angekettet worden, bevor der Wärter die Kerkertür hinter mir zufallen ließ.

Nichts als Schwärze umhüllte mich, und die Furcht vor dem, was mich noch erwarten würde, war überwältigend. Ich fühlte mich beobachtet, von unsichtbaren Augen, die mich lauernd musterten. Vorsichtig tastete ich mich an einer bemoosten Mauer entlang, immer bemüht, nichts zu streifen, und fand schließlich eine kleine Nische. Eng presste ich mich in diese Zuflucht und wünschte, ich würde nicht nur nichts sehen, sondern auch nichts hören.

Diese wimmernden und klagenden Geräusche, die sich mit heiserem Röcheln, bellendem Husten und Keuchen abwechselten, jagten mir Schauer über den Rücken und ließen meine Nackenhärchen sich steil aufstellen. Ich war mir nicht mehr sicher, ob ich in dem kurzen Moment, als der Schein der Fackel den düsteren Raum ein wenig erhellt hatte, überhaupt ein menschliches Lebewesen gesehen hatte. Christine war durchaus zuzutrauen, mich direkt den Löwen zum Fraß vorzuwerfen. Sie musste über weit reichende Beziehungen verfügen, wenn es ihr gelingen konnte, das Hohe Gericht zu umgehen. Das Rathaus lag in unmittelbarer Nachbarschaft zum Hochstädterschen Anwesen und es war fast unmöglich, dass man dort von diesem Transport nichts mitbekommen hatte. Erste Zweifel kamen mir selbst, als ich an die tumben Männer dachte, die sie für den Transport ausgewählt hatte. Armselige Handlanger – für ein paar Münzen oder ein falsches Lächeln von ihr zu allem bereit. Emotionslos hatten sie ihre Arbeit getan und mich, ohne mich eines einzigen Blickes zu würdigen, an diesem düsteren Bestimmungsort abgeliefert.

Ich hielt die Luft an und verharrte regungslos. Schutz suchend presste ich mich enger in den rauen Mauervorsprung. Da vernahm ich ein leises, sehr nahes Räuspern. Vor Schreck hätte ich fast den Fäkalieneimer umgestoßen. Nur der Reaktionsschnelligkeit meiner so plötzlich auftauchenden Mitgefangenen hatte ich es zu verdanken, dass er nicht umkippte und seinen stinkenden Inhalt über den Boden verteilen konnte. Die Spritzer, die ich dennoch abbekam, machten mir die Tragweite dieser

Beinahekatastrophe nur umso deutlicher bewusst und ich musste mich angeekelt schütteln.
Die Fremde reichte mir ein Stück Stoff. Ich ergriff dankbar das zerfranste Tuch und säuberte die betroffenen Stellen. Erleichtert stellte ich fest, dass ich noch immer die langen Strümpfe trug. Langsam gewöhnten sich meine Augen an die Dunkelheit. Gerade als ich im Begriff war, die nun schmutzig gewordenen Beinkleider abzustreifen, mischte sich meine Nachbarin ein und gab mir den ausdrücklichen Rat, dies nicht zu tun. Irritiert schaute ich sie an. Wortlos deutete sie auf einen dunklen Schatten, der sich flink ganz in der Nähe des Eimers bewegte. Ich kniff meine Augen zusammen und erkannte nicht wirklich, was diese Frau mir zeigen wollte. Erst als aus dem größeren Schatten mehrere kleine wurden, die in verschiedene Richtungen davonliefen, wusste ich, was sie meinte. Hektisch zog ich die Füße an, dennoch streifte mich ein pelziges Etwas und ließ seinen langen nackten Schwanz schlängelnd über meine Zehen gleiten. Ich erschauderte und war mir sicher, hier kein Auge zumachen zu können. Als die Frau mir ihre Hand reichte, ergriff ich sie, ohne nachzudenken. Ich war so froh, hier unten nicht alleine zu sein, und nachdem sie sich bei mir vorgestellt hatte, wusste ich auch, wie viel Glück ich mit ihr hatte. Die Stimme allein war schon sympathisch, und der

fremdländische Akzent unterstrich diese Wirkung auf mich nur umso mehr. Sie kam aus Holland und hieß Rebecca van Ackeren. Während ich noch darüber nachgrübelte, weshalb sie einsitzen musste, erzählte sie mir bereits ihre Geschichte.

Sie sprach vom Krieg mit den Spaniern, dem Ende eines langjährigen Waffenstillstandes, von Hunger, Krankheit und sogar vom schwarzen Tod.

Mir kam das alles so abstrakt und weit entfernt vor, doch in Wirklichkeit war es nur außerhalb meiner bisherigen Wahrnehmung und passierte in meiner Umgebung. Holland war gar nicht so weit – nur ein, zwei Tagesritte entfernt. Ich wusste so wenig! Ich sah reichlich gedeckte Tische, die vollen Töpfe in Nellys Küche, Lachen, Empfänge und Stadtbummel. Doch niemals verband ich meine Erinnerung mit Krieg, Kämpfen oder irgendwelchen Feldzügen.

Nachdenklich schaute ich die Frau von der Seite an und konnte nur ihr schemenhaftes Profil ausmachen. Dennoch bildete ich mir ein, dass sie mir aufmunternd zulächelte, und als sie auch noch behutsam meine Hand drückte, war ich mir sicher, dass sie mir tatsächlich Mut machen wollte.

Rebecca begann von ihrer Heimat zu erzählen. Wehmut schwang in ihrer sanften Stimme mit, als sie von dem einst reichen und schönen Land sprach. Ich sah Mühlen, Felder voller Blumen und das Meer.

Bald litt ich mit ihr, als sie mir von der Pest berichtete, die ganze Landstriche heimsuchte und die vor nichts und niemanden Halt machte. Sofort dachte ich an Isabella Brant und ihre Kinder – Clara, Albert und den kleinen Niklas. Unwillkürlich verkrampfte sich mein Herz und ich hoffte, meine neue Freundin würde wirklich direkt nach Paris reisen und erst nach Antwerpen zurückkehren, wenn es dort wieder sicher war. Rebecca sagte, es wäre egal, ob jemand seinen Ablass gezahlt hätte oder nicht, der Tod griff trotzdem erbarmungslos nach ihm. Angeblich steckten die Juden hinter der Seuche. Sie seien es wohl gewesen, die heimlich die Brunnen vergiftet hätten. Rebecca glaubte das nicht. Sie sprach stattdessen von einem Arzt, dessen Ansichten ganz andere waren. Welche, ließ sie im Dunklen.

Ich schlang meine Hände um meine angezogenen Knie und starrte in die Finsternis, als würde ich dort die Antwort finden. Doch von da schauten mich nur die lauernden Knopfaugen der Ratten an. Es war, als warteten sie nur auf eine Unachtsamkeit von mir. Ich umschlang meine Knie fester und rutschte noch ein wenig enger an Rebecca van Ackeren heran. Diese zog ihre Decke ein wenig über mich.

Ich fühlte mich viel sicherer und dachte augenblicklich an Antonio, als er mir hoch oben auf dem St. Martinsturm seinen Mantel übergestreift hatte. Der Unterschied konnte nicht gewaltiger sein. Tränen stiegen mir in die Augen, und angestrengt versuchte ich, den dicken Kloß in meinem Hals hinunterzuschlucken. Ich wollte nach Hause.

Rebecca tätschelte mir den Arm, als hätte sie meinen Kummer verstanden, und obwohl es nicht gut für sie aussah – sie trug ein uneheliches Kind unter ihrem Herzen –, klang sie doch sehr zuversichtlich. Sie hoffte auf das gerechte und milde Urteil des Rates, der aus einflussreichen Cöllner Familien bestand. Leider war auch dessen Macht begrenzt, und wenn es hart auf hart käme, seufzte Rebecca, dann gnade ihr Gott.

Ich lehnte an der Wand und hörte stumm zu, in Gedanken bei meinem eigenen Schicksal. Ein langschwänziger Schatten huschte vor mir über den Boden. Aber ein paar herumstreunende Ratten waren noch das Geringste, was ich zu fürchten hatte.

Intermezzo V

An der Wapper in Antwerpen

Rubens war gerade dabei, das Antlitz seines Sohnes Niklas auf die Putten im Madonnenbild zu übertragen, als seine Frau völlig aufgelöst zu ihm in die Werkstatt gestürzt kam. Im ersten Moment befürchtete er, es wäre etwas Schlimmes mit Albert oder Clara passiert.

Glücklicherweise bestätigten sich seine Befürchtungen nicht. Er hörte das glockenhelle Lachen der beiden Großen im Garten. Seine Frau jedoch sah aus, als hätte sie einen Geist gesehen. Blass und ohne einen vernünftigen Satz herauszubringen, stand sie vor ihm. In der Hand hielt sie einen Brief mit aufgebrochenem Siegel. Es dauerte einen Moment, bis Rubens verstanden hatte, worum es überhaupt ging.

Das Mädchen, das seiner Frau so sehr am Herzen lag, steckte wohl in ernsthaften Schwierigkeiten. Dabei hatten sie nach ihrer Rückkehr aus Frankreich gedacht, dass sich alles zum Guten wenden würde.

Der Cöllner Goldschmied hatte ihnen wie versprochen geschrieben und ihnen ihre Vermutung nur einmal mehr bestätigt. Nach seiner fachlichen Einschätzung handelte es sich eindeutig um einen Ring aus der Werkstatt

Benvenutos, was die Annahme zuließ, dass die junge Dame in direkter Verbindung zur Medici-Familie stand.
Nach dem Lesen dieser guten Nachricht hatte Isabella sofort eine Depesche zum Haushalt der alten Freunde nach Cölln , Am Alter Markt, geschickt, um ihnen mitzuteilen, was sie bisher herausgefunden hatten.
Dieser Brief war nun nicht die Antwort, die sie erwartet hatten, sondern stammte nochmals aus der Feder des alten Goldschmieds.
Ein Blick auf den Zustand seiner Frau genügte Rubens, um seine Arbeiten zu unterbrechen. Er ließ Niklas von dem Gehilfen nach draußen bringen und begleitete seine Frau behutsam nach oben. In ihren privaten Räumen konnten sie ungestört sprechen. Nachdem er den Brief – der anscheinend in aller Eile verfasst worden war – gelesen hatte, wusste er, warum seine Frau so besorgt um ihre Freundin war. Obwohl er sie liebend gerne beruhigt hätte, ahnte er, dass das Mädchen tatsächlich in einer ernsten Zwangslage steckte.
Irgendjemand hatte sie denunziert und sie saß bereits im städtischen Gefängnis. Der Goldschmied hatte nur in Erfahrung bringen können, dass sie wegen Ehebruchs oder sogar wegen angeblicher Hexerei angeklagt werden sollte.

Die letzte Entscheidung oblag dem Erzbischof von Cölln, Ferdinand von Bayern, der sich aber zurzeit auf dem Weg zum Kurfürstentag in Regensburg befand, wo er der Verleihung der Kurwürde an seinen Bruder beiwohnen wollte.
Rubens nahm die eiskalten Hände seiner Frau und versuchte sie zu wärmen. Er spürte, wie sie zitterte, und hatte keine Ahnung, was er tun konnte.
Seine Arbeit machte ihm wenig Kopfzerbrechen. Er hatte gute Schüler, auf die er sich verlassen konnte. Er dachte angestrengt nach und fasste dann einen Entschluss. Er würde nach Regensburg reisen.

39. Kapitel

Nachdem Mark seinen kleinen Reisekoffer im Gepäckfach verstaut hatte, ließ er sich in den gepolsterten Sitz fallen. Er hatte zwar einen Fensterplatz erwischt, war sich aber sicher, die Stunde bis zur Landung zu verschlafen, so fix und fertig war er.

Nach Olivers Telefonat hatte er bei der Fluggesellschaft angerufen und die Flüge umgebucht. Danach hatte er ein paar Klamotten in den Reisetrolley geworfen und war zur Uni-Klinik gefahren. Dort hatte er noch Einsicht in Leyas Papiere nehmen können, die die Polizei am Vormittag gebracht hatte. Dann war er zum Aufwachraum geeilt.

Eine Anästhesieschwester mit holländischem Akzent hatte ihm die Tür geöffnet und sofort vermutet, dass er wegen Leya hier war. Die behandelnde Narkoseärztin hatte ihr bereits mitgeteilt, dass er kommen würde. Sie sollte ihn herzlich von ihr grüßen und ihm ausrichten, dass er sich bezüglich Frau Dr. Ellmann keine Sorgen machen bräuchte. Sie hätte gute Arbeit geleistet. Von ihrer Seite konnte sie ihm nur versichern, dass Frau Volta die Operation gut überstanden hatte, abgesehen von ein wenig Übelkeit wegen der Narkose. Alles im normalen Rahmen. Da im Aufwachraum keine Besucher zugelassen waren,

hatte Mark sich mit den Worten der Holländerin begnügen müssen.
Auf dem Weg zum Flughafen hatte er noch mehrmals versucht, Leyas Mutter – laut Polizei die einzige bekannte Kontaktperson – anzurufen. Doch immer ertönte nur die Nachricht, dass der Teilnehmer zurzeit nicht erreichbar wäre. Resigniert hatte er schließlich aufgegeben und sich vorgenommen, auf den Ratschlag seiner Freunde zu hören und sich erst einmal von Leya zurückzuziehen. Obwohl es ihm sehr schwer fiel, gerade jetzt loszulassen, wusste er, dass es das Beste war, wenn er nach Dresden flog und zumindest eine räumliche Distanz zwischen sich und der geheimnisvollen Patientin schuf.
Mark wurde aus seinem Dämmerschlaf geschreckt, als die Triebwerke aufdrehten. Seine Finger verkrampften sich in den Armstützen.
„Na… Flugangst?“, kam es von der Seite.
Irritiert nickte Mark.
„Versuchen Sie einfach, ruhig zu atmen.“ Der ältere Südländer neben ihm legte ihm beruhigend eine Hand auf die Schulter.
Mark holte tief Luft, während die Maschine Geschwindigkeit aufnahm. Sein Körper wurde in die Rückenlehne gepresst

und Schweiß rann von seiner Stirn, als der Airbus dröhnend abhob.
Geräuschvoll atmete er aus, und obwohl er die Augen wieder geschlossen hatte, war an Schlaf nun nicht mehr zu denken. Das Adrenalin würde wohl noch eine ganze Weile vorhalten.
„Jetzt haben Sie es überstanden." Der mitfühlende Sitznachbar reichte ihm lächelnd seine Rechte und stellte sich als Giovanni Maccanti vor. Jetzt schaffte es Mark ebenfalls, sich vorzustellen.
Sie sprachen über ihr Reiseziel, und als Giovanni herausgefunden hatte, dass Mark zum Ärztekongress für Notfallmediziner wollte, schmunzelte er.
Mark fühlte sich bemüßigt, ihn zu fragen, ob er ein Kollege sei.
„Ich?" Der Italiener zeigte belustigt auf sich. „Oh nein! Im Gegenteil – Sie würden mich wohl eher als Patienten bezeichnen."
„Inwiefern?"
Der wettergegerbte Mann wurde ernst. „Das ist eine lange Geschichte und ich rede nicht so gerne darüber. Ich möchte mich eher mit den positiven Dingen im Leben beschäftigen."

Mark musterte seinen grauhaarigen Sitznachbarn. Er mochte sechzig sein, vielleicht sogar älter. „Ich verstehe." Mark räusperte sich.

„Wissen Sie, es ist schwierig und hat viel mit der Betrachtungsweise, der inneren Einstellung und dem eigenen Glauben zu tun."

„Dann verdrängen Sie Ihre Krankheit?"

Giovanni lachte. „Nein, nicht verdrängen, ich setze mich nur anders mit ihr auseinander." Nach einer kleinen Pause fragte er: „Am Ende wird alles gut. Und ist es noch nicht gut, dann ist es auch noch nicht das Ende. – Kennen Sie dieses Sprichwort?"

„Ja, zufällig ja. Meine Schwester benutzt es sehr häufig. Ich glaube, sie hat es aus einer Fernsehserie."

Eine nette Flugbegleiterin mit französischem Namen schenkte ihnen Kaffee ein und musste über einen Scherz von Giovanni lachen. Während sie ihren Espresso tranken, diskutierten Mark und der quirlige Italiener über die Vor- und Nachteile der anthroposophischen Medizin gegenüber der Schulmedizin. Sein Sitznachbar kam gerade aus einer Essener Klinik für Naturheilkunde, die von einem ehemaligen Intensivmediziner geleitet wurde. Mark war skeptisch, aber Im Verlauf des Gespräches einigten sie sich darauf, dass es Dinge zwischen Himmel und Erde

gab, die mit wissenschaftlichen Methoden und normalem Menschenverstand nicht zu erklären und zu beweisen waren.
Giovanni erhob sich kurz, um sich die Beine zu vertreten, und Mark hatte zumindest im Augenblick das Gefühl, dass der Italiener deutlich zufriedener und ausgeglichener war als die meisten seiner Patienten.

Nachdenklich schaute Mark aus dem Fenster. Kaum ein Wölkchen war am Himmel, und so konnte er einen ungehinderten Blick auf die weit unten vorbeiziehende Landschaft werfen. Dunkelgrüne Flächen wechselten sich mit hellen Flecken ab. Es war ein wunderbares und befreiendes Gefühl, so durch die Luft zu gleiten und das Jetzt zu genießen.
So wie der Italiener, der gerade mit der Flugbegleiterin schäkerte. Ein seltsamer, aber lustiger Typ, der es irgendwie geschafft hatte, der Flugbegleiterin zwei Gläschen Wein abzuschwatzen. Die beiden Männer stießen auf ihre Begegnung und ihr Kennenlernen an, und zehn Minuten später kündigte der Pilot die Landung an.

40. Kapitel

Rebecca van Ackeren war wenige Tage später abgeholt worden, doch ich glaubte nicht, dass es ihr noch gelungen war, mit dem Hohen Rat zu sprechen. Ein Geistlicher war es gewesen, der sie zu sich befohlen hatte.
Ich selber jedoch hatte noch das zweifelhafte Vergnügen, vor die Schwarzbemäntelten mit den hohen Hüten zu treten. Ich machte mir keine Illusionen, zumal klar war, was passieren würde, als ich nur 26 der sonst 49 regulären Mitglieder zählen konnte. Es fehlten mit Jabach, Winkler, Hardenrath ebenso wie mit Antonios Vater und den Herren Bolandt und Hilden alle, die eventuell für mich gesprochen hätten.
Die Hochstädters waren nach Innsbruck gereist und würden wohl erst nach ihrer Rückkehr von meinem Schicksal erfahren.
Bereits in den nächsten Tagen sollte ich dem Gericht überantwortet und nach peinlichen Befragungen entweder als Ehebrecherin verstümmelt, ertränkt, lebendig begraben oder aber als Hexe verbrannt werden. Der genaue Verhandlungstermin stand noch nicht fest, da der Erzbischof von Cölln verhindert war. Fest stand jedoch meine Verlegung in den Kunibertturm, den Ort grausamster

Foltermethoden. Rebecca van Ackeren hatte mich gewarnt vor den Daumenschrauben, den Nadel- und Tränenproben und dem gefürchteten Hexenbad.
Ich dämmerte dahin zwischen der Vorstellung eines schmerzvollen Endes und dem gotteslästerlichen Gedanken an den Freitod. Apathisch ignorierte ich das achtlos hereingeworfene gammelige Brot und das abgestandene Wasser, um das sich sofort gierige Neuzugänge stritten, die auch noch die Kraft fanden, über mich zu lästern. Teilnahmslos registrierte ich ihr Gezeter über den Gestank, ihr Naserümpfen und ihre schäbigen Mutmaßungen. Berlich-Hure, Kindsmörderin, Hexerei, jeder meinte, etwas zu wissen.
Die Tage vergingen. Ich fühlte mich krank und schwach. Meine Gedärme schienen zu platzen, und obwohl ich seit geraumer Zeit ohne Nahrung war, lief es wie Wasser aus mir heraus. Schon lange schaffte ich es nicht mehr zum Eimer, und ohne Kraft, es aufzuhalten, lag ich in meinem eigenen Kot.
Im Grunde jedoch war mir das egal. Hoffte ich doch, auf diese Weise allmählich in die andere Welt hinüberzugleiten. Mitunter glaubte ich mich bereits erlöst. Strahlendes Licht führte mich vor die Himmelspforte. Meine Seele, vom geschundenen Körper befreit, entschwebte

dorthin. Doch jedes Mal war es Trug. Ich erwachte aus meinem Dämmerschlaf und fand mich erneut in der feuchten Dunkelheit, frierend und mit unsäglichen Schmerzen. Mein Martyrium ging weiter.

Irgendwann weckten mich laute Schritte und Stimmen. Jetzt blendete mich das Licht, das durch die offene Kerkertür fiel. Ich stöhnte auf und hob mir die Hände vor die Augen, doch die Männer achteten nicht auf mein Gewimmer. Sie rissen mich hoch und ließen mich krachend auf eine Trage fallen. Nicht jede Hexe ist so leicht wie eine Feder, irrwitzte ich.

Fluchend schaukelten sie mich nach draußen, und mir drehte sich erneut der Magen um. Ich erbrach mich, doch die Träger blieben unbeirrt. Endlich im Freien angekommen, verebbte die Schaukelei und ich landete auf einer zweiten Pritsche. Sie schien wesentlich breiter, entpuppte sich jedoch als raffiniert konstruierter Käfig. Kaum lag ich, wurden die Gitterstäbe ringsum hochgeklappt und ich war gefangen wie ein Tier. Ein Schreckensbild drängte sich auf: Ein Tanzbär, der zur Volksbelustigung durch die Stadt getrieben wurde, vom Nasenring gepeinigt zum aufrechten Gang gezwungen und von beißfreudigen Hunden an der johlenden Menge vorbei *immer weitergehetzt. So sah ich mich. Eine verstörte Kreatur, frei zu bespucken, zu begrabschen und zu verhöhnen. Ich wollte mich ganz klein machen, mich in eine Ecke verkriechen, doch es gelang mir nicht. Die Teufel hatten mir Arme und Beine auseinander gerissen und an den Stäben festgezurrt.*

Niemand spendete mir Trost. Die vielen Gesichter, die sich über mich beugten, verschwammen zu einer lüsternen Fratze. Mein Versuch, um Gnade zu flehen, erstickte in einem Gurgeln. Ich röchelte, hustete, glaubte zu ersticken, zerrte an meinen Fesseln, um mir an den Hals zu greifen – vergeblich.

Panisch schlug ich mehrmals mit dem Kopf an die Gitterstäbe. Endlich reagierten die Schergen. Wie um mich zu retten, stürzten sie sich über mich, doch ich sah mich getäuscht. Sie wollten mir nicht helfen; umbringen wollten sie mich, hier an Ort und Stelle, anstatt mich vor dem teuflischen Finale zu verlieren. Sie drückten meinen Kopf nach hinten und würgten mich, bis es mir schwarz vor Augen wurde. Mich durchfuhr ein stechender Schmerz, und ein heiserer Schrei gellte über den Platz. Langsam schwebte ich dem Licht entgegen und war frei.

Intermezzo VI

In Florenz

Endlich hatte der Mann die Stadt am Arno erreicht. Er war weit gereist, und je länger er darüber nachdachte, umso stärker machten ihm seine Zweifel zu schaffen. Er, der rational denkende Mann, dessen Geschäfte selbst jetzt in Zeiten des Krieges hervorragend liefen und der bereits in jungen Jahren zu einem der einflussreichsten Händler in der Reichsstadt Cölln aufgestiegen war, schaffte es nicht, das gemeine Ränkespiel einer Frau zu durchschauen. Schmerzlich wurde ihm bewusst, wie sehr er sich in ihr getäuscht hatte und dass er wieder einmal auf sie hereingefallen war. Stöhnend fuhr er sich durchs dunkle Haar und spürte die Nutzlosigkeit dieser verspäteten Erkenntnis.

Er war meilenweit von zu Hause entfernt und hatte die einzige Frau zurückgelassen, die ihm wirklich etwas bedeutete.

Er hoffte inständig, seinen Fehler wiedergutmachen zu können, und wollte ihre Achtung wenigstens mit der lückenlosen Aufklärung ihrer vergessenen Herkunft zurückgewinnen. Die Antwort lag praktisch vor ihm.

Florenz hieß ihn im morgendlichen Dämmerlicht willkommen, und obwohl die Stadt im Arno-Tal in keiner Weise mit seiner Heimatstadt zu vergleichen war, hatte er doch das Gefühl, nach Hause zu kommen. Fasziniert schaute er auf die prächtige Residenzstadt, die sich von den Hügeln und Olivenhainen auf der einen bis zu den Weinhängen des Chianti-Gebirges auf der anderen Seite erstreckte.

Er hielt sich eine Hand schützend vor die Augen und genoss die Strahlen der aufgehenden Sonne. Er blickte sich um und konnte vereinzelte Chalets in der hügeligen Landschaft ausmachen. Er sah den Fluss, der sich, von der Quelle im Apennin-Gebirge kommend, durch das Tal schlängelte. Brücken verbanden die auseinander strebenden Ufer. Eine von ihnen war der Ponte Vecchio. Dessen oberirdischer Verbindungsgang führte von der Kirche mit dem Wohnsitz der Medici – dem Palazzo Pitti – zu dem Regierungsgebäude mit den Uffizien. Dort im Palazzo Vecchio befand sich auch die den Medici gehörende Goldschmiedewerkstatt, der er unbedingt einen Besuch abstatten wollte. Doch vorher wollte er einen Freund treffen.

Als er wenig später in San Orsan Michele eintraf, erfuhr er, dass Giovanni erst am Nachmittag aus Gaville, das südöstlich von Florenz lag, zurückerwartet wurde. Er könnte natürlich warten, aber die Ungewissheit nagte an ihm. Er ließ den alten Kornspeicher, der heute als Kirche diente, hinter sich und warf noch einen letzten Blick auf den in Bronze gegossenen Schutzheiligen seiner Zunft – Johannes den Täufer. Vermutlich würde dieser ihm heute in seiner persönlichen Angelegenheit nicht weiterhelfen können. Schließlich beschützte Johannes der Täufer die Großkaufleute und Tuchhändler und nicht etwa die Liebenden. Am ehesten hätte der Kaufmann noch den Schutzheiligen der Richter und Notare – den Evangelisten Lukas – um Hilfe bitten können. Doch letztlich war es wohl Schicksal, was ihn in den Uffizien der Stadt erwartete.

Der Cöllner hatte keine Muße, auch nur mehr als ein paar flüchtige Blicke auf seine Umgebung zu werfen. Er hastete durch enge Gassen, bemerkte kaum, dass ihm ein paar hübsche Florentinerinnen tuschelnd hinterhersahen, als er die Piazza del Signora erreichte. Kurz verschnaufte er und überlegte, ob es nicht doch besser gewesen wäre, auf seinen Freund und Geschäftspartner Giovanni zu warten, um mit ihm gemeinsam den Signore Mignore zu besuchen. Doch dann verwarf er die trüben Gedanken. Er würde das Geheimnis auch allein lüften können. Zwar kannte er weder Signore Mignore, der in den herzoglichen Amtsstuben tätig war, noch einen gewissen Jacopo Maccanti von der Cellini-Goldschmiedewerkstatt persönlich. Dennoch musste er sie unbedingt noch heute sprechen.

Plötzlich hatte er das Gefühl, als drehte sich alles um ihn. Der überstürzte Aufbruch, die ermüdende Reise und der damit verbundene Schlafmangel forderten jetzt, so kurz vor dem Ziel, ihren Tribut. Er fühlte sich gefangen, eingekesselt in dieser Stadt, die er so sehr liebte. Überlebensgroße Monumente, Denkmäler und Skulpturen schienen ihn in Schach zu halten. Sein Herz pochte schmerzhaft in seiner Brust und er verspürte eine nie gekannte Sehnsucht und auch Angst in seinem Inneren.

Ein Name tauchte immer wieder in seinem Gedächtnis auf, ein Name, der nicht seiner war und nicht ihm galt.

Sein Blick fiel auf die Skulpturengruppe vor ihm. Der mächtige Herkules tötete dort einen vor ihm knienden Dieb. Dieser hatte den Halbgott bestohlen und wurde wegen seines frevelhaften Vergehens von ihm bestraft.

Mit einem Male war er sich nicht mehr sicher, ob er nicht auch jemanden bestohlen hatte. Doch in seinem Fall handelte es sich nicht um ein paar Rinder, sondern um die Liebe einer Frau.

Wer in Gottes Namen war Marco?

41. Kapitel

Giovanni begrüßte ihn mit einem spitzbübischen Grinsen. „Ciao Ragazzo! So schnell sieht man sich wieder, alter Freund. Hab ich dir nicht gleich gesagt, dass der Kongress langweilig und staubtrocken wird? Aber keine Panik, nun bin ich ja da und rette dich!"

Mark lachte. „Schön, dass du früher kommen konntest."

„Kein Problem. Meine Frau kommt schon klar. Und hier wohnst du?" Giovanni schaute sich in der Eingangshalle des Hotels um und pfiff anerkennend durch die Zähne. „Mein lieber Scholli, da weiß man, wo der Geldadel nächtigt."

Mark grinste. „Hat alles der Veranstalter bezahlt."

Giovanni schlenderte durch das repräsentative Foyer und entdeckte den Ausgang zum Garten.

„Das musst du dir anschauen!", rief er in fast kindlicher Begeisterung.

Mark musste lächeln. Selten hatte er jemanden kennen gelernt, der so lebensfroh war wie Giovanni. Der charmante Italiener hatte seine Heimatstadt Florenz aus Liebe zu seiner Frau, einer waschechten Dresdnerin, verlassen und hatte die Übersiedlung ins wunderschöne Elbflorenz nie bereut.

Noch auf dem Flughafen hatte der Italiener angeboten, ihm Dresden zu zeigen. Der Vortrag würde schließlich nicht ewig dauern. Mark hatte begeistert zugesagt – etwas Ablenkung konnte ihm nun wirklich nicht schaden. Und als er ihn vor einer knappen Stunde gefragt hatte, ob er ihn nicht schon eher erlösen könnte, war Giovanni sofort einverstanden gewesen.

Gemeinsam betraten sie die gepflegte Außenanlage. Einige Tagungskollegen hatten es auch vorgezogen, die Pause im Park zu verbringen.

„Weißt du, wie man diesen Blick auf Dresden nennt?" Giovanni zeigte ihm stolz die Altstadtsilhouette.

Diese Frage konnte Mark inzwischen beantworten. Das Hotel war gepflastert mit Hinweisen auf Canaletto. Überall hingen die Bilder des berühmten Veduttenmalers, darunter natürlich auch sein bekanntestes, der sogenannte *Canaletto-Blick* auf Dresden, mit Augustusbrücke, Hofkirche, Schloss, Brühlscher Terrasse und Frauenkirche. Es war ein erhabener Anblick, fast 300 Jahre später an dieser Stelle zu stehen und genau dieses Panorama vor sich zu haben.

Giovanni rieb sich die Hände. „Bist du bereit, mit mir die Altstadt zu erkunden?"

Mark war bereit. Obwohl das Tagungsthema „*Acute care research*“ interessant und wichtig war, tat Mark sich mit dem holprigen Englisch des Referenten schwer. Er würde sich später die entsprechende Publikation besorgen.
Die alten Bilder hatten eine Art Sehnsucht, Fernweh entfacht. Jetzt wollte er hinaus, seinen Horizont erweitern. Mit wem würde ihm das besser gelingen als mit einem gut gelaunten und eifrigen Giovanni.

Einige Stunden später schmerzten seine Füße, und Mark hatte das Gefühl, sein Kopf müsste fast platzen, so überwältigend waren die Eindrücke. Er wusste, dass es für diese kulturelle Reizüberflutung sogar einen medizinischen Begriff gab, aber der fiel ihm gerade nicht ein. Egal. Es war einfach zu viel. Kunstwerk reihte sich an Kunstwerk. Die Semperoper mit dem Reiterstandbild. Der Zwinger mit dem Nymphenbad, dem Glockenspiel, der Porzellansammlung und der Galerie Alte Meister. Im Schnelltempo waren sie durch die Räume gelaufen. Fasziniert hatte er die Arbeiten Cranachs, Raffaels, Vermeers, Rembrandts, Giorgiones, van Eycks, Tizians, Rubens' und der vielen anderen Renaissance- und Barockmaler bewundert.
Später waren sie zum rekonstruierten Neumarkt gegangen, vorbei am Taschenbergpalais Kempinski, am Schloss mit

dem berühmten Grünen Gewölbe, an Souvenirläden, Cafés, edlen Boutiquen und dem Standbild Martin Luthers. Im Hintergrund grüßte die wieder aufgebaute Frauenkirche, Symbol für Versöhnung und Frieden. Sie hatten Kerzen für ihre Familien und Freunde angezündet und sich in der barocken Kirche umgesehen. Schließlich hatten sie in der Münzgasse einen gemütlichen Platz zum Verweilen gefunden.

Während sie nun im Außenbereich der *Kutscherschänke* auf die Spezialität des Hauses warteten, beobachteten sie Kinder, die zutrauliche und vorwitzige Sperlinge fütterten. Sie amüsierten sich über die dicken Spatzen, die Mühe hatten, davonzufliegen. Nachdem sie allerdings den vom Ober empfohlenen Kutscherschmaus verdrückt hatten – gegrillte Bauernwürstchen, Kassler, Schweinemedaillons mit gebratenem Speck, Zwiebelringe und Bohnen-Pilz-Gemüse zu deftigen Bratkartoffeln –, fühlten sie sich genauso träge wie die gemästeten Singvögel.

Und als Giovanni ihn dann noch überredete, eine Eierschecke zu probieren, hatte Mark das Gefühl, er müsste gleich platzen. Während er genüsslich von der sächsischen Kuchenspezialität probierte, teilte ihm sein Reisebegleiter mit: „Die ist hier nicht ganz so gut wie im *Café Toskana*, aber bestimmt immer noch ein Genuss für

einen Rheinländer wie dich, der nur profanen Quarkkuchen kennt."
„Käsekuchen!", mümmelte Mark mit vollem Mund, und Giovanni musste lachen.
Mark fühlte sich in Giovannis Gesellschaft so wohl wie schon lange nicht mehr. Weshalb sollte er dem stolzen Italiener und mindestens genauso stolzen Dresden-Liebhaber da widersprechen. Die Eierschecke war göttlich und der Espresso auch. Und das Leben war schön. Mark fühlte sich glücklich und befreit.
Ihm gefiel die Gegend und die Mentalität der Leute auch. Von wegen muffelig und genervt. Freundlich, aufgeschlossen und hilfsbereit waren die Dresdner, jedenfalls die, die er bisher kennen gelernt hatte: der Taxifahrer, die Damen vom Empfang, das Aufsichtspersonal in der Galerie am Zwinger und gerade noch die junge Frau im Souvenirladen. Obwohl er nur nach einem kleinen Mitbringsel für Leya gesucht hatte, hatte sie sich richtig Mühe gegeben. Es sollte schließlich nicht zu kitschig und nicht zu persönlich sein. Nach einiger Überlegung hatte sie ihm die mit einem filigranen Schokoladenmedaillon gefüllten Döschen gezeigt.
Für Leya hatte er das Motiv mit der Gräfin Cosel ausgewählt, für Mia und seine Schwester eines mit der

Frauenkirche. Über Schokolade freute sich doch jede Frau. Für Oliver, den alten Kölsch-Trinker, würde er eine Sonderedition Radeberger Pilsner mitbringen.

Gestärkt nach dem ausgiebigen Mittagsmahl ging es weiter. Giovanni, sein persönlicher Guide, zeigte ihm den imposanten *Fürstenzug*, der sich auf einer Länge von über 100 Metern auf der Rückseite des alten Stallhofes entlangzubewegen schien. Es war das weltweit größte auf Porzellanfliesen gemalte Bild und zeigte die Regenten des Hauses Wettin historisch getreu nachgebildet beim Einzug in die Burg ihrer Vorfahren. Giovanni hatte mehrere Anekdötchen auf Lager, die sich um den einen oder anderen Fürsten oder König rankten. Bis auf die von August dem Starken hatte Mark von ihnen noch nie gehört. Giovanni war ein wandelndes Geschichtsbuch und ein wunderbarer Erzähler.

Am Ende der Augustusstraße gelangten sie auf den gepflasterten Platz vor der Hofkirche und konnten die Seufzerbrücke sehen. Mark mutmaßte, dass diese dem ungestörten Übertritt August des Starken vom Schloss in die Kirche diente, ähnlich wie der Vasarische Korridor in Florenz.

Sein Freund gab ihm zum Teil Recht. Diese Verbindungsbrücke hatte tatsächlich dazu gedient, dass Könige unbehelligt in die Kirche gelangten. Allerdings war sie erst viele Jahre nach dem Tod August des Starken gebaut worden.

Sie machten noch einen Abstecher in die Hofkirche. In der Stiftergruft unter der Sakramentskapelle befand sich die letzte Ruhestätte des Herzens des einstigen großen Kurfürsten von Sachsen und Königs von Polen. Mark hielt einen Moment lang inne, und in seinem Kopf wurden Bilder vergangener Zeiten lebendig.

Giovanni schien immer noch nicht müde, sondern noch voller Tatendrang zu sein, obwohl er bald nach Hause musste. Er hatte in Radebeul nahe Dresden ein kleines Eiscafé. Es lag seinen Erzählungen zufolge zu Füßen malerischer Weinhänge und kleiner Burgen, Schlösschen und Türmchen, dort, wo Karl May die Villa Shatterhand bewohnt hatte. Mark dachte an die Indianer-Filme seiner Kindheit, und irgendwie erinnerte ihn der Erfinder von Winnetou und Old Shatterhand mit seiner blühenden Phantasie ein wenig an Giovanni.

Der Italiener war so voller Energie und Leben, und Mark wusste, dass ihm diese Bekanntschaft ein wenig von seiner

Schwermütigkeit genommen hatte. Er wusste gar nicht, wie er ihm danken konnte.
Giovanni wollte keinen Dank. Ihm war es tatsächlich eine Herzensangelegenheit gewesen, seinem Kölner Bekannten die Stadt zu zeigen, die ihn schon als jungen Mann fasziniert hatte. Er hatte Mark erzählt, dass er sich schon bei seinem ersten Besuch vor fast fünfzig Jahren in die Barockstadt an der Elbe verliebt hatte. Dresden erinnerte ihn mit seinen Kunstschätzen an seine Heimatstadt Florenz.
Der Aufbauwille der im Krieg leidgeprüften Einwohner beeindruckte ihn noch immer. „Schau dir diese Stadt an", hatte er zu Mark gesagt, als sie vor der Frauenkirche gestanden hatten. „In Schutt und Asche hat sie gelegen und jetzt sieh dir an, was man alles erreichen kann, wenn man nicht aufgibt."
Mark konnte ihm da nur zustimmen und er kam sich recht jämmerlich vor. Mein Gott, wie lächerlich war sein Verhalten seit der Trennung von Elly!
Bevor sie sich verabschiedeten, führte Giovanni ihn durch das *Georgentor* zu einem kleinen Buchladen. Mark, der bisher höchstens die Filialen der großen Buchketten kannte, war wirklich überrascht. Ein uriger Laden mit vielen Winkeln und Nischen, der Möglichkeit, sich zu setzen und

in den Büchern zu schmökern. Während Mark sich interessiert umsah, kaufte Giovanni ihm eine antiquarische Ausgabe von Oscar Wildes Werk „Erzählungen und Märchen“. Er schrieb eine Widmung hinein, und der bebrillte Buchhändler packte anschließend das Buch in edles Geschenkpapier.

Draußen auf der Gasse verabschiedete sich Giovanni mit einer festen Umarmung und versprach einen baldigen Gegenbesuch in Köln. Mark blickte dem kleinen Italiener hinterher, bis er im Gewimmel der Touristen nicht mehr auszumachen war.

Dann ging er durch das Georgentor zurück und an der Hofkirche vorbei. Auf dem gepflasterten Platz an der Schloßstraße blieb er stehen und sah eine Straßenbahn ruckelnd über die Augustusbrücke Richtung Neustadt fahren. Er dachte an den Kongress, wo vermutlich immer noch der zwar fachlich erstklassige, aber schwer verständliche Vortrag seines Kollegen aus Lausanne lief. Mark war froh, dass er den Tag mit Giovanni verbracht hatte. Elbflorenz statt ERC-Guidelines und ALS - Algorithmen.

Mark verfügte im Gegensatz zu den anderen, meist noch sehr jungen Kongressteilnehmern über jahrelange praktische Erfahrung. In mehr als einhundert Einsätzen hatte er die Richtlinien verinnerlichen, Routine und Kompetenz entwickeln können.

Und in den allermeisten Fällen hatte er durch dieses Wissen und diese Erfahrung auch Erfolg gehabt. Nur selten war es ihm nicht gelungen, den Patienten zu stabilisieren und ins nächste Krankenhaus zu bringen, und noch seltener war er einfach zu spät gekommen und konnte gar nichts mehr tun. Einzelne Bilder von dramatischen Situationen tauchten vor seinem geistigen Auge auf. Er versuchte diese traumatischen Momente, in denen er sich so hilflos gefühlt hatte, wegzuwischen.

Sein Blick glitt zurück von der steinernen Brücke zum Theaterplatz mit dem Italienischen Dörfchen, der Semperoper und dem Reiterstandbild von König Johann. Er wollte an etwas anderes, Schönes denken.

Bis die nächste Bahn in die Neustadt fuhr, hatte er noch Zeit. Mit bedächtigen Schritten ging er die große Freitreppe zur Brühlschen Terrasse hinauf und schaute auf die Elbe.

Die Zeit schien stehen geblieben zu sein. Menschen lachten, gingen spazieren, Kinder scheuchten die Tauben davon. Schaufelraddampfer befuhren den Fluss. Wenn die alten Dampfschiffe die Brücken passierten, wurden die Schornsteine gekippt.

Auf der Augustusbrücke standen Menschen und winkten. Ein Mädchen im Sommerkleid und mit wehendem Haar schaute kurz zu ihm herüber.

Für den Bruchteil einer Sekunde hatte Mark ein Dèjá-vu. Ein Bild tauchte vor seinem geistigen Auge auf. Er hatte heute viele gesehen. Bilder von wunderschönen, makellosen Frauen, von Madonnen, Heiligen und Göttinnen. Jetzt wusste er, woher er Leya kannte. Er war ihr tatsächlich schon einmal begegnet.

Intermezzo VII

Regensburg

Die Stadt war festlich geschmückt.

In den nächsten Tagen sollte anlässlich des Kurfürstentags Herzog Maximilian von Bayern zum Kurfürsten gekrönt werden. Der Herzog hatte lange auf dieses Privileg warten müssen, das ihm seit seinem hilfreichen Einschreiten bei der Schlacht am Weißen Berg zugesagt worden war. Ohne die herzogliche Armee hätte der katholische Kaiser Ferdinand den protestantischen König und Kurfürsten der Pfalz Friedrich V. schließlich niemals schlagen können.

Rubens hatte Frankfurt und Nürnberg hinter sich gelassen und näherte sich der Stadt. Die Abendsonne spiegelte sich bereits in den Türmen der großen Kathedrale St. Peter und tauchte auch die Steinerne Brücke, die die Donau überspannte, in goldenes Licht.

Endlich war er am Ziel. Er hoffte, dass Candid, der Hofmaler des bayrischen Herzogs, ihn gleich am verabredeten Treffpunkt abholen würde. Die Reise war beschwerlicher und anstrengender gewesen, als er gedacht hatte.

Er wäre gern wieder zu Hause, aber auch wenn er diese Reise zuallererst seiner Frau zuliebe unternommen hatte, so ließen sich doch auch seine geschäftlichen Angelegenheiten damit verbinden. Und wer weiß, vielleicht stimmte die Übergabe der vorbestellten und lang ersehnten Bilder den Herzog gnädig und er würde ein gutes Wort bei seinem Bruder – dem Erzbischof von Cölln – für die zu Unrecht Denunzierte einlegen können.

Rubens' Kutsche bahnte sich einen Weg durch die engen Straßen der Stadt. Überall waren Menschenunterwegs, sogar auf dem sonst leeren Pfarrplatz. Am Ende der Gasse wurde seine Droschke von einer großen Menschentraube gestoppt. Der Kutscher hielt an und Rubens blickte nach draußen.

Eine Menge Leute, vorwiegend Erwachsene, hatten sich um einen Mann versammelt, der ihnen anscheinend eine Predigt hielt. Neugierig geworden versuchte Rubens, dessen Botschaft zu vernehmen. Da erkannte er den Prediger. Es war kein Geringerer als Johann Gottfried von Aschhausen, der mit seinen pamphletartigen Äußerungen die Menge aufhetzte.

Ohne weiter auf die hasserfüllten und geifernden Worte des untersetzten Geistlichen zu hören, der allein für mehrere hundert Hexenprozesse im Bamberger Hochstift verantwortlich war, drängte der Flame weiter Richtung Ratshaus.

Am Eingangsportal erwartete ihn bereits der Hofmaler. Candid konnte es anscheinend kaum abwarten, ihm die gute Nachricht zu überbringen.
Dem alten Maler war es doch tatsächlich gelungen, eine Audienz beim Erzbischof von Cölln zu erwirken. Außerdem solle er ausrichten, dass es dem zukünftigen Kurfürsten von Bayern eine besondere Ehre sei, Rubens bei einem gemeinsamen Essen begrüßen zu dürfen.
Erschöpft und gleichzeitig erleichtert blickte Rubens auf die langsam untergehende Sonne, während Candid dem Kutscher den Weg zur Herberge erklärte.

42. Kapitel

Ich war noch immer gefesselt und konnte mich nicht rühren. Mein Gesicht war gegen den strahlend blauen Himmel gerichtet. Vögel zwitscherten und nichts erinnerte mich mehr an den aufgebrachten Mob auf der Straße. Eine schlohweiße Decke war über mir ausgebreitet und sorgfältig umgeschlagen. Ich hörte leise Engelsmusik und war glücklich. Bald würde man mir die Fesseln abnehmen und ich könnte mich wieder frei bewegen. Ich hob ein wenig meinen Kopf, und zu meinem Erstaunen sah ich auf die breiten Rücken zweier Männer. Sie machten nicht gerade den Eindruck überirdischer oder gar himmlischer Wesen. Sie sahen normal, ja fast gewöhnlich aus. Verunsichert schaute ich mich um, aber ich erblickte nichts als Felder und Bäume, die langsam vorbeizogen. Mein Herz begann zu rasen, als mich die vernichtende Erkenntnis traf.

Es war noch nicht vorbei. Nichts war vorbei!

Ganz in der Nähe, außerhalb der Stadt, befand sich die öffentliche Richtstätte: Melaten. Der ehemalige Gutshof, der zwar auch Aussätzige und Kranke beherbergte, aber doch eher für die Ausrichtung von publikumsträchtigen Hinrichtungen bekannt war. Schon konnte ich den hoch aufgerichteten Galgen sehen. Der Schweiß brach mir aus allen Poren und ich schnappte angestrengt nach Luft, noch ehe mir bewusst wurde, dass der große Platz heute völlig leer war. Keine sensationslüsterne Meute, die sich am qualvollen Sterben der Delinquenten ergötzen würde. Keine ausgelassene Jahrmarktstimmung und kein windiger Geschäftsmann, der mit wertlosem Plunder wie gefälschten Reliquien oder schlecht gemalten Heiligenbildern selbst den Ärmsten ihr letztes Geld abschwatzen würde. Ein paar streunende Hunde, die vergeblich nach fressbaren Abfällen suchten, und schwarze Vögel, die wie Aasgeier über dem verwaisten Galgen kreisten, das war alles, was ich sah. Der Karren ruckelte unbeeindruckt von meinen beklemmenden Gedanken weiter, ohne an Geschwindigkeit zu verlieren. Dennoch sah ich die schrecklichen Bilder leibhaftig vor mir, selbst wenn ich die Augen schloss: schmerzgepeinigte Menschen, die verbrannt, gehängt, geköpft oder gevierteilt wurden. Ich wollte diese Grausamkeiten nicht sehen und bemühte mich, bei klarem Verstand zu bleiben. Doch die Lider wurden immer schwerer und ich dämmerte langsam ein. Vage erinnerte ich mich noch, einmal gehört zu haben, dass man einigen zum Tode Verurteilten Wein gab, um sie für ihren letzten Gang gefügig zu machen. Ich hatte nichts dergleichen eingeflößt bekommen und trotzdem übermannte mich diese bleierne Müdigkeit. Ich versuchte mich zu erinnern, wann ich das letzte Mal so etwas Köstliches wie Rebensaft getrunken hatte. Noch während ich an das abgestandene Wasser im Kerker dachte, schob sich Antonios Gesicht vor mein geistiges Auge. Ich sah uns in der urigen Gastwirtschaft in der Nähe der Hohen Domkirche zu Cölln sitzen, hörte sogar das Lachen und das fröhliche Lärmen der anderen Gäste, spürte meine Ausgelassenheit, meine Verliebtheit und sah, wie er mir lächelnd zuprostete. Ich verwünschte mein Gedächtnis, das ausgerechnet jetzt seinen Dienst tat, wo es mich doch sonst so schmählich im Stich gelassen hatte. Schließlich lag ich noch immer auf diesem verdammten Karren gebunden, war von allen verlassen, die ich liebte, und fuhr einem unbekannten Schicksal entgegen, meilenweit von Hoffnung und Unbekümmertheit entfernt. Die beiden Kutscher schienen von alldem nichts mitzubekommen. Mein Leid ließ sie völlig ungerührt. Stoisch lotsten sie ihre Pferde zu meinem Bestimmungsort. Wir entfernten uns immer weiter von der Stadt, und als sie schließlich die Pferde stoppten, hatte ich jegliche Orientierung verloren.

Intermezzo VIII

Florenz, Uffizi

Signore Mignore entpuppte sich als liebenswürdiger und hilfsbereiter Amtsstubenleiter. Sorgfältig prüfte er sämtliche Unterlagen, die eine mögliche Eheschließung dokumentieren würden. Doch in keinem seiner umfangreichen Schuber konnte er einen Hinweis finden. Erleichtert bedankte sich der weitgereiste Kaufmann und wollte sich bereits verabschieden, als der grauhaarige Direttore dell' ufficio ihn fragte, wie er denn überhaupt auf die Idee gekommen war, dass seine Angebetete in Firenze verheiratet worden wäre. Der junge Mann winkte ab. Ihm war mittlerweile selbst klar geworden, dass er nur auf das versprühte Gift einer eifersüchtigen Natter gehört hatte und diese hinterlistige Spekulation jeglicher Grundlage entbehrte.

Wie um sich zu verteidigen und nicht als kompletter Tor dazustehen, zeigte er den goldenen Ring.

Der Direttore nahm ihn interessiert, doch plötzlich stutzte er. Ungläubig schaute er den Cöllner Kaufmann an. Noch ehe dieser ihn fragen konnte, was es mit dem Ring auf sich hatte, löcherte der Amtsleiter ihn nun seinerseits mit Fragen. Dem jungen Mann aber war es ein Rätsel, was der

Ring mit dem Alter und Aussehen der Trägerin zu tun haben sollte.

Anstatt ihm darauf zu antworten, bat der Ältere, ihm zu folgen.

Sie liefen durch lange, enge Flure, stiegen Treppen auf und wieder hinunter. Bald schon hatte der Cöllner die Orientierung verloren.

Beiläufig teilte der Amtstubenleiter ihm mit, dass die Fresken im Treppenhaus von Vasari angefertigt worden waren. Der Kaufmann war verwirrt, schaute aber auf die zahlreichen Gemälde, die die weiß getünchten Wände säumten und dem fensterlosen Treppenhaus etwas von seiner bedrückenden Enge nahmen. Am unteren Absatz angekommen, erstreckte sich ein weiterer Flur. Dieser war wesentlich breiter und ebenfalls mit unzähligen Bildern und Büsten geschmückt.

Sie schienen am Ziel angekommen zu sein. Der alte Mann bat ihn, kurz zu warten, und verschwand durch eine unscheinbare Tür. Ungeduldig nahm der Kaufmann auf einem Stuhl Platz, doch je mehr Zeit verstrich, desto unbehaglicher wurde ihm. Er fragte sich, was er hier sollte, und bald hatte er das Gefühl, beobachtet zu werden.

Ratlos blickte er sich um. Er war immer noch allein. Kein Mensch war zu sehen, nur die lebensgroßen Bilder an den

Wänden, die ihn von oben herab anzustarren schienen. Sein Blick glitt an den Porträts der teils schon verstorbenen Herzöge und Herzoginnen entlang, bis er von einer Abbildung fast magisch angezogen wurde.

Er erstarrte beinahe, als er die Frau auf dem Botticelli-Bild erkannte.

Das also wollte ihm Signore Mignore zeigen.

43. Kapitel

Oliver wusste noch immer nicht, was er von Marks merkwürdiger Bitte zu halten hatte. Sein Freund hatte sich am Telefon in Dresden ziemlich konfus angehört, er hatte eine alte Frau, einen Herzinfarkt und eine Brücke mit einem Mädchen erwähnt und er solle doch bitte sofort zu der alten Dame fahren und Näheres herausbekommen.

Dieser Auftrag war zwar recht ungewöhnlich, aber trotzdem hatte Oliver sofort in die Akte und die Papiere von Leya Volta geschaut. Seltsamerweise stimmte die dort angegebene Adresse mit Marks plötzlichem Geistesblitz überein.

Oliver ließ die überhitzte und laute Stadt hinter sich. Er genoss, den frischen Windzug, der durch die weit geöffneten Fenster hineinwehte. Er dachte an Mia und ihre letzte gemeinsame Nacht. Vergnügt klopfte er im Rhythmus der Musik auf sein Lenkrad. Er fühlte sich leicht und frei.

Oliver musste grinsen. Seit Tagen hatte er dieses Hochgefühl, und er konnte sich kaum vorstellen, dass es noch zu steigern war. Er vermisste Mia schon, selbst wenn sie noch bei ihm war: ihr süßes Lächeln, ihre Bewegungen, ihren Duft und wie sie ihn ansah, wenn sie sich liebten. Dies alles erfüllte ihn mit einer nie gekannten Befriedigung. Wie schön das Schicksal doch letztendlich doch alles gefügt hatte.

Jetzt hoffte er nur, dass seinem Freund ebensoviel Glück wie ihm beschieden war.

Laut Navi war er am Ziel. Es war eine kleine Anliegerstraße mit zurückversetzt liegenden Häusern.

Er stieg aus und vergewisserte sich, dass die auf der blümchenverzierten Kachel eingebrannte Hausnummer mit der aus den Unterlagen übereinstimmte.

Die Pflegerin, mit der er vorhin telefoniert hatte, hatte ihm versprochen, das Gartentor offen zu lassen. Oliver ging einen von dichten Rhododendronbüschen gesäumten Kiesweg entlang, bis er auf eine mit edlen Schnitzereien verzierte Haustür zutrat. Da er keine Klingel vorfand, nutzte er einen alten schmiedeeisernen Türklopfer, um sich anzukündigen.

Eigentlich erwartete er die Schwester vom Betreuungsdienst, stattdessen näherten sich die schlurfenden Schritte der betagten Bewohnerin.

Als die rüstig aussehende Dame ihm die schwere Tür öffnete, erinnerte sie ihn mit ihrem geblümten Kleid unter der weißen Schürze direkt an seine Großmutter. Sie hatte ein gütiges Gesicht, umrahmt von schlohweißem Haar, das sie zu einem geflochtenen Dutt aufgesteckt hatte.

Die Frau gab ihm die Hand und stellte sich als Hanni, Leyas Pflegetante, vor. Oliver wusste, dass laut Angaben der Polizei die alte Nachbarin wohl die einzig erreichbare Kontaktperson von Leya Volta war.

„Leya ist mein Mündel“, wiederholte sie noch einmal, bevor sie ihn lächelnd hineinbat.

Im Haus roch es frisch geputzt, und aus der Küche duftete es angenehm nach Kaffee und Selbstgebackenem. Keine Spur von dem typischen Altersgeruch, den man üblicherweise in Haushalten erwartete, wo eine Pflegerin ans Telefon geht, und den er zur Genüge von geriatrischen Stationen kannte.

Die alte Dame wirkte sehr erleichtert, als sie hörte, dass es ihrer Leya jetzt wieder besser ging. Sie bat Oliver, sich zu setzen, und zeigte auf eine Couchgarnitur, über der ein selbstgenähter Quilt lag.

Oliver nahm auf dem großen Sofa Platz und ließ seinen Blick im Wohnzimmer schweifen, während seine Gastgeberin den Kaffee holte. Wäre Oliver woanders gewesen, hätte er dankend abgelehnt oder irgendeine Ausrede gebraucht. Normalerweise aß und trank er nichts von Leuten, die er nicht kannte. Selbstgebackene Aufmerksamkeiten von Patienten oder Angehörigen wurden von ihm konsequent weiterverschenkt oder heimlich im Müll entsorgt. Man wusste ja nie, wie genau die Leute es mit der Hygiene nahmen.

Aber hier hatte er zu seiner eigenen Verwunderung keine Bedenken. Alles war sauber und tipptopp aufgeräumt.

Vieles erinnerte ihn hier an das Wohnzimmer seiner Großeltern.

Eine alte Schreibmaschine thronte auf einem ebenholzfarbenem Sekretär. Es gab Kerzenständer und Deckchen aus geklöppelter Spitze. Einen Fernseher sah er nicht. Stattdessen dominierter ein großer offener Kamin den Raum. Ein Regal mit unzähligen Büchern, dicke Schinken aus Leder, vermutlich die alten Klassiker. Und es gab Bilder. Viele Bilder. Die Wände waren voll damit. Fotos, Radierungen und Stiche.

Aus der Küche drang gedämpft das Klappern von Besteck und Geschirr. Er fragte laut, ob er helfen könne, doch die Stimme aus der Küche wollte nur wissen, ob er den Kaffee mit Milch oder Zucker mochte.

„Weder noch." Oliver erhob sich, um der Frau entgegen zu gehen. Auf halbem Wege nahm er ihr das Tablett ab und musste schmunzeln, als er die mit reichlich Milch aufgefüllten Tassen sah. Was soll 's, das bisschen Laktose würde er auch überleben.

Glücklich nippte die alte Frau aus ihrer Porzellantasse. „Ach, das ist so schön, dass Sie mich besuchen, junger Mann. Woher kennen wir uns noch mal?"

Oliver war für einen Moment irritiert. Nachdem er sich erneut bei ihr vorgestellt hatte, umspielte ein erleichtertes Lächeln ihr Gesicht.

„Ach das ist aber schön, da kennen Sie wahrscheinlich meine Leya aus der Klinik."

„Ja genau. Deshalb bin ich auch hier." Oliver befürchtete, dass es doch nicht so einfach werden würde, ihr sein ungewöhnliches Anliegen zu vermitteln.

Die Frau redete schon weiter. Sie erzählte von Marco, ihrem verstorbenem Mann, und dass der bestimmt nicht gewollt hätte, dass Leya jetzt so ein falsches Leben führte.

Oliver konnte sich keinen Reim darauf machen. Er ahnte jedoch, dass es Marco war, dem sein Freund damals als Notarzt zur Hilfe geeilt war und den er leider nicht mehr retten konnte.

Er würde dieses heikle Thema auf keinen Fall ansprechen. Die alte Dame sah jetzt schon ziemlich bekümmert aus und ihm fehlte eindeutig das Talent, traurige Menschen zu

trösten. Das konnte Mark entschieden besser. Glücklicherweise war er es, der damals hier gewesen war.
„Brauchen Sie Milch und Zucker? Ich habe vergessen zu fragen.“ Hanni hielt ihm erneut das Zuckerdöschen und ein kleines Milchkännchen hin.
Oliver schüttelte dankend den Kopf und nippte an seinem übersüßten Kaffee. Mittlerweile glaubte er nicht mehr, dass die alte Frau überhaupt verstanden hatte, was mit ihrer Leya passiert war.
Er lobte den Kaffee und erntete ein zufriedenes Lächeln.
„Kommen Sie. Ich möchte Ihnen mein Lieblingsfoto zeigen.“ Hanni stand auf und deutete auf das gerahmte Bild auf dem Kaminsims.
Oliver folgte ihr.
„Schauen Sie nur. Sieht sie nicht wie eine Prinzessin aus?“
In den Augen der alten Frau schimmerten Tränen.
Oliver nahm das Bild in die Hand und betrachtete es fasziniert. Eine attraktive blonde Frau im Sommerkleid strahlte neben ihrem väterlichen Freund in die Kamera. Man brauchte einige Phantasie, um in dem ebenmäßigen Antlitz das lädierte Gesicht der Unfallpatientin vom Montag zu erkennen.
„Ja, unsere Leya“, seufzte die alte Frau. „Auf dem *Ponte Vecchio*. In Italien.“

Italien... Oliver staunte. Die Frau auf dem Foto wies eine verblüffende Ähnlichkeit mit Boticellis berühmtem Venusbild auf, das er vor Jahren bei einem Familienurlaub in Florenz gesehen hatte. Simonetta Vespucci, das berühmte Modell, wurde seinerzeit als Königin der Schönheit vergöttert, und jetzt wunderte es ihn nicht mehr, dass sein Freund Leya Volta nicht aus seinem Kopf bekommen hatte.

„Darf ich das Foto ausleihen?", fragte er.

44. Kapitel

Wir hielten in einem grauen Innenhof, der auf den ersten Blick nicht gerade einladend wirkte und mich noch mehr in der Annahme bestärkte, meine letzte Stunde hätte geschlagen. Doch ich irrte mich. Die Menschen, die besorgt auf uns zugeeilt kamen, machten die heruntergekommene Umgebung wieder wett. Sie sahen alle sehr freundlich und hilfsbereit aus. Ihre eigenartig geschnittenen farbigen Gewänder ließen mich auf friedliche Mönche tippen. Da sich aber auch einige Frauen darunter befanden, nahm ich an, in eines der gemischten Klöster aufs Land gebracht worden zu sein. Genau erfuhr ich es nicht, da zwei flinke Nonnen mich stumm in einen hellen, kühlen Raum brachten. Dort befreiten sie mich zunächst von den Fesseln und halfen mir dann, mich zu säubern. Dankbar für ihre Barmherzigkeit, ließ ich ihre wortlosen Bemühungen geduldig über mich ergehen, und meine Anspannung fiel nach und nach ab. Bald fühlte ich mich außer Gefahr und hatte das Gefühl, einen kleinen Aufschub bekommen zu haben. Später, als Bruder Jörg, der knorrige Abt des Klosters, mich besuchte, erfuhr ich sogar, dass ich ganz und gar gerettet wäre. Ungläubig lauschte ich seinen Worten – zunächst nicht fähig, das Gehörte zu verarbeiten. Erst langsam wurde mir die

Bedeutung seiner Äußerungen bewusst. Ein gewisser Pater Spee hatte sich wohl meiner angenommen und verfügt, mich unverzüglich hierher zu bringen. Mit einem Male fiel eine zentnerschwere Last von mir ab und ich weinte hemmungslos. Ich schluchzte und zitterte, so dass Bruder Jörg besorgt nach einer Schwester rief. Sie traten beide behutsam näher und berührten sacht meinen Kopf. Ich nahm an, dass sie mich trösten und gemeinsam mit mir beten wollten. Der Mönch beugte sich dafür tief zu mir herunter, so dass mich einige seiner Barthaare an der Nase kitzelten. Ich würgte und hustete mir die Lunge aus dem Leib, als ob ich mich fürchterlich verschluckt hätte. Bruder Jörg wandte sich diskret ab, während er ein grünes Tüchlein vor sein Gesicht presste. Dann zog er mich beherzt in eine sitzende Position und brachte mir so Erleichterung. Ich hatte plötzlich das Gefühl, seit langer Zeit endlich wieder richtig durchatmen zu können. Dieser befreiende Zustand hielt genau bis zu dem Moment, als er mich freundlich bat, ein paar seiner Fragen zu beantworten. Mir wurde siedend heiß, als mir klar wurde, dass eine makabere Verwechslung vorliegen musste. Die ganze Zeit hatte ich mich schon gefragt, warum der mir unbekannte Pater Spee ausgerechnet mich retten wollte.

Jetzt wusste ich es. Er wollte gar nicht mich retten. Seine Bemühungen galten allein einer Frau namens Leya Volta. Das war der Name, mit dem mich hier alle ansprachen. Ich hatte bisher noch nicht darauf reagiert, aber jetzt konnte ich mich nicht mehr verstecken. Abwartend standen die beiden vor mir. Hilflos und stumm starrte ich in ihre erwartungsvollen Gesichter. Bald machte sich erste Unruhe bei ihnen breit. Die Schwester fasste sich zuerst. Laut rief sie um Beistand, und eine hellblau gekleidete Nonne kam an mein Bett geeilt. Erst als sie sich zu mir neigte, erkannte ich sie.

Doch im Gegensatz zu mir schien sie sich an mich nicht mehr zu erinnern, denn auch sie benutzte den fremdländisch klingenden Namen, um mich anzusprechen. Was war mit dem Mädchen mit den schönen Augen nur los? Was machte sie überhaupt hier an diesem Ort? Das letzte Mal, als ich sie gesehen hatte, war sie in Wilhelms vornehmem Haus und unglücklich in ihren Dienstherrn verliebt. Ihr Name war Maria, aber sicher war ich mir nicht. Jetzt war sie völlig verwandelt. Die Haare waren kürzer. Sie strahlte, sah glücklich aus, doch offensichtlich hatte sie ihren Verstand verloren. Sie redete ununterbrochen auf mich ein und erwartete wohl eine Reaktion. Ich blieb weiterhin stumm und war froh, dass sie sich in ihrem

Zustand nicht an meine damalige heimliche Flucht erinnern konnte.

45. Kapitel

Mia huschte geschäftig durch das Zimmer. Vor einer Stunde war die Patientin aus der Klinik für Schwerbrandverletzte zurückgekommen. Das war eine reine Vorsichtsmaßnahme gewesen. Frau Dr. Ellmann wollte sich wohl sicher sein, dass die Verletzungen an den Händen und Unterarmen, die durch das Auslösen des Airbags entstanden waren, zu keinen Komplikationen führten.

Man konnte ja einiges über Marks Exfreundin sagen, aber fachlich war sie sehr gewissenhaft.

Allein die Erwähnung der Brandklinik hatte bei Mia Bauchschmerzen verursacht und ungute Erinnerungen geweckt. Im Rahmen der Ausbildung hatte eine Exkursion sie in diese Klinik geführt. Den kurzen Aufenthalt konnte Mia immer noch nicht aus ihrem Gedächtnis streichen. Die plastische Schilderung des Aufnahmeprozedere eines Schwerstbrandverletzten löste heute noch Gänsehaut bei ihr aus. Das hatte weniger mit moderner Medizin, sondern eher mit mittelalterlichen Foltermethoden zu tun.

Der Verletzte wurde zunächst in eine riesige wassergefüllte Metallwanne gelegt und mit einer Art Wurzelbürste behandelt. Das bedeutete, dass die verbrannte Haut mit

Hilfe der unnachgiebigen Borsten vom Fleisch gelöst wurde. Natürlich sei der Patient narkotisiert und würde nichts von der qualvollen Methode mitbekommen, versicherte man ihnen, aber allein die grausame Vorstellung hatte ihr genügt, um anschließend bei dem Rundgang nur noch mit halbem Ohr zuzuhören. Es war schlimm genug, die entstellten Menschen auch noch wie Zootiere durch eine Glasscheibe begaffen zu müssen. Am liebsten wäre sie damals auf der Stelle nach Hause gefahren.

Mia wischte die Gedanken fort. Sie wollte nicht mehr an diese armen Geschöpfe denken und war froh, dass es Menschen gab, die dort arbeiten konnten. Sie hätte das nie geschafft.

Die junge Schwester überprüfte den Inhalt der Schränke und Schubladen, dann wechselte sie den Schmerztropf.

Leyas Bein war operiert, verschraubt und verplattet worden, so dass sie mit Frühmobilisation und Krankengymnastik beginnen konnte. Die kleine Verletzung an der Schläfe war kaum mehr zu sehen, und die oberflächlichen Verbrennungen der Hände und Unterarme hatten sich ja zum Glück als harmlos erwiesen.

Mia freute sich, dass es der Patientin so kurz nach dem Unfall schon wieder so gut ging. Wenn nachher Zeit war, würde sie mit Leya in den Park fahren.

46. Kapitel

Die Tage vergingen gleichförmig, unterbrochen nur durch die kargen Mahlzeiten, die nervigen und zu nichts führenden Befragungen durch verschiedene Brüder und Schwestern und Marias Besuchen. Ansonsten unterbrach nur das häufige Glockenläuten zur Messe die Ruhe. Ich wurde noch geschont, obwohl es mir körperlich von Tag zu Tag besser ging. Der Durchfall war verschwunden und ich nahm etwas an Gewicht zu. Mein Haar erhielt seinen alten Glanz zurück und meine Haut bekam langsam einen leichten Bronzeton. Den hatte ich auch Maria zu verdanken, die mich neuerdings öfter mal an die frische Luft brachte. Obwohl ich nur ungern nach draußen ging, wollte ich Maria nicht brüskieren und blieb artig auf dem Stuhl sitzen, den sie eigens für mich in die Sonne gestellt hatte. Die weitläufige Gartenanlage erinnerte mich sofort an den gepflegten Park des Pfalzgrafen, und von Wilhelm zu Antonio war es nur ein kleiner Gedankensprung. Ich wollte nicht jedes Mal, wenn ich den Garten betrat, an ihn erinnert werden. Zu schlimm war die Befürchtung, dass sich mein damals leichtfertig geäußerter Wunsch, auf Antonio zu verzichten, wenn ich nur meine Stimme wiederbekäme, erfüllt haben könnte. Mit zusammengepressten Lippen blieb ich stumm sitzen. Je mehr Tage ins Land gingen, umso sturer und dickköpfiger wurde ich.

Man versicherte mir immer wieder, dass alles in Ordnung käme, und ich hatte nicht die Kraft, sie über ihren Irrtum aufzuklären. Meine Ablehnung, mir helfen zu lassen, wuchs von Stunde zu Stunde. Bald schafften es auch die Sonnenstrahlen nicht mehr, gegen die immer größer werdende Kälte in meinem Inneren anzukommen. Zwanghaft dachte ich Tag und Nacht an meine einzige Liebe und vertane Chance. Mein Herz erstarrte zu Stein und dennoch wurde ich nur von dieser unerfüllten Sehnsucht am Leben erhalten. Bald aß ich nichts mehr, stand nicht mehr auf und ließ mich auch nicht mehr nach draußen bringen. Daran änderten auch die ausdauernden Bemühungen von Maria nichts, nicht das Lächeln, das sie mir schenkte, nicht die gesummten Melodien.

47. Kapitel

Mark hatte am Hintereingang der Intensivstation geparkt. Von dort hatte er Mia angerufen. Sie hatte Spätdienst und würde gleich Feierabend machen können. Er hatte einiges mit ihr zu besprechen. Außerdem sollte sie Leya die Blumen bringen, die er besorgt hatte.
Lächelnd kam ihm die junge Schwester entgegen. Sie sah gut aus – frisch verliebt. Stürmisch begrüßte sie ihn, und nicht weniger enthusiastisch bedankte sie sich, dass er für Oliver nach Dresden geflogen war.
Mark konnte ihr ansehen, dass Mia die gemeinsamen Abende mit Oliver genossen hatte. Sie strahlte regelrecht. Keine Spur mehr von ihrer alten Melancholie. Oliver war es gelungen, ihre Augen zum Funkeln zu bringen.
Mark trat ein Schritt zurück und blickte sich suchend um. „Wo wir gerade bei Oliver sind: Ist der alte Herzensbrecher eigentlich schon da?“
Mia errötete und schüttelte den Kopf. „Nein, noch nicht, aber er wird jeden Moment hier sein. Wenn du kurz wartest, gehe ich mich rasch umziehen.“
Mark hielt sie zurück. Obwohl er wusste, dass für eine gewissenhafte Krankenschwester wie sie Blumen und

Intensivstation nicht zusammenpassten, zeigte er ihr den Strauß, den er für Leya mitgebracht hatte.

„Wow, Mark. Wo hast du die denn her? Die sind ja wunderschön.“

Mark reichte ihr das Bukett. Sie bewunderte die Auswahl der bunten Wildblumen, lobte seinen Geschmack und schnupperte vorsichtig an den zarten Blüten. Ihre Begeisterung machte ihn stolz. Es war sein erster Strauß, den er für eine Frau zusammengestellt hatte. Obwohl er nicht wollte, musste er unwillkürlich an Christine Ellmann, seine Exfreundin, denken. Elly hatte keinen Sinn für Geschenke, die keinerlei materiellen Wert hatten.

Leya dagegen – da war sich Mark sicher – würde sich über die Blumen freuen. Genauso sah es auch Mia, die sie mittlerweile besser kennen gelernt hatte und die ihre Bedenken bezüglich der Hygienevorschriften ad acta legte. Sie wollte die Vase auf die Fensterbank stellen, so dass Leya die Blumen sehen konnte.

Doch als Mia anmerkte, dass sich seine Traumfrau vermutlich schon morgen nicht mehr daran erinnern würde, von wem sie die Blumen bekommen hatte, wurde Mark hellhörig. „Warte! Was willst du denn damit sagen? Ist sie denn nicht bei klarem Verstand?“ Mia antwortete ihm nicht sofort und in ihm machte sich die Befürchtung breit, dass bei der Reanimation vielleicht etwas schiefgegangen sein könnte. Daran hatte er bisher überhaupt nicht gedacht.

Mia war stehen geblieben und schaute ihn ernst an. „Ich weiß nicht, was mit ihr los ist. Sie verhält sich merkwürdig. Igelt sich ein und lässt niemanden an sich heran. Ich bin noch die Einzige, mit der sie klarkommt. Du glaubst gar nicht, was ich alles versucht habe, um sie aus ihrem Schneckenhaus zu holen."

„Davon hat Oliver mir gar nichts erzählt."

„Stimmt. Wir wollten dich nicht beunruhigen und es ist auch gar nicht so schlimm, wie es sich anhört."

„Was heißt nicht so schlimm? Hat sie eine Psychose? Oder ist sie depressiv? Wie soll ich das verstehen?"

Mia zuckte mit den Schultern. Den Strauß hatte sie sinken lassen. „Ich kann es dir nicht sagen. Es ist schwierig zu beurteilen. Sie ist zwar wach und auch ansprechbar, aber noch ziemlich desorientiert."

Der Oberarzt wirkte erleichtert. „Ach so, das ist doch normal, nach all den Medikamenten, die sie bekommen hat."

„Ja schon, aber auf der anderen Seite wirkt sie sehr klar, ist aber trotzdem fest davon überzeugt, woanders und vor allem jemand anderes zu sein." Mia erzählte ihm von einigen seltsamen Reaktionen Leyas und dass sie nicht wirklich auf ihren Namen reagierte.

Mark hatte sich auf die steinernen Stufen im Treppenhaus gesetzt und dachte laut nach. „Vielleicht sollte ich ihr die Blumen selber bringen und mir bei der Gelegenheit ein eigenes Bild machen?"

Mia schüttelte den Kopf. „Das würde ich an deiner Stelle lieber nicht tun. Noch weiß kaum einer hier von deiner heimlichen Schwärmerei und außerdem kann Leya sich doch gar nicht an dich erinnern. Sie war schließlich die ganze Zeit beatmet und sediert."

Mark zögerte einen Moment. Natürlich hatte Mia Recht. Der einzige Augenblick, in dem Leya ihn angeschaut hatte, war jener Moment gewesen, als er sie entdeckt und im Autowrack angesprochen hatte. Für Leya also kein besonders schöner Anlass, sich an ihn zu erinnern. An seinen Notarzteinsatz damals, als ihr Onkel starb, sollte sie erst recht nicht mehr zurückdenken, auch wenn er selbst sie seit jener ersten unglücklichen Begegnung nicht mehr aus dem Kopf bekommen hat.

Seufzend stand der Arzt auf. „Es ist vielleicht wirklich keine gute Idee, mit der Tür ins Haus zu fallen. Ich vergebe mir ja nichts, wenn ich noch ein, zwei Tage warte. Welcher Neurologe hat eigentlich Dienst?"

„Dr. Effers, soviel ich weiß. Jörg – er ist ja offiziell zuständig für sie – hat für morgen ein Konsil angefordert."

Mark nickte. „Das ist gut. Jetzt beeil dich. Ich glaube, ich höre Olivers Wagen schon. Sag Oliver bitte, dass er mich später anrufen soll."

48. Kapitel

Als ich die Augen öffnete, sah ich nicht wie erhofft Antonio, sondern Bruder Jörg.

Mürrisch schaute ich den knorrigen Mönch an, der meinen nächtlichen Besucher so rücksichtslos vertrieben hatte. In meiner Vorstellung hatte gerade noch Antonio an seiner Stelle gestanden und mir stumm Gesellschaft geleistet. Doch schon verblasste mein Traum. Vielleicht wäre es möglich gewesen, ihn wieder einzufangen, wenn der Abt wie üblich nur kurz geblieben und dann unverrichteter Dinge gegangen wäre. Doch heute hatte er es sich wohl anders überlegt. Heute wollte er die Antworten, die ich ihm schon seit Tagen vorenthielt. Zur Unterstützung hatte er eine ganze Schar Ordensschwestern mitgebracht. Einige von ihnen blickten verstohlen zu mir herüber, andere tauschten flüsternd Neuigkeiten aus und wieder andere begutachteten meine Vase mit den frischen bunt gesprenkelten Blumen. Erst als sich die Tür zum Zimmer erneut öffnete, wurde es still. Ein mir unbekannter Mann betrat den Raum und wurde respektvoll begrüßt. Dies musste wohl der sagenumwobene Pater Spee sein. Doch der Fremde stellte sich mir als Doktor Soundso vor. Ich war so durcheinander, dass ich seinen Namen nicht verstand, und während seine behandschuhte Hand meine Finger berührte, überlief mich ein eisiger Schauer. Der Mann gehörte zweifellos zu den berüchtigten reisenden Kommissaren und Doktoren, auch wenn er allein gekommen war.

Ernüchtert blickte ich in die gespannt wirkende Runde und hatte mit einem Mal das untrügliche Gefühl, dass er mich nicht einfach so gefunden hatte, sondern gerufen worden war. Angsterfüllt schaute ich Bruder Jörg an. Der gutmütige Mönch reagierte nicht. Ich hatte sogar den Eindruck, als wäre er froh, endlich Unterstützung in dieser Angelegenheit zu bekommen.

Der Mann vor mir machte einen übermüdeten, aber unnachgiebigen Eindruck. Er hatte eine abgegriffene Ledertasche bei sich, die er vorsichtig ablegte. Ich hörte metallenes Klimpern und mir fielen Lucas van Ackerens Ausführungen über die peinliche Befragung wieder ein. Ich war auf der Hut.

So freundlich und unscheinbar diese Menschen auch aussehen mochten – hatten sie dich erst einmal um den Finger gewickelt, dein Vertrauen erschlichen, schlugen sie anschließend umso unbarmherziger zu.

Ich versuchte, meine Verunsicherung und Angst nicht nach außen zu zeigen. Ich wusste, dass ich den Bogen überspannt hatte, dass ich die Gastfreundschaft und Geduld des Ordens schamlos ausgenutzt hatte und undankbar gewesen war. Jegliche Anordnungen hatte ich ignoriert. Die Brüder und Schwestern des Klosters „Heilige Katharina" hatten allen Grund, mich auszuliefern. Ich suchte den Blick von Maria. Das zierliche Mädchen stand etwas abseits und schien noch auf jemanden zu warten. Den Kommissar? Mein Herz verkrampfte sich. Bitte, nicht auch sie, flehte ich. Dabei konnte ich es ihr am wenigsten verdenken, dass sie dem Verhör beiwohnen wollte. Kleinlaut musste ich mir eingestehen, dass ich gerade sie am meisten enttäuscht hatte. Nicht ein einziges Mal hatte ich mich bei ihr bedankt. Hatte alles für selbstverständlich genommen – ihre Worte, ihr Lächeln und auch die Blumen. Natürlich hatte ich bemerkt, dass Maria die exotischen Pflanzen nicht im Garten gepflückt haben konnte. Sie waren etwas Besonderes, und aus dem beifälligem Gemurmel der anderen Mädchen hatte ich etwas wie Neid heraushören können.

Dann ging es los. Mit ein paar harmlosen Fragen begann der Doktor sein Verhör. Lächerliche Fragen, die mir allesamt bekannt waren. Doch ich war gewarnt. Er wollte wissen, wie ich hieß und ob ich wüsste, warum ich hier wäre und wo genau ich mich befände. Anstatt zu antworten, lächelte ich ihn nur betont unverfänglich an. Doch der erfahrene Mann ließ sich von meiner aufgesetzten Unschuld nicht beeindrucken. Auf sein Kopfnicken hin eilte Bruder Jörg, Papier und Stift zu besorgen, die er mir dann wortlos reichte. Während ich mühevoll schrieb, öffnete der Doktor seine Tasche. Beim Anblick der silbrig glänzenden Folterwerkzeuge musste ich unwillkürlich an gezogene Zähne und zertrümmerte Knochen denken. Mit zittrigen Fingern reichte ich ihm den Zettel. Finsteren Blickes las der Doktor, bevor er das Blatt kommentarlos an den Abt weiterreichte. Bruder Jörgs entgeistertes Gesicht überraschte mich.

Unsicher geworden, hörte ich auf die nunmehr sehr väterlich klingende Stimme des Doktors, der mich bat, ihm das heutige Datum zu notieren. Beinahe hätte ich ihm seine Freundlichkeit abgekauft, doch letztlich witterte ich nur eine weitere List. Ich rechnete genau nach und befand, dass wir noch August haben müssten. Ganz sicher war ich mir allerdings nicht, da ich nicht genau wusste, wie lange ich in dem feuchten Kerker gefangen gewesen war.

Meine Antwort schien zu stimmen und ich war fürs Erste erleichtert. Nach seiner nächsten Frage war ich es nicht mehr. Er wollte von mir wissen, welches Jahr wir schrieben. Konsterniert schaute ich ihn an. Doch der

Doktor meinte es ernst und bedeutete mir, das Gewünschte aufzuschreiben. Aufgebracht und irritiert zugleich, nahm ich den Stift und schrieb auf:

1620 a.d.

Rätselnd starrte er auf die Jahreszahl. Nach einer halben Ewigkeit erhob er sich und zog Bruder Jörg zu einer kurzen Beratung mit sich. Mir wurde ganz mulmig bei dem Gedanken, worüber sie so aufgeregt diskutierten. Mein Blick glitt zur geöffneten Tasche, deren Inhalt mich anzustarren schien. Mittlerweile waren der Doktor und der Abt zu einem Entschluss gekommen. Es waren wohl keine guten Nachrichten, die sie mir überbringen wollten. Achtsam wählte der Doktor seine Worte, dennoch verstand ich nichts, denn was er mir mitteilte, ergab keinen Sinn. Er sprach von dieser Leya, von einer Amnesie und einem furchtbaren Unfall. Ich kannte diese Frau nicht, auch wenn mich alle für sie hielten. Den Begriff Amnesie hatte ich zwar schon gehört, doch konnte ich ihn weder zuordnen noch wusste ich, was er mit mir zu tun hatte. Nun, einen Unfall hatte ich tatsächlich gehabt und furchtbar war er bestimmt auch gewesen, schließlich konnte ich mich an nichts mehr erinnern. Aber ich wusste noch immer nicht, ob ich vom Pferd gestürzt war oder ob man mich vielleicht überfallen hatte. Langsam bekam ich das merkwürdige Gefühl, dass hier alle ein bisschen durcheinander waren und dass dies nicht wirklich ein gottesfürchtiger Ort war. Wie sollte man sich sonst erklären, dass trotz der haltlosen Zustände, die überall im Land herrschten, nirgendwo soviel Unbeschwertheit und Verschwendung herrschte wie hier? Ich erinnerte mich an achtlos weggeworfene Dinge, die zum Teil nur einmal benutzt worden waren, und sogar an Brot und anderes Essen, das einfach in den Abfall wanderte, wenn es nicht sofort gegessen wurde. Alles schien es im Überfluss zu geben und mir fiel kein Begriff für diese Verschwendung, dieses sorglose Leben ein.

Mit einem Male übermannte mich die Erkenntnis: Ich war nicht etwa im Schlaraffenland – ich war tot!

Just in diesem Moment schaute mich Maria an. Ihr Blick war traurig und mitfühlend zugleich. Sie ahnte wohl, dass ich begriffen hatte.

Sie nahm ihr kleines Gebetbuch aus der Tasche und strich sacht über die Prägungen des schmalen Büchleins.

49. Kapitel

„Was ist denn hier los?“ Oliver sah seinen Freund erstaunt an und blickte sich um. Marks Wohnzimmer wirkte ohne Kartons viel größer. Aus der alten Musikanlage, die statt auf dem Fußboden jetzt auf einem modernen Sideboard stand, tönten die unverkennbaren Beats Paul van Dyks.
Mark grinste. „Ich hab mir gedacht, ich sollte mal ein bisschen aufräumen.“
„Und als du damit fertig warst, hast du gemerkt, dass dir Möbel fehlen?“
„Genau.“ Mark lachte. Er wies auf das Sofa, das mitten im Raum neben einigen Möbelkartons stand. „Setz dich“, sagte er, während er die Musik leiser drehte.
Oliver ließ sich auf das weiche Lederpolster fallen. Vor ihm auf dem Couchtisch stand neben einem Akkuschrauber ein angebrochenes Sixpack Fassbrause.
„Bedien dich“, sagte Mark. „Wenn du möchtest, kann ich dir sogar ein Glas anbieten.“
Oliver winkte ab und nahm einen kräftigen Schluck aus der Flasche. „Der Ausflug nach Dresden scheint ja Wunder gewirkt zu haben“, stellte er fest.
„Das kannst du laut sagen“, nickte Mark. Er blickte etwas unschlüssig auf den Akkuschrauber. Dann zuckte er mit

den Schultern. „Ach was soll 's! Nach der ganzen Schrauberei hab ich mir eine Pause verdient. – Bestellen wir uns 'ne Pizza?“

Oliver war einverstanden. Während Mark telefonierte, holte er das Foto, das ihm die alte Dame gegeben hatte, aus dem Rucksack.

„Und nun, mein Lieber“, sagte er, nachdem Mark sich neben ihn gesetzt hatte, „erzähl mir mal im Klartext, was es mit der alten Frau und diesem Bild auf sich hat. Am Telefon hat man dich ja kaum verstanden.“

Mark griff automatisch nach seiner Fassbrause. Seit ihm in Dresden eingefallen war, wo er Leya zum ersten Mal gesehen hatte, hatte er wieder und wieder an jenen Einsatz vor einem Jahr zurückgedacht. Es war ein Notruf gewesen wie jeder andere, aber als er bei dem alten Ehepaar eingetroffen war, hatte er nichts mehr für den Mann tun können. Plötzlicher Herztod war zwar ein gnädiger Tod für den Betroffenen, für die Angehörigen jedoch ein kaum zu begreifender Schock. Mark sah die Szene noch genau vor sich, und je mehr er Oliver erzählte, umso plastischer stand ihm alles wieder vor Augen: die Ehefrau, die still im Sessel saß – und Leya, das schöne junge Mädchen, das kopflos hin und her rannte, dem auf dem Sofa lehnenden Toten immer wieder schluchzend übers Gesicht strich und gar nichts begreifen wollte. Die sich Vorwürfe machte, weil sie nicht schnell genug reagiert hatte. Die ihn in ihrer Trauer so berührte, dass er nicht anders konnte, als sie tröstend in den Arm zu nehmen.

Selbst als der Einsatz längst vorbei war, als er abends mit Elly zu Hause saß, selbst Tage später musste er – entgegen seiner sonstigen Gewohnheiten – immer wieder an diese zerbrechlich wirkende junge Frau denken. Und noch später, als seine Probleme mit Elly immer größer wurden, dachte er oft an die schöne Unbekannte und wünschte sich, dass Elly nur halb soviel Mitgefühl aufbringen könnte.

Nachdem Mark geendet hatte, herrschte einige Sekunden Schweigen. Selbst Oliver, der nie um einen lockeren Spruch verlegen war, brauchte einen Moment, bis er die Sprache wiederfand.

„Wow!", brachte er schließlich hervor. „Was für ein Zufall! Und ausgerechnet diesem Mädchen rettest du das Leben! Wenn das keine Fügung des Schicksals ist!"

Inzwischen war die Pizza gekommen und Mark hatte aus der Küche für jeden ein Radeberger Pilsner geholt. Jetzt stießen sie auf das unergründliche Schicksal an. Plötzlich stand Mark auf, verschwand im Schlafzimmer und kehrte mit einem Buch zurück.

„Apropos Schicksal“, meinte er und zeigte auf die Widmung auf der ersten Seite.

Oliver las:

„Ich glaube nicht an Wunder. Ich habe ihrer zu viele gesehen.
Oscar Wilde
Es gibt keine Zufälle im Leben!
Dein Freund Giovanni Maccanti
Liebe - Glaube – Hoffnung“

Die beiden Freunde sahen sich wortlos an.

50. Kapitel

In der folgenden Zeit wurde ich wie selbstverständlich mit dem Namen Leya angesprochen. Mittlerweile hatte ich mich daran gewöhnt. Seltsamerweise hatte auch Maria einen neuen Namen bekommen. Sie wurde neuerdings Mia gerufen, was ihr aber anscheinend nichts ausmachte. Aber ich hatte den Eindruck, als wäre ihr so manches egal: Seit ich auf eine andere Etage verlegt worden war, hatte sie mich kein einziges Mal besucht, sich nicht einmal gemeldet. Dabei hatte ich gedacht, dass sie mich mochte, so wie eine Freundin. Doch wenn man bedenkt, wie schnell es ihr anscheinend gelungen war, Wilhelm zu vergessen, brauchte ich mich nicht zu wundern.

Obwohl ich sehr viel mehr mitarbeiten musste als früher und mein Zimmer kleiner als das alte war, lebte ich mich in meiner neuen Unterkunft schnell ein. Ich teilte das karg möblierte Zimmer mit einer Dame, die zu Lebzeiten wohl der Schlag getroffen hatte. Merkwürdigerweise laborierte sie noch immer an den Folgen dieser Krankheit. Sie konnte kaum laufen, und der rechte Arm hing schlaff herunter. Während ich gar nicht sprechen ***wollte****, klappte es bei ihr auch mit größter Anstrengung nicht. Manche ihrer Versuche endeten in Tränen. Es war wirklich ungerecht,*

zumal ich geglaubt hatte, dass im Himmel alle Krankheiten geheilt wären.
Überrascht war ich nur über den Doktor. Hatte ich anfangs noch eine Heidenangst vor ihm, so stellte er sich letztlich als harmlos, allenfalls exzentrisch heraus. Er besuchte uns zwar täglich mit seiner Gefolgschaft, aber wenn er mit uns sprach, konnte ihn kein normaler Mensch verstehen. Es war Ewigkeiten her, seit ich jemanden so überkandidelt habe sprechen hören: Aphasie, Amnesie, Hemiplegie, Schizophrenie, Depression, P.B.S, Trauma... Dabei blickte er durch uns hindurch, als wären wir gar nicht vorhanden.
Heute gab es eine Abwechslung. Es wurde beschlossen, meine Mitbewohnerin zu verlegen. Ich freute mich für die gebrechliche Dame. Sie hatte es geschafft und würde geheilt werden. Für mich freute ich mich auch ein bisschen, denn endlich war ich wieder allein und konnte das tun, was ich am liebsten tat – mich hinlegen und schlafen. Eine Tätigkeit, die hier nicht allzu gerne gesehen wurde. Generell, fand ich, gab es zu viele Vorschriften und Regeln. Nach und nach lernte ich auch die anderen Brüder und Schwestern kennen: alte, junge, freundliche, verbittert wirkende, herrische, schüchterne, gefällige...

51. Kapitel

„Schön, dass du schon da bist“, sagte Mark, als Oliver das Arztzimmer betrat. „Ich möchte dir nämlich etwas zeigen.“
Oliver war in Gedanken noch bei Mia und brauchte ein paar Sekunden, um umzuschalten. Mark saß an seinem Schreibtisch und hatte einige Bücher vor sich ausgebreitet. Der Schrank, in dem die Wertsachen von Patienten eingeschlossen wurden, stand offen. Auf dem Boden stand ein geöffneter Karton.
Oliver kam näher und warf einen Blick hinein. „Sind das nicht die Sachen, die die Polizei aus Leyas Auto geholt hat?“
„Genau.“ Mark nickte. Dann wies er auf die Bücher vor sich. „Die hatte sie bei sich, als der Unfall passierte. Alles Literatur über das 17. Jahrhundert.“
Oliver sah ungefähr ein Dutzend Sach- und Fachbücher, Bildbände und sogar eine – dem Titelbild nach zu urteilen – schwülstige Liebesschmonzette. „Na gut“, meinte er. „Immerhin hat sie ja mal zwei Semester Kunstgeschichte studiert. Wahrscheinlich interessiert sie sich immer noch dafür. Ihr ganzes Zimmer bei dieser alten Dame stand ja voll mit solchen Büchern. Wieso das Mädel dann auf Krankenschwester umgestiegen ist, bleibt mir ein Rätsel.“

„Darüber habe ich auch schon nachgedacht“, entgegnete Mark. „Vermutlich hatte sie ein schlechtes Gewissen, dass sie damals die Anzeichen des Infarkts nicht sofort erkannt hat. – Aber das kann ich sie hoffentlich bald selbst fragen. Darum geht es mir jetzt nicht.“

„Sondern?“

„Mir ist diese posttraumatische Störung nicht aus dem Kopf gegangen, von der ihr mir erzählt habt. Leya glaubt doch, sie lebt im Jahr 1620...“

„Denkst du etwa, dass sie sich das alles wegen ihres Studiums zusammenreimt?“, warf Oliver ein. „Das ist doch schon ein Jahr her!“

Mark lehnte sich zurück. „Ich hab mal recherchiert. Die Schwerpunkte an Leyas ehemaliger Hochschule sind Kunst der Frühen Neuzeit sowie Niederländische und flämische Kunst des 17. Jahrhunderts.“ Er blickte Oliver an. „Ich werde am besten gleich mit dem Neurologen sprechen, noch bevor ich zu Leya gehe.“

52. Kapitel

Schon wieder klopfte es an der Tür. Unwirsch stöhnte ich, drehte mich unwillig um – und erstarrte.
Antonio, der Mann, den ich jetzt am wenigsten erwartet hätte, kam herein. Es war helllichter Tag und mein Traummann stand leibhaftig vor mir.
Er trug noch dieselben Sachen wie vor meiner Verhaftung und schaute mich schockiert an. Blass geworden, schien er zu verstehen, was mit ihm geschehen war. Ich wollte ihn trösten, wohl wissend, wie er sich fühlen musste. Es war nicht leicht zu begreifen, dass man tot war. Lächelnd erhob ich mich, doch er blieb stehen. Nervös strich ich meine Haare hinter die Ohren. Er räusperte sich und bat mich mit stockender Stimme, mich wieder zu setzen. Ich nahm auf der Kante meines Bettes Platz und er zog sich umständlich einen Stuhl heran. Seine Förmlichkeit machte mich wütend. Was konnte ihn veranlasst haben, mich derart reserviert zu behandeln?
Christine!, schoss es mir durch den Kopf. Sie wollte uns schon immer entzweien. War es ihr tatsächlich gelungen?
Ich versuchte ein zaghaftes Lächeln, doch Antonio mied meinen Blick und kramte stattdessen geschäftig in seiner Tasche. Wie um mich zu demütigen, hielt er mir ein Buch

vor die Nase. Ich errötete. Eine leicht bekleidete Dame, ähnlich einer Berlich-Hure, vergnügte sich mit einem noch freizügiger gekleideten Mann in hemmungsloser Umarmung. Verlegen blickte ich weg. Was wollte er von mir?

Nachdrücklich verlangte er, dass ich mir den Titel einmal genauer ansehen sollte. Nur widerwillig las ich:

„Franziska und der Kaufmann – Eine Renaissance-Romanze“

Das musste ein Zufall sein. Jeder x-beliebige Schreiberling konnte seine Titelhure so nennen. Was hatte das mit mir zu tun?

Antonio sah das wohl anderes. Er erzählte, dass man dieses Buch im Fußraum eines „Autos“ gefunden hatte. Erleichtert wollte ich ihm sagen, dass ich niemals...

Dann hörte ich nur noch auf seine Stimme, die wie ein gleichmäßiges Rauschen an mein Ohr drang. Nur sie konnte ich zuordnen, sonst nichts.

Er sprach von irgendeinem Unfall, von einem Toten, von Dingen, die ich nicht verstand, die nicht in meinen Kopf passten... Endlich schwieg er und blickte mich an. Mit jenen Augen, in denen ich – mir schien, erst gestern – vor lauter Glück versunken war. Jetzt machten sie ihn unnahbar und fremd.

Antonio deutete auf die Tasche und fügte hinzu, dass man diese bei mir gefunden hätte. All die Bücher – er tippte auf eine Anzahl gebundener Werke – gehörten angeblich zu meinen persönlichen Sachen. Ich verstand nicht.
Er machte mir klar, dass ich die Frau gewesen sei, von der er eben gesprochen hatte und die diesen Unfall gehabt hätte.
Ich tastete nach einem Halt. Während meine Hände sich abzustützen versuchten, sehnte ich mich nach irgendeinem Zeichen des Wiedererkennens in seinen Augen. Da musste doch etwas sein! Unmöglich, dass es weg war. Doch es war nicht das kleinste Funkeln zu sehen. Er wandte sich abrupt ab, als er meine intensive Musterung spürte. War da ein kleines Aufglimmen zu erkennen gewesen?
Ich musste mich getäuscht haben, es viel mehr gewünscht als tatsächlich gesehen zu haben. Mit ausdruckslosem Blick legte er einen bedruckten Zettel auf meinen Schoß.
Ich war froh, mich ablenken zu können, und versuchte die Begriffe auf dem Papier zu entziffern.
Das Wort ‚Stadtbibliothek' *konnte ich ausmachen und auch wieder diesen –* **meinen** *neuen Namen. Doch was meine Seele richtig erschauern ließ, war das Datum unter den Büchertiteln. Noch im Lesen ahnte ich, dass ich nicht*

gestorben oder gar 400 Jahre in die Zukunft gereist war, sondern dass ich ins Jetzt gehörte, in
das Jahr 2015.

Ich begann zu hyperventilieren. Antonio war wohl auf diesen Moment vorbereitet. Er beugte sich zu mir. *Sein Duft, ging es mir durch den Kopf. Diesen Duft hatte ich doch schon dutzende Male gerochen, seine Nähe so oft gespürt. Das konnte doch nicht pure Einbildung gewesen sein! Ich taumelte, während ich erstickt seinen Namen flüsterte.*

Doch Antonio reagierte nicht so, wie ich es mir erhofft hatte. Er schluckte und fragte mich, wer dieser Antonio sei. Fassungslos blickte ich ihn an. Ich zeigte auf ihn, wusste aber gleichzeitig, dass ich mir den Namen auch nur eingebildet haben musste. Der Mann, der in meiner Vorstellung nach Florenz gereist war und den ich für Antonio gehalten hatte, war ein ganz anderer.

Antonio oder Dr. Mark Hochstädter, wie er sich mir vorstellte, berührte sacht meinen Arm. Genau wie damals, bei unserer ersten Begegnung, spürte ich das Kribbeln. Es konnte unmöglich...

Meine Sinne spielten mir einen makaberen Streich, doch der vertraute und gleichzeitig fremde Mann versuchte, mir alles zu erklären. Und plötzlich war es wieder da: das besorgte wohlwollende Gesicht über mir. Meine Geschichte vermischte sich mit seinem Bericht.

Er sprach von den Schwierigkeiten am Unfallort, von der Wiederbelebung, der notfallmäßigen Verlegung in das hiesige Krankenhaus und der anschließenden Weiterverlegung zur Operation in die Uni-Klinik nach Köln. Er nahm meine Hände und strich sacht über die Narben. Er sprach von verschiedenen Untersuchungen, Operationen und der Überweisung an eine Spezialklinik nach Merheim. Ich hörte gar nicht mehr hin, sah nur seine Lippen, seinen Mund.

Ich beugte mich zu ihm. Sein Atem streifte bereits mein Gesicht. Es fehlte nicht viel und ich hätte ihn geküsst. Doch seine Stimme stoppte mich. Rau und heiser klangen seine Worte. „Warte, Leya. Nicht."

Verstört blickte ich ihn an, und seine Augen straften ihn Lügen. Ich sah es ganz deutlich, nein – ich spürte es mit jeder Faser meines Körpers, dass er es auch wollte. Stattdessen zog er mich heftig an sich und hielt mich so fest umklammert, dass ich kaum atmen konnte.

53. Kapitel

Aufgeregt und voller Vorfreude stand ich in dem kleinen Badezimmer auf Station und machte mich zurecht. Gleich würde Mark kommen. Ein Lächeln huschte über mein Gesicht, wenn ich an ihn dachte.

Obwohl er es immer noch nicht zugeben konnte, dass wir füreinander bestimmt waren, versuchte er jede freie Minute bei mir zu sein, und ich fieberte seinen – angeblich ärztlich notwendigen – Besuchen regelrecht entgegen. Ich war verliebt in ihn und er war mein Seelenverwandter. So viel stand fest. Auch wenn er meine Zuneigung noch immer nicht zulassen wollte und mir wiederholt zu erklären versuchte, dass mein Gefühl nur aus der traumatischen Unfallsituation heraus geboren sein könnte. Und dass es jahrzehntealte Studien und Experimente zu diesem Thema gab, die dieses Phänomen bestätigten. Mich interessierte das nicht. Ich konnte damit genauso wenig anfangen wie mit den Details zu meiner Familie. Ich hatte einfach keinen Zugang zu ihnen, kein Bild vor Augen.

Mich interessierte nur, dass Mark mich gestern Abend das erste Mal zum Abschied geküsst hatte. Zwar nicht so, wie ich es mir erhofft hatte, aber immerhin. Die halbe Nacht hatte ich deshalb wach gelegen.

Heute wollte Mark gemeinsam mit mir essen. Endlich ein richtiges Rendezvous. Vielleicht hatte er aber auch nur erfahren, dass ich mein Essen kaum anrührte, und er sah eine medizinische Indikation darin. Egal. Für mich waren wir einen Schritt weiter, und es fühlte sich fast an wie eine echte Verabredung.

Für dieses Treffen wollte ich mich besonders hübsch machen. Leider hatte ich mich mit der Zeit verkalkuliert und musste mich jetzt beeilen. Das Duschen hatte sich komplizierter gestaltet als gedacht. Wegen meiner Beinschiene hatte ich mich ziemlich verrenken müssen. Auch das Ankleiden war ein größeres Problem. Ich hatte mich für ein Sommerkleid entschieden, das Mark mir besorgt hatte, so wie die meisten anderen Dinge auch, die ich hier besaß.

Als ich endlich angezogen war, musste ich mich nur noch um meine Haare kümmern. Ich wünschte, Anna wäre hier. Wie ich erfahren hatte, arbeitete sie in der Uni-Klinik als Krankenschwester auf der Intensivstation. Wie dem auch sei – mit meinen Locken musste ich allein kämpfen. Die hohe Temperatur hatte dafür gesorgt, dass die Haare von selbst getrocknet waren, und die Luftfeuchtigkeit war schuld, dass sie sich nun kringelten. Ich hatte wirklich

Mühe, sie zu bändigen. Mit verkniffenem Gesicht stand ich vor dem Spiegel.

Der Spiegel. Ja. Der war auch noch so ein Problem. Genauer gesagt das, was ich in ihm sah. Obwohl die Schwellung zurückgegangen war, hatte ich noch immer das Gefühl, in ein fremdes Gesicht zu blicken. Der Neurologe meinte, dass dies ein sehr seltenes Phänomen war, aber vorkommen könnte. Ich solle mir keine Sorgen machen, es würde von alleine verschwinden. Der Mann hatte gut reden. Ich fühlte mich echt seltsam. Nicht, dass mein Spiegelbild hässlich wäre. Mein Gegenüber sah ziemlich hübsch aus und auch genauso jung, wie ich mich fühlte. Doch in meiner Erinnerung sah ich ganz anders aus. Deshalb vermied ich es auch, allzu häufig in das Badezimmer zu gehen. Bevor ich mir weitere Gedanken um diese verrückte Angelegenheit machen konnte, klopfte es schon an der Tür.

Mein Herz machte einen Sprung. Hastig spritzte ich mir noch etwas kaltes Wasser ins Gesicht und rief durch die geschlossene Tür, dass ich gleich so weit wäre.

Mark antwortete mir, doch ich verstand nicht einmal die Hälfte. Wahrscheinlich wollte er wie jedes Mal wissen, ob alles in Ordnung sei und ob er mir helfen könne. Ich musste lächeln. Er war wirklich sehr besorgt um mich. Als ich dann endlich aus dem Bad trat, drehte er sich um und starrte mich an, als hätte er eine Erscheinung.

„Stimmt was nicht?“, fragte ich ihn und strich nervös das Kleid glatt.

Er starrte mich immer noch an. „Nein! Doch!“, war alles, was er herausbrachte. Ich humpelte auf ihn zu, und er ließ mich nicht aus den Augen.

„Wow. Du siehst echt toll aus. Ich habe bloß nicht damit gerechnet, dass...“ Er ließ den Satz unvollendet und fragte mich, ob ich etwas trinken wollte. Ich hätte liebend gern erfahren, **womit** er nicht gerechnet hätte, aber er deutete bereits zum Tisch und sagte, dass er eiskalte Cola mitgebracht hatte.

Ich blickte auf das Tablett. Flaschen, Teller, Schüsselchen mit Salat und verschiedenen Desserts.

Ein fast perfektes Dinner mit dem auf jeden Fall perfekten Mann. Mark sah sehr gut aus, auch wenn er immer noch seine Dienstkleidung trug. Eine dunkle, eng geschnittene Hose und ein kurzärmliges Oberteil. Er hatte kräftige, muskulöse Oberarme, und überhaupt wirkte er ziemlich männlich. Bisher war mir gar nicht aufgefallen, wie durchtrainiert und groß er eigentlich war. Größer, als ich ihn in Erinnerung hatte. Gut, in letzter Zeit hatte ich selten gestanden, wenn er zu mir gekommen war, und vorher...

Ach, ich wusste es nicht mehr. Er machte mich ganz verrückt mit seiner Anwesenheit und seinen Blicken. War mir nur so heiß oder war es wirklich so warm hier? Ich hatte einen ganz trockenen Mund.

„Vielleicht möchtest du dich lieber erst setzen?" Er vermied es plötzlich, mich anzuschauen und rückte umständlich meinen Stuhl in Position.

„Nein. danke!", krächzte ich. Meine Zunge klebte am Gaumen. „Trinken wäre erst mal gut. Hier ist es nämlich ziemlich heiß."

Er blickte auf und ich sah für den Bruchteil eines Moments dieses Glimmen in seinen Augen. Leider war es wieder verschwunden, als er mir das gefüllte Glas reichte. Seine tiefbraunen Augen wirkten noch dunkler als sonst. Seine Finger berührten meine, und er war so nah. Mir fiel es schwer, ihn anzuschauen. Ich roch sein Rasierwasser und taumelte.

„Alles in Ordnung, Leya?", fragte er heiser.

Erschrocken blickte ich auf. In seinen Augen konnte ich mein eigenes Spiegelbild näher kommen sehen. Ich musste schlucken und mir wurde ganz flau. Meine Lippen bebten und dann ging plötzlich alles sehr schnell. Ich weiß nicht mehr, wer von uns beiden zuerst den anderen umschlungen hatte. Er flüsterte meinen Namen und ich seinen. Alles drehte sich und wir küssten uns, so wie wir es in meiner Erinnerung schon oft getan hatten. Wenn das ein Traum war, wollte ich nicht mehr aufwachen.

Ich hatte ihn wieder. Er war es. Ich spürte es, und ich konnte nicht genug von ihm bekommen. Erinnerung, Vergangenheit und Gegenwart vermischten sich. Mir war alles egal. Wir waren endlich wieder zusammen. Atemlos blickte ich in seine Augen. Es waren *seine* Augen, und unsere Blicke verschmolzen ineinander.

Später, als wir beide eng umschlungen auf dem Krankenhausbett saßen, gestand er mir, dass er sich schon längst in mich verliebt hatte, es aber nicht zulassen wollte. Es nicht konnte. Er sei schließlich mein behandelnder Arzt und wolle die ungleiche Situation nicht ausnutzen. Als er schon wieder von irgendwelchen wissenschaftlichen Studien, Brückenexperimenten, Übertragungsstörungen und sonstigen psychischen Abhängigkeiten anfangen wollte, stoppte ich ihn und tippte auf die Stelle, wo sein Herz war. „In Zukunft solltest du nur darauf hören. Versprochen?"

Er küsste mich sanft und versprach es mir. Plötzlich hielt er inne. „Warte, Leya." Er nestelte in seiner Brusttasche und

zog etwas heraus. „Das wollte ich dir schon die ganze Zeit geben."
Erwartungsvoll strahlte ich ihn an. Aber als ich sah, was er in der Hand hielt, erstarb mein Lächeln.
Ein scheinbar unbedeutendes Allerweltsfoto.
Es zeigte mich und meinen Onkel Marco lachend auf der Ponte Veccio in Florenz. Ich war 22 Jahre alt und meine langen Haare fielen in geschmeidigen Locken über meine Schultern. Der Wind hatte mir einzelne Strähnen ins Gesicht geweht. Marco hatte seinen Arm um mich gelegt und strahlte in die Kamera.
Ein Schnappschuss. Einer von vielen, doch dieser war das letzte Foto mit ihm vor seinem Tod.
Die Erinnerung übermannte mich so schmerzhaft, dass ich die Augen schließen musste. Plötzlich war alles wieder da. Mein Leben. Mein richtiges Leben! Die Autofahrt. Hanni und Marco. Italien. Und meine Mutter, ihr Lebensgefährte, der Start ihrer Weltreise mit diesem Boot.

54. Kapitel

Marco war tot, gestorben an einem sonnigen Tag im September. Leise, fast friedlich war er von ihnen gegangen. Hanni – die gute alte Hanni – war noch die erste gewesen, die damals begriffen und den Notarzt verständigt hatte.

Doch es war zu spät gewesen. Der Arzt, der kurz darauf bei ihnen eingetroffen war, hatte nichts mehr für Marco tun können.

Bis heute konnte Leya es nicht glauben, dass ihr Onkel, den sie vom ersten Augenblick so genannt und verehrt hatte und der wie ein Vater für sie gewesen war, tot sein sollte.

Sie erinnerte sich noch genau an den Moment, als ihre Mutter sie das erste Mal bei den älteren, kinderlosen Nachbarn abgesetzt hatte. Da war sie erst fünf Jahre alt gewesen und hatte sich verängstigt und verlassen gefühlt.

Sie und ihre Mutter waren erst vor kurzem von der Stadt aufs Land gezogen, in eine Gemeinde mit einer Handvoll Bewohnern, kleinen Häuschen und großen Gärten. Jeder kannte jeden. Leya aber kannte niemanden, und doch hatte Leyas Mutter sie wie selbstverständlich bei diesen wildfremden Leuten abgeliefert. Mit knappen Worten und ohne auf ihr unaufhörliches Schluchzen einzugehen, hatte sie sich schon am Gartentürchen der Nachbarn von ihr verabschiedet und war – ohne sich noch einmal nach ihr umzudrehen – für Stunden fort gegangen.

Doch kaum hatten „Tante Hanni" und „Onkel Marco" sich ihrer angenommen, hatte sie sich wohl und geborgen gefühlt. Mit ihrer unerschöpflich erscheinenden Liebe und Zuneigung füllten die beiden Leyas emotionale Leere und waren fortan Eltern, Großeltern und Familienersatz. Freude und Leichtigkeit zogen in Leyas Leben. Sie genoss jeden Augenblick. Hanni bemutterte sie und verwöhnte sie mit ihren Koch- und Backkünsten. Wann immer Leya das Haus betrat, roch es nach frisch aufgebrühtem Kaffee und Plätzchen. Marco hingegen übernahm den Part des Beschützers, der unbezwingbar schien, dem alles gelang und zu dem Leya voller Stolz aufblicken konnte.

Selbstverständlich war er es, der ihr Radfahren und Schwimmen beibrachte, Dinge, die jedes Kind können sollte. Doch Marco zeigte ihr noch so viel mehr. Wie man eigenhändig ein Vogelhäuschen bauen und später die gefiederten Besucher unterscheiden konnte. Oder wie man am Fluss ein kleines Wehr aufschüttete, Fische fing und mit einem Floß gekonnt übers Wasser schipperte, nur um

dann am Abend mit knurrendem Magen ins Bett zu fallen, weil sie die Fische alle wieder freigelassen hatten.
Marco lehrte sie die wichtigen Dinge im Leben, getreu seinem Motto: Liebe, Glaube und Hoffnung.
Aber was ihr am meisten an ihm imponierte und sie nachhaltig beeindruckte, war sein unendlich scheinendes Wissen, seine geduldigen Antworten auf jede ihrer Fragen und natürlich seine Art, Geschichten und Märchen zu erzählen.
Wenn Leya bei Hanni und Marco übernachtete (und bald übernachtete sie sogar dann bei ihnen, wenn ihre Mutter gar nicht verreist war), dann las Marco ihr aus alten Büchern vor und entführte sie in ferne Länder und Epochen. Er weckte ihre Neugier und die Leidenschaft für Geschichte, fremde Kulturen und Kunst.
Als sie älter wurde, machten sie Ausflüge und besuchten Ausstellungen, Schlösser und Burgen. Nach dem Abitur wollte sie unbedingt Kunstgeschichte in Aachen studieren. Hanni und Marco unterstützten sie von Anfang an, und schließlich waren es auch sie es, die sich Arm in Arm mit ihr bei der feierlichen Immatrikulationsfeier fotografieren ließen.
Im letzten Sommer lud Marco sie ein, mit nach Italien zu fahren. Nicht ahnend, dass es die letzte große Reise mit

Marco sein würde, genossen sie das florentinische Lebensgefühl, den Besuch uriger Trattorien – in Gassen, die abseits vom Massentourismus lagen. Marco fand immer wieder Fleckchen, wo sie ungestört die Schönheit und das Flair der Stadt in sich aufsaugen konnten. Er zeigte ihr die schönsten Kunstwerke und wusste fast immer eine Anekdote zu deren Entstehung zu erzählen. Sie diskutierten leidenschaftlich, und es erfüllte Leya mit Stolz, ab und an eigenes Wissen aus ihrem Studium einbringen zu können.

Leya erfuhr von Marco viele Details aus dem Leben der Künstler und deren Mäzene. Die Geschichte der Stadt wurde lebendig und manchmal fühlte sie sich von seinen Erzählungen regelrecht in die entsprechende Zeit zurückkatapultiert. Sie sah Machtkämpfe und unermesslichen Reichtum. Sie spürte die Liebe, aber auch den Verrat, die tödlichen Intrigen und Missgunst zu jener Zeit, als Florenz in voller Blüte stand und zum Großherzogtum der Toskana aufgestiegen war.

Doch dann kam jener Tag im September. Und es gab niemanden, was sie trösten konnte. Nicht der Notarzt, nicht die vielen Menschen, die nach Marcos Tod ihre Aufwartung machten, und genauso wenig ihre Kommilitonen, die vergeblich versuchten, sie zur Fortsetzung ihres Studiums zu bewegen, das sie nach Marcos Beerdigung nicht wieder aufgenommen hatte. Ihr väterlicher Freund, ihr Seelenverwandter war tot und würde nie wieder bei ihr sein. Hanni baute von Tag zu Tag mehr ab und es sah so aus, als würde auch ihre sprühende Lebensenergie langsam versiegen. Anstatt ihr beizustehen, zog sich Leya zurück. Sie igelte sich ein, ließ niemanden mehr an sich heran, und bald brachen auch die hartnäckigsten Freunde den Versuch ab, daran etwas ändern zu wollen. Irgendwann hatte Leya dann den Entschluss gefasst, das Studium komplett abzubrechen und stattdessen eine Ausbildung zur Krankenschwester zu beginnen. Nicht weil sie den Job besonders mochte. Im Gegenteil: Sobald sie Blut sah, wurde ihr übel und sie musste sich festhalten, um nicht ohnmächtig umzukippen. Sie riss sich zusammen, weil sie fest davon überzeugt war, dass dies der einzige Weg war, mit ihren Schuldgefühlen, Marco nicht professionell geholfen zu haben, klarzukommen.

Erst als im Sommer eine ihrer neuen Mitschülerinnen fragte, ob sie nicht Lust hätte, mit ihr gemeinsam nach Italien zu fahren, taute sie ein wenig auf.

Trotzdem hatten die gemeinsamen Unternehmungen mit der Klassenkameradin und die strahlende Sonne nicht

ausgereicht, ihren Panzer aus Trauer auf Dauer zu durchdringen.
Und dann war wieder ein einsames Wochenende vorbei, an dem sie die meiste Zeit mit Lesen verbracht hatte. Der kitschige Liebesroman mit vorhersehbarem Happy End hatte sie ein wenig aufheitern können.
Jetzt lag ein dreiwöchiger Praxiseinsatz auf einer chirurgischen Station im Krankenhaus vor ihr. Sie würde einiges über Knochenbrüche, Verbände und Therapien lernen. Wie toll.

Ihr Weg führte sie an leuchtend gelben Rapsfeldern vorbei. Erntehelfer arbeiteten mit freiem Oberkörper. Sie schienen aus einer anderen Welt zu kommen, genau wie das kleine Schlösschen da hinten am Rande der Pferdekoppel.
Sehnsucht übermannte sie.
Die schmale Straße weitete sich zur Allee. Die Bäume waren alt und hoch gewachsen. Ihr dichtes Blätterwerk ließ nur selten einen Sonnenstrahl durch das Grün fallen. Gleich würde sie in einen Tunnel aus Bäumen und Baumkronen hineinfahren. Hinter der nächsten Biegung könnte sie das Krankenhaus sehen.
Sie schob die Sonnenbrille nach oben und gab Gas.

55. Kapitel

Mia blickte noch einmal zu Leya, bevor sie das Krankenzimmer verließ.

Die Patientin hatte die Augen geschlossen, und es sah aus, als ob sie schlief. Doch Mia wusste, dass dem nicht so war.

Seit sie ihr die Nachricht vom Anruf ihrer Mutter überbracht hatte, war Leya wie ausgewechselt. Ihre Freude über Mias spontanen Besuch war einer nachdenklichen, fast niedergeschlagenen Stimmung gewichen. Sie hatte den Zettel mit den Kontaktdaten und das Handy, das Mark ihr mitgegeben hatte, achtlos in die Schublade ihres Nachtschrankes gesteckt.

Mia fand Leyas Verhalten seltsam, auch wenn sie von Mark wusste, dass zwischen Mutter und Tochter wohl nicht gerade das innigste Verhältnis herrschte. Wenn sie da an ihre eigene liebevolle Beziehung zu ihrer Mutter dachte, konnte Mia nur den Kopf schütteln. Sie selbst hätte sofort angerufen; andererseits wäre ihre Mutter auch schon längst an ihrem Krankenbett aufgetaucht und hätte sich nicht mit den knappen medizinischen Auskünften, die ein Arzt am Telefon geben konnte, abspeisen lassen.

Seufzend schloss Mia die Zimmertür. Leya tat ihr leid. Erst der schreckliche Unfall und nun die Tatsache, dass sie mutterseelenallein war.

Die alte Nachbarin, die die sich wohl immer um Leya gekümmert hatte, war anscheinend an Demenz erkrankt. Mark war schon bei ihr gewesen und hatte weitere Hilfe organisiert. An eine Besuchsfahrt ins Krankenhaus war aber vorerst nicht zu denken.

Wie gut, dass Mark sich ausgerechnet in Leya verliebt hatte. Es musste so etwas wie Fügung des Schicksals gewesen sein. Vielleicht hatte alles einen höheren Sinn, nicht immer sofort erkennbar, weil man blind war und zu sehr auf seinen Verstand statt auf seine Gefühle vertraute? Mia wusste es nicht, musste aber grinsen, wenn sie an ihren eigene Wahrnehmung, ihren Irrweg dachte. Jetzt war sie mit Oliver zusammen und glücklich wie noch nie in ihrem Leben.

Am kommenden Sonntag waren sie beide bei seinen Eltern zum Kaffee eingeladen. Mia lächelte.

56. Kapitel

Innerlich war ich total zerrissen. Auf der einen Seite war ich überglücklich, mit dem Mann zusammen zu sein, der während der vergangenen Tage und Wochen bei mir gewesen war, real und in meinen Träumen. Andererseits war ich klug genug zu wissen, dass solch einer Verbindung selten dauerhaftes Glück vergönnt war. Der Mann war der leitende Oberarzt der Intensivstation und hatte sich unter ungewöhnlichen Umständen in mich verliebt, in ein Bild, eine Wunschvorstellung, ein schlafendes Dornröschen, in das er seine Träume projizieren konnte. Vielleicht mochte er die echte und dickköpfige Leya gar nicht. Vielleicht konnte er mit meiner kaputten Familie, mit meinen eigenwilligen Vorstellungen nichts anfangen und hatte kein Verständnis für meine Träume und Sehnsüchte?

Bis jetzt hatte sich zwar alles richtig angefühlt, manchmal sogar so, als ob wir uns tatsächlich schon seit Ewigkeiten kennen würden. Seit vierhundert Jahren, als ich noch Franziska hieß.

Er war mit mir draußen im Park gewesen, von dem ich tatsächlich einmal geglaubt hatte, er wäre das Anwesen des Pfalzgrafen Wolfgang Wilhelm oder der Kräutergarten eines Klosters.

Jetzt, da ich keine Medikamente mehr brauche, verblasst meine Erinnerung an diese verrückte, aber unwirkliche Zeit und auch Franziska – oder war es nicht vielleicht eher Francesca? – verschwindet so nach und nach in den Tiefen meines neu erwachten Bewusstseins. Stattdessen tauchen täglich mehr und mehr Details aus meinem alten, richtigen Leben auf. Es ist mir ein Rätsel, dass es jemals anders gewesen war. Irgendwann entdeckte ich im Spiegel auch meine kleine Tätowierung an der Schulter. Mit viel Phantasie konnte man es tatsächlich für ein Hexenmal halten. In Wirklichkeit war es ein Tattoo einer Lilie, von der Marco behauptete, sie stehe symbolisch für Reinheit und Schönheit und würde ganz ausgezeichnet zu mir passen. Dabei hatte ich, als ich es mir aus einer Laune heraus stechen ließ, gar nichts über diese antike Bedeutung gewusst.

Das Pflegepersonal bemüht sich aufmerksam um mich, und auch Mia besucht mich wieder. Ich weiß, das ist keine Selbstverständlichkeit, denn schließlich war ich nur ihre Patientin und nicht ihre Freundin. Doch das könnte sich ändern. Wir verstehen uns prächtig und ich kann mit ihr über alles reden. Sehr zur Freude von Mark, der nicht nur mit Wilhelm – Dr. Oliver Wilhelm!, dem „Pfalzgrafen" –, sondern auch mit Mia befreundet ist. Mia war es auch, die mir half, meine Mutter zu kontaktieren. Es war schwierig, sie ans Telefon zu bekommen, und die Verbindung riss immer wieder ab, doch letztlich war ich froh zu wissen, dass es ihr gut ging. Wir hatten nicht die enge Beziehung, die ein Kind sich zu seiner Mutter wünscht, aber diesen Part hatten ja Hanni und Marco stellvertretend für sie übernommen und mich mit ihrer Liebe und Geborgenheit umhüllt. Bei den Gedanken an die beiden muss ich weinen. Gleichzeitig bin ich aber auch dankbar, dass ich die Zeit mit ihnen hatte, und mir fällt es leichter, meine Mutter auf ihrer schwierigen Suche nach sich selbst ziehen zu lassen. Sie schippert irgendwo auf dem Pazifik umher in dem Boot, das einst Marco gehört hatte, und hofft dort Ruhe und Entspannung zu finden. Dabei läuft sie nur vor ihrer Vergangenheit weg. Diesen Ballast trägt man immer bei sich, egal wohin man flieht. Auch das hat Marco mir beigebracht: Man muss an sich arbeiten, zum Kern durchdringen und nicht davonlaufen.

Ich laufe nicht weg. Kann ich auch gar nicht mit meinem Bein. Aber ich versuche, mich mit dem Unfall auseinanderzusetzen, obwohl ich mich – glücklicherweise, wie Mark fand – immer noch nicht an den eigentlichen Zusammenstoß erinnern kann. So habe ich erst spät von ihm erfahren, dass der LKW-Fahrer gestorben war. Er

musste auf der Stelle tot gewesen sein. Die Polizei vermutet einen Sekundenschlaf, aber die Untersuchungen dauern wohl noch an. Mich wollen sie auch noch befragen.
Obwohl der Seelsorger des Krankenhauses sich redlich bemüht, meine Schuldgefühle über den Tod des Mannes im Zaum zu halten und mich gar von meiner Unschuld zu überzeugen, wird es noch einige Zeit dauern, bis ich das wirklich akzeptieren und verarbeiten kann.
Ich habe mich entschlossen, vorläufig meine Ausbildung zur Krankenschwester ruhen zu lassen und mir während der Reha Gedanken zu machen, ob es überhaupt sinnvoll ist, sie zu Ende zu bringen. Vielleicht sollte ich stattdessen lieber mein altes Studium wieder aufnehmen.
Dieser Schicksalsschlag in meinem Leben hat mich nachdenklich gemacht. Ich blicke auf mein bandagiertes Bein. Es würde wieder in Ordnung kommen, genau wie meine Hände und Unterarme, die schon recht gut verheilt waren. Die Psyche braucht wohl länger, um mit solch einem Ereignis klarzukommen.
Dass sich Mark um mich sorgt und mich wohl auch aufrichtig liebt, ist ihm anzumerken. So oft es sein Dienst und seine Freizeit zulassen, ist er bei mir. Meist unter einem Vorwand. Heute schaute er nach, ob meine Tasche gepackt war, die Entlassungspapiere bereitlagen und die

ambulanten Termine beim Krankengymnasten so organisiert waren, dass ich entweder von Mark abgeholt oder von ihm gebracht werden konnte. Von Mia hörte ich, dass der Therapeut – ein Holländer – der Beste weit und breit war. Mark hatte vermutlich seine Beziehungen spielen lassen. Mark – beziehungsweise Marcus-Antonius, wie er von einigen hier scherzhaft genannt wird - will mich später höchstpersönlich nach Hause bringen.

Nach Hause – wie fremd sich das anhört. Wie ein neues Kapitel im Buch meines Lebens.

LIEBE GLAUBE HOFFNUNG

Ich denke, ich habe das alles wiedergefunden. Glücklich schaue ich Mark nach. Er musste noch einmal kurz auf seine Station, bevor er mich abholt.

Nachdem er mich geküsst hat, hat er mir noch etwas in die Hand gedrückt.

Es ist mein Ring – mein Erbstück. Beinahe hätte ich ihn vergessen. Er hat ihn die ganze Zeit für mich aufbewahrt.

Ich nehme den schlichten Reif zwischen die Finger und halte ihn ins Licht. Er schimmert golden. Ich kneife die Augen zusammen und erkenne auf seiner Innenseite drei eingravierte Kügelchen.

Ende

EPILOG

Anno 1585 oder etwas später gab es dieses Mädchen. Dieses ganz besondere Mädchen. Bellisima. Sie war blond, fast engelsgleich. Es schien, als käme sie von einer anderen Welt.

Zart und zerbrechlich stand sie damals allein auf der Ponte Vecchio, der Brücke, die den Arno überquert.

An dieser einen Stelle war die Brücke nicht von den zahlreichen Schmuckgeschäften umsäumt. Man konnte den Blick durch die offenen Bögen schweifen lassen und das andere Ufer erblicken.

Ferdinando de Medici, damals noch Kardinal und noch nicht Großherzog der Toskana, war gerade vom Palazzo Pitti zum Palazzo Vecchio unterwegs, als er durch die offenen Fenster des Korridors ein entzückendes Lachen heraufklingen hörte. Bald schon ertönten männliche Rufe und anerkennend klingende Pfiffe. Dazwischen immer wieder dieses unverwechselbare Lachen.

Neugierig geworden trat er ans Fenster, und sein Herzschlag setzte für einen Moment aus.

Denn er sah SIE!

Seine Göttin leibhaftig aus Fleisch und Blut!

Es war unmöglich!

Ein Windstoß hatte der Schönheit die Haube vom Kopf gepustet, und ihre langen goldenen Haare flatterten verspielt im Wind.

Ferdinando de Medici war hypnotisiert.

Es war das Abbild der Frau, die er schon als Kind im Hause seines Großvaters angehimmelt hatte und die jetzt leibhaftig vor ihm stand. Die gleiche Anmut – nur ihre fließenden, tänzelnden Bewegungen und ihr glockenhelles Lachen zeugten davon, dass sie lebendig und echt war.

Er musste sie unbedingt sehen, mit ihr sprechen.

Doch die anderen da unten durften das nicht!

Eifersüchtig rief er eine Drohung nach unten, und erschrocken liefen die Möchtegernhelden weg.

Nur das Mädchen blieb wie angewurzelt stehen und sah erstaunt zu ihm nach oben, bevor auch sie hastig von zwei Männern weitergezogen wurde.

Wie sich später herausstellte, waren die zwei Männer der jüngere Bruder des Mädchens und ihr Vater, ein Kaufmann aus Westeuropa.

Schon bald sollten sie sich alle besser kennen lernen. Die Treffen fanden immer im Verborgenen statt, und bald erinnerte sich niemand mehr an das schöne Mädchen.

Von Zeit zu Zeit sah man nur noch den jungen Mann in der Kapelle des Palazzos verschwinden.
Jahre später, so behauptete jemand, hätte er noch einmal die junge Frau an der Seite des Westeuropäers gesehen. Sie war erwachsener geworden, doch noch immer genauso schön wie einst Simonetta Vespucci, der Stern von Florenz, und – so behauptete der angebliche Augenzeuge – sie solle sogar ein kleines Mädchen bei sich gehabt haben.
Doch niemand hatte dem Mann geglaubt, denn keiner außer ihm hatte die beiden je im Palazzo oder in der kleinen Kapelle von Eleonora di Toledo gesehen.
Und so geriet die Geschichte bald in Vergessenheit.

1911 Florenz

Über eine vormals geheime Wendeltreppe konnten Restauratoren 1910 im Palazzo Vecchio in einer Zwischenetage über der Kapelle der Eleonora di Toledo einen kleinen Raum entdecken und betreten.

Das prunkvolle Gewölbe, das die Form einer Schatztruhe besaß, war voller Gemälde und direkt über eine versteckte Verbindungstür mit dem Schlafzimmer des Herzogs verbunden. Die zwei einzigen Fenster waren durch gemalte Türen verdeckt, so dass kein natürliches Licht in den Raum fallen konnte. An den Wänden hingen 34 kleinformatige Ölgemälde, um die dahinter liegenden Schränke zu verdecken.

In ihnen fand man noch einige Bücher, Proben, Instrumente und Gegenstände.

Gegenstände, die den vier Elementen Wasser, Luft, Feuer und Erde zugeordnet werden konnten:

Perlen und Muscheln für das Wasser

Kristalle für die Luft

Mineralien, Gläser und Eisen für das Feuer

und

Goldschmiedearbeiten und Diamanten für die Erde.

Aurelia Mistruzzi, eine der damals beteiligten Restauratorinnen, machte eine seltsame Entdeckung, der vom Leiter ihres Teams keine besondere Beachtung geschenkt wurde: Die Tür des Schrankes, der symbolisch für das Element Erde stand, war aufgebrochen worden. Jemand hatte dort anscheinend nach etwas gesucht.

Einzig die unvollständigen Überreste einer Gussform, wie man sie für die Fertigung von Ringen verwendete, und Reste einer Wachsskizze, wie man sie für die Vorbereitung zur Herstellung eines Siegels nutzen würde, lagen noch in diesem Schrein.

QUELLEN

[1)] Jörg Dittmer - „Laurentius“ (Seite 86 / Vers 560)
http://www.chairete.de/Beitrag/Laurentius/laurentius_zweisprachig.pdf

DANKSAGUNG

Endlich ist es soweit. Mein Debüt-Roman hat das Licht der Welt erblickt.
Es war eine turbulente Zeit und ich habe sehr viele nette Menschen getroffen, die mich unterstützt, ermuntert und Tipps gegeben haben und denen ich danken möchte.

Ich danke:
- zuallererst natürlich meiner Familie:
meinem Mann und meinen Kindern. Ich liebe euch!

- meinem Mentor:
Einen Menschen, den ich nie persönlich, sondern nur übers Web kennen gelernt habe und der mich von Anfang an unterstützt hat. Danke Bernd!

- meinen Romankränzchenfreundinnen:
Anja und Kerstin, schön, dass ich in eurer Mitte sein konnte.

- meiner Lektorin:
Kerstin, was würde ich ohne Dich tun?

- meinen Testlesern:
Sandra, Uschi, Barbara, Rissa (Astrid), Patricia, Daniela, Susanne, Christina, Sabine, Kai, Jens, André, Annett, Christine, Jessika, Tanja, Alex, Vivienne, Isabelle, Nick, Andrea, Dr. Ulbricht, und den zahlreichen Mitgliedern des Littreffs aus Bergheim.

- meinen Lesern auf wattpad, die mich bisher beim Piper-Award mit ihrer Stimme unterstützt haben.

- meinen Freunden aus dem Real-Life, die mir die Daumen gedrückt und die Begeisterung geteilt haben

- und auch den neuen Fans und Follower auf Facebook und Google+ .

Ich freue mich über jeden Einzelnen.

Und - Jürgen (forever)

Eure Charly

www.charlotte-zeiler.de

6500756R00231

Printed in Germany
by Amazon Distribution
GmbH, Leipzig